hanser**blau**

Beatrix Kramlovsky

FANNY
oder
DAS WEISSE LAND

Roman

hanserblau

1. Auflage 2020

ISBN 978-3-446-26797-8
© 2020 hanserblau in der Carl Hanser Verlag
GmbH & Co. KG, München
Umschlag: ZERO Werbeagentur, München
Motive: © PixxWerk®, München unter Verwendung
von Shutterstock.com
Satz im Verlag
Druck und Bindung: CPI books GmbH, Leck
Printed in Germany

Für die Liebenden
Für alle, die noch nicht nach Hause
gefunden haben

INHALT

Was ist uns geblieben? Zu Häupten die Sterne, die
    unnahbar fremden,
unter den Füßen die Toten, das wilde, kindliche Gras
    und im Herzen die Schuld, die ruhlos lebendige.

CHRISTINE BUSTA

Und das Antlitz der Liebe ist nichts als das Weiß
    des Winters auf den
Ästen und Zweigen von Bäumen, die durch Löcher
    im farblosen
    Himmel fallen.   PATTI SMITH

Prolog

WIE ES IST

Die Zeit ist stumm. Sie hängt über den Lagern, über den Männern als zähe Lautlosigkeit. Die elektrischen Zäune halten die Gefangenen in Schach; die Zeit jedoch durchdringt sie, drückt Wachen und Bewachten ihren Stempel auf. Sie verletzt unbemerkt. Manchmal fängt einer zu heulen an. Die anderen warten, auf das Versickern der Klage. Manchmal endet sie im Irrsinn. Die Männer fürchten sich alle davor.

Karl hört Vogelgezwitscher, das Säuseln der jungen Blätter im Frühling und ihr krachendes Brechen im Herbstwind. Er hört das Gras wachsen, sich biegen, welken und weiß, dass die Jahreszeiten vorüberfließen, ihn und die anderen Männer zurücklassen, als seien sie durch Zufall hierhergekarrt worden. So ist es ja auch. Wenn einer nach Wochen bewusst im Spiegel sein vertrautes Abbild sucht, entdeckt er neue Falten und weißes Haar. Die Zeit hat sie berührt. Sie vergehen wie Vogelgezwitscher, wie Gras, wie Blätter, zukünftiger Dünger einer fremden Erde.

Die Zeit ist stumm, wenn sie die Gefangenen umarmt, selbst früh am Morgen beim Appell. Sie spielt mit den Männern, während Namen verlesen werden und manche hinhören, ob Antworten ausbleiben. Der Kontrollaufruf schneidet die Nacht vom Tag, teilt in Vergangenes und Kommendes, markiert den Weg durch den konturlosen Morast ihrer Gefangenschaft.

Karl zeichnet, um das Gewicht der Zeit zu ertragen. Er

zeichnet, was ihm vor die Augen kommt, er legt Zeugnis ab über die Stunden, wird zum Chronist von Momenten, und er weiß, er gehört zu den Glücklichen, weil er noch lebt und weil es daheim jemanden gibt, der auf ihn wartet. Der Stift in der Hand hält ihn fest in der Gegenwart, damit ihn der Gedanke an die versperrte Zukunft nicht erdrückt. Die Zeit bedrängt ihn und lehrt ihn das Fürchten wie alle anderen auch. Aber er trägt den Klang von Fannys Stimme mit sich, eine Melodie, die Liebe verspricht. Solange er sie hört, wird er stark bleiben.

Die Zeit umarmt ihn stumm.

I

März 1918

DER AUSBRUCH AUS CHABAROWSK

*Du bist dem Pazifik näher als ich dem Atlantik. Um
dich sind Vögel, die anders zwitschern, Blumen, die anders aussehen, Bäume, die anders wachsen, Jahreszeiten,
die anderen Regeln folgen. Nur der Himmel über uns.
ist derselbe, und jeder Stern, den du grüßt, grüßt einen
halben Tag später mich. Mir ist das Leben hier vertraut,
doch meine Heimat bist du in der Ferne.*

aus Fannys Brief vom 5.8.1916

Nichts war so gut, wie von Fanny geliebt zu werden, nichts
auf der Erde war damit zu vergleichen; zumindest konnte Karl Findeisen sich das nicht vorstellen. Jede Nacht begeg-
nete er ihr, von Schmerz befreit und voll Sehnsucht, die für
Augenblicke gestillt wurde. Fannys Hände strichen dann über
seine Stirn, während sie mit dieser weichen Stimme sprach,
die ihn an Bratschen erinnerte oder an Tenorflöten aus Ahorn-
holz. Es störte ihn nicht, dass er die Worte nicht verstand, dass
Fremdheit sich einschlich, als wüsste er nichts von ihrer gemeinsamen Sprache. Er verstand sie ja trotzdem, es war doch
seine Fanny. Wie dumm von ihm! Er lächelte und drückte den
Kopf gegen ihre warmen Finger, die plötzlich nachgaben, sich
auflösten. Sofort war er wach.

Wieder nur ein Traum.

Viktor lag auf der Pritsche unter ihm. Karl konnte ihn atmen hören, mit einem ganz eigenen Schnaufen, das er vermutlich sein Leben lang wiedererkennen würde. Seit mehr als eineinhalb Jahren schlief sein jüngerer Bruder im selben Kasernenraum, immer auf dem Rücken, die Beine gestreckt und leicht gegrätscht, die Arme unter dem Kopf verschränkt oder entspannt am Körper, als würden die Schrecken des Tages seine Träume nie verfärben. Alles an ihm war lang und schlank und jungenhaft. Woher nahm sein Bruder dieses Vertrauen in eine lichtvolle Zukunft, dass alles gut enden würde, dass die Welt auf ihn wartete?

Unglaublich, wie es dem Roten Kreuz gelungen war, sie im selben Lager unterzubringen, unglaublich vor allem, weil die vielen Gefangenentransporte das zaristische System offensichtlich überforderten. Zudem war Viktors Division erst eineinhalb Jahre nach Karls Regiment gefangen genommen worden. Schaudernd erinnerte er sich an den stinkenden Sammelplatz nahe Moskau im Jänner 1915, auf dem er in einem Winter voller Schrecken gelandet war. Erst Monate später folgte die Verlegung in eine Kasernenruine, wo Karl und die anderen Offiziere wenige Wochen darauf von ihren Mannschaften getrennt wurden. Sein Streifschuss verheilte, nach außen hin wirkte er genauso unverwundet wie viele andere, die sich schämten wie er, gefangen, wertlos für den österreichischen Kaiser und die paralysierte Monarchie, die mit einem rasanten Sieg gerechnet hatte.

Damals hatte Karl nicht geahnt, dass sein jüngerer Bruder ebenfalls in Galizien landen würde, ungefähr zu dem Zeitpunkt, als der alte Kaiser starb und der fromme Neffe sein oberster Kriegsherr wurde. Die Mutter schrieb von Viktors Gefangennahme während der Gegenoffensive General Brussilows in einem fürchterlichen Grabenkrieg. Aber Viktor hatte Glück im Unglück, er wurde entwaffnet, als die russischen Wagons mit den Gefangenen bereits Richtung Osten rollten, weg von den grausigen Sammelplätzen in Weißrussland und der Ukraine, und noch früh genug im Spätsommer 1916, um nicht Wochen später auf einem Rangierbahnhof in der Taiga zwischen zusammengepferchten Leibern zu erfrieren.

Die Brüder glichen Sandkörnern zwischen Tausenden anderer Sandkörner, und doch waren sie nicht vergessen, existierten als Namen auf Listen, als Söhne verzweifelter Eltern, die, anderen verzweifelten Eltern gleich, das Rote Kreuz um Hilfe baten, dass die zwei wenigstens miteinander gefangen sein durften.

In einem Land zu sein, dessen Dimensionen nicht vorstellbar waren und dessen Weite Zeit anders erleben ließ, Tage zu Wochen, zu Monaten des Stillstands verband, das hatte Karl im ersten Jahr am meisten zugesetzt. Er war beschäftigt, zu atmen, zu überleben, sich abzuschotten. Karl drehte sich um. Die Matratze vertrug eine neue Füllung, das Stroh roch schon und klumpte. Von draußen drang kein Laut herein. Die Stille wurde zerschnitten vom vertrauten Schnarchen Eduards gleich neben ihm. Freund Ludwig wälzte sich rechts unten und nuschelte in seinen Schnurrbart, jetzt stöhnte Imre aus dem Eck bei der Tür, und von irgendeinem kam ein Furz. Nur Josef schlief so still, dass es Karl manchmal beunruhigte. Die Minuten verrieselten zäh, jede Nacht das gleiche Lied der traumverlorenen Schläfer, geschützt vor der tödlichen Monotonie der Lagertage.

Bei Fanny daheim musste jetzt Nachmittag sein, sie würde Blumen binden, hoffentlich genügend Kundschaft haben, und Max würde im Lagerraum direkt hinter dem Laden mit

Zapfen spielen, wenn es nicht zu kalt war. Und kalt war es oft. Die Pflanzen mussten frisch bleiben, Fanny hatte früher wollene Fingerlinge getragen, Stiefel und den alten blauen Mantel einer Schwester. Er stellte sich vor, wie Max mit dem Strohbesen den Steinboden kehrte, das geliebte Bilderbuch, das er von Karls Eltern bekommen hatte, würde neben Fannys Bestelllisten liegen. Das machte er gern, hatte Fanny berichtet, Nachmittag für Nachmittag von Montag bis Samstag, in einer endlosen Folge von Wochen, Monaten, abwechselnd kehren und im Buch blättern, die Lippen bewegen, als läse er sich die Geschichte vor, die er natürlich schon längst auswendig konnte. Im Herbst würde er in die Schule kommen. Wieder so ein Sehnsuchtsdatum für Karl, ein Entwicklungsschritt, den er vermutlich nicht erleben würde. Max fragte immer noch regelmäßig nach ihm, und Fanny schrieb ihm das, jeder Brief ein Trostpflaster gegen die schlimmsten Fallgruben der Einsamkeit. Karl stellte sich den Blumenladen vor, hell, kühl, feucht, wie er ihn in Erinnerung hatte, zuerst mit einer Wiege im Lagerraum, später mit einem Krabbelkind, für das er einen Laufstall getischlert hatte, die Würfel, Ringe und Kugeln aus Fichtenholz, von ihm geschnitzt und bemalt. Der heranwachsende Max war ihm fremd, trotz Fannys Erzählungen, trotz der Fotografie, die sie ihm jährlich zum Geburtstag schickte.

Die Zeit im Lager wurde zu einer Nebelbank, die Karl mühsam durchwatete, darauf bedacht, seinen Verstand nicht zu verlieren, sich in keine politischen Geplänkel unter den Offizieren ziehen zu lassen, bei jeder Gelegenheit Papier zu ergattern, manchmal einen Grafitstift, manchmal Kohle. Oft zeichnete er in die Luft; dann lächelten die anderen über den närrischen Wiener, der wohl eine Brise dirigierte und wünschte, dass der Wind ihn nach Hause brächte.

Wie wunderbar war es gewesen, seinen Bruder plötzlich zwischen den ungepflegten Neuankömmlingen zu entdecken! Viktor, die Uniform so gut wie möglich geschlossen, im linken, löchrigen Schuh etwas, das wie Bast aussah, einen Bart im Gesicht, der wild wucherte und der ihm nach der Aufnahme sofort auf ordentliche österreichische Fasson gestutzt wurde; Karl konnte zuerst kaum das überwältigende Lächeln seines Bruders unter dem verlausten Haar erkennen. Aber er sah das Glitzern in den Augen, die verräterischen Tränen, und mit großer Erleichterung registrierte er die Leichtfüßigkeit, mit der Viktor zu ihm gerannt kam. Keine schweren Verwundungen, hatte Karl gedacht und dann einfach die Umarmung genossen.

Sich vorzustellen, dass Tausende Kilometer entfernt Menschen in Ämtern Listen verglichen und Namen zusammenstellten, in der Hoffnung, dass man im Hinterland am Rande eines Kontinents alle diese Männer auffinden und mit der Bahn zusammenbringen würde, während an den Fronten die nächsten Soldaten gefangen genommen, zerfleischt, zerschossen, verscharrt wurden. Ein Irrsinn sondergleichen.

Der Winter 1916 in Ostsibirien war der erste Winter mit seinem Bruder gewesen. Nun hatten sie bereits den dritten fast hinter sich, in einer mittlerweile zusammengeschweißten Gruppe aus sechs Männern. Sie hielten zusammen, sie teilten ihre Rationen, sie teilten, was sie in den kostbaren Paketen aus der Heimat vorfanden, sie lebten gut in ihrem Zimmer, in dem nicht wie in den meisten Räumen des Offizierslagers Pritschen für zehn Mann standen, sondern nur drei Hochbetten. Deshalb hatten sie Platz für selbst getischlerte Regale, einen Tisch und vier Stühle. Pure Annehmlichkeit, wie er wusste. Aber erst seit der Ankunft seines Bruders in Chabarowsk erlaubte sich Karl Findeisen wieder das leise Glück der Hoffnung.

Er wälzte sich auf seiner Matratze, tastete nach dem Weihnachtsbrief Fannys, den er im Jänner bekommen hatte und in einer aufgenähten Tasche an der Innenseite des Unterhemdes bei sich trug. Es war viel zu finster, um das Bild anzuschauen, das sie mitgeschickt hatte. Das machte nichts. Wenn es hell genug war, würde er wieder nach dem Papier greifen, mit dem Finger darüber fahren und sich vorstellen, es wäre ihre Haut. Jeden Tag tat er das, versicherte sich, dass er die Änderungen der letzten Jahre aufgenommen hatte, dass er Fanny sofort wiedererkennen, dass es keine Fremdheit zwischen ihnen geben würde an dem noch fernen Tag in Wien, den er beständig herbeisehnte.

Er hatte Fanny auf einem typischen Faschingsgschnas in der Wiener Vorstadt 1910 kennengelernt, ein taufrisches hübsches Ding. Dass sie lieber mit ihm redete, als mit gewandteren Männern zu poussieren, hatte ihm natürlich geschmeichelt; dass sie über mehr als Allerweltstratsch reden konnte, hatte ihn begeistert. Sie hatte Seidenblumen im hoch aufgetürmten Haar, trug über einem hellgrauen Leinenkleid einen dünnen Mousseline mit Millesfleurs und war stark geschminkt. Auf die eine Wange hatte sie eine Rose aufgemalt. Sie bewegte sich gut beim Tanzen, aber im Nachhinein bemerkte er, dass sie ihn zum Reden gebracht hatte, ohne von sich viel preiszugeben. Er erfuhr ihren Vornamen, dass sie Blumen und Blumenmalerei liebte, dass sie nicht mehr bei ihren Eltern, sondern bei ihrer zweiten Schwester lebte, einer fröhlichen Frau im Pierrotkostüm, die ihren Mann nicht aus den Augen und Armen ließ. Sie alle verschwanden, bevor er schwerfälliger Tölpel sie um ihre Adresse bitten konnte.

Es dauerte bis in den Frühling, als er ihr zufällig beim sonntäglichen Korso auf der Praterallee wiederbegegnete. Noch heute war er seinem Bruder dankbar, der ihn vom geplanten Museumsbesuch abgebracht und überredet hatte, in Galauniform den Jahrmarkt der Wiener Eitelkeiten entlangzuflanieren. In der Mitte fuhren die offenen Einspänner der Hocharistokratie und die Angeberkutschen der vielen Ringstraßenbarone, die sich das nach der Finanzkrise der Siebzigerjahre noch oder schon wieder leisten konnten. Auf den Seitenwegen waren die Reiter unterwegs und das spazierende Bürgertum, weiter drüben von den Liegewiesen drang das Geschrei spielender Kinder. Er sah Fanny, bevor sie ihn erkannte. Sie war diesmal in Begleitung zweier Paare, lebhaft ins Gespräch vertieft, und sie errötete tief, als er abrupt vor ihr stehen blieb und seinen goldbetressten Tschako lüftete. Er bemerkte ihr leichtes Zurückweichen, als sie die Uniform wahrnahm, das Interesse, mit dem die Paare neben ihr die zwei Goldsterne auf seinem Kragen begutachteten. Dann wurde ihm klar, dass eine der Frauen der Pierrot auf dem Gschnas gewesen und dies offensichtlich ein Familienspaziergang der Schwestern war, denn kleine Kinder schoben sich vor die Röcke der Frauen. An diesem Tag tauschten sie ihre Adressen, lernte er die wilde Verliebtheit kennen, die seinen fröhlichen Bruder so oft überkam und die Karls Leben veränderte.

Im Jahr darauf, als die Liebelei trotz aller Widrigkeiten ernsthaft wurde, wusste er bereits, wie lebhaft Fannys Denken war, wie aufgeschlossen sie auf die Welt reagierte, dass sie sogar politische Artikel las und wie sehr sie sich über den Bürgermeister Lueger und dessen unverhohlenen Antisemitismus ärgerte. Ein Mädchen mit acht Jahren Schulbildung! Sie war unglaublich, die klügste der drei Schwestern, deren gut gewählte

Ehemänner der Passierschein in die bürgerliche Welt sein sollten. Ihre Eltern waren eine Weißnäherin, von der Tuberkulose früh hingerafft, und ein ehemaliger Schmied, der in den Werkstätten der neuen Stadtbahn arbeitete und den Karl nie kennenlernen sollte, weil Fanny aus Gründen, die sie eisern für sich behielt, ignorierende Distanz zu ihrem cholerischen Vater vorzog.

Die damals Zwanzigjährige hatte wenige Chancen, doch die wusste sie zu nutzen. Wien wuchs zwar nicht mehr so rasch wie um die Jahrhundertwende, aber die Zweimillionenstadt blühte in der Sicherheit einer blinden Friedensgewissheit. Seine Fanny! Sie begann mit einem winzigen Blumenstand, während er sein Gehalt beisammenhielt, um die Eltern zu entlasten und das Lehrerseminar für seinen Bruder zu bezahlen. Das drohende Problem mit der Heiratskaution wollte er später lösen. Seine Kameraden fanden ihn und seine Schwäche für ein armes Vorstadtmädel unglaublich dumm, denn betuchtere Eltern als Fannys legten das Geld für die Hochzeit mit einem Stabsoffizier wie Karl gerne hin, um ihren Töchtern einen gesellschaftlichen Aufstieg zu ermöglichen. Fanny kümmerte das wenig. Sie sprach mit ihm über die gemeinsame Zukunft, sie träumte mit ihm vom Eheleben, während sie an ihrer Selbstständigkeit rackerte und sich nicht den Kopf darüber zerbrach, wie es irgendwann einmal sein mochte, in der kaiserlichen Offizierswelt als unpassende Gefährtin unter den Frauen der anderen einen Platz zu finden, der Demütigungen und Isolierung versprach. Sie war sich seiner sicher, sie liebte ihn so sehr.

Ein rundes Gesicht mit kleinen, aber vollen Lippen; Puppe mit Herzmund, hatte Viktor festgestellt, als Karl ihm das erste Foto zeigte, das Fanny ihm schenkte. Viktor, acht Jahre jünger als Karl, war schnell im Klassifizieren, aber er lag nicht immer richtig. Manchmal irrte er gewaltig, und trotzdem schwieg Karl meistens. Fanny war alles andere als eine Puppe, die er liebevoll und immer wieder mit schnellen Strichen porträtierte, sondern eine komplizierte Pflanze, gut verankert mit Pfeilwurzeln, kräftig grünem Blattwerk, das jedes Licht in sattes Funkeln verwandelte, und einem Gesicht, das einer offenen Blüte glich.

Solche Vergleiche hatte Karl damals für sich behalten. Berufsoffiziere der Kaiserlichen Hoheit hatten nicht wie Gärtner zu reden. Ihre Hege bedeutete Blutvergießen für die eigene Ehre und das Wohl des Landes. Während Viktor mit tänzerischer Leichtigkeit ihre Kameraden unterhielt, schwieg Karl also; saß am Rande, beobachtete, grübelte und zeichnete. Mittlerweile hatte man sich in Chabarowsk an Karls spinnerte Schwärmerei für Pflanzen gewöhnt. Das lag wohl daran, dass er in der Lagerakademie, die der General vor zwei Jahren für die Zeit der hellen Sommerabende gegründet hatte, nicht nur über Geografie und Klimazonen dozierte – ein heikles Thema, weil es als Vorbereitung für Fluchtwege dienen konnte –, sondern auch über heilende Pflanzen berichtete, die es in der Umgebung gab. Er erinnerte sich an die wohltuende Wirkung von Heidelbeermus und fand ähnlich wirkende Beeren, größer und mit rotstichigem Fruchtfleisch, dort, wo sibirische Birken mit Nadelbäumen zusammenstanden. Er beschrieb und zeichnete aus dem Gedächtnis Kräuter mit medizinischer Wirkung. Einmal hatte ihm während eines erlaubten Spaziergangs ein Jäger aus der Tundra hilfreiche Blumen und Blätter gezeigt, und ein Tiroler Oberst hatte sich an Rezepte seiner Mutter für Wundverbände und Tees gegen Durchfall erinnert.

Die nützlichsten Dinge traten bei diesen Lehrstunden im

grell orangen Sommerlicht zutage. Die Männer lernten voneinander – Technik, Naturwissenschaften, Geschichte. Englisch und Französisch wurde unterrichtet, nur Russisch wollte keiner so recht lernen, und die Sprachen der Einwohner draußen vor den Zäunen blieben so weiterhin unbekannt. Der Großteil des hilfreichen Wissens, dachte Karl, stammte von Müttern, die sie alle seit Jahren nicht mehr gesehen hatten. Von Frauen kamen auch die während der langen Postreise vertrockneten Biskuits, die man in Tee eintunken musste, um sich nicht die Zähne auszubeißen. Frauen dachten an Nadel und Zwirn, Socken und Dörrobst in den Paketen, die über Wien und Berlin rund um den halben Globus in den chinesischen Hafen Tientsin und von dort nach Norden über die Grenze gesandt wurden. Sogar diesen Postdienst hatte eine Frau erfunden, und er wurde seit Jahren von ihr am Leben erhalten. Karl hätte Elsa Hanneken gern kennengelernt, die das Handelsnetzwerk ihres Mannes dazu nutzte, etwas Tröstliches zu schaffen. Ob sie erfuhr, wie viel Lebenswillen die Gefangenen diesen Sendungen verdankten? Ohne Frau Hanneken wäre es nie zu einem geregelten, geschützten Postverkehr für die Gefangenen gekommen; ohne sie hätte Karl nicht fast jeden Monat einen Brief von Fanny erhalten, wäre keine seiner Karten in Wien angekommen. Ohne sie wäre das Band zwischen den vielen voneinander Getrennten sicherlich öfter gerissen. Egal, was die Zensur daheim und in Russland vernichtete, wie viele sich an Paketen vergriffen, wie viel man an Wachtposten abgeben musste, es blieb trotzdem immer etwas übrig, sogar der Geldtransfer funktionierte erstaunlich gut.

Karl wollte gar nicht darüber nachdenken, wie es den einfachen Soldaten ging, die nicht über das kleine Taschengeld der Offiziere verfügten, die keinen Paketdienst kannten, weil

ihre Lager so abgelegen oder geheim waren, die in den Bergwerken und bei den großen Bauvorhaben an den Flüssen oder
bei der Bahn schuften mussten, bis sie umfielen und Teil der
feindlichen Erde wurden. Es war ja schon der Unterschied
zwischen den beiden voneinander getrennten Lagern in Chabarowsk eklatant. Ermutigend war bloß, dass immer öfter der
Strom im Drahtzaun ausfiel, dass der Mangel in der Außenwelt
gute Auswirkungen auf ihr beschränktes Universum hatte.

Manchmal wollte er nur deshalb schlafen, damit er zu jener
Fanny, die seine Träume bestimmte, fliehen konnte. Sie
schrieb ihm verlässlich, berichtete von Max auf so lebendige
Art, dass er fast meinen konnte, dabei gewesen zu sein, als sein
Sohn zum ersten Mal auf einen Apfelbaum in Großvaters
Obstgarten geklettert war. Er sah noch vor sich, wie sein Max
kurz vor der Mobilmachung 1914 frei und ohne Unterstützung
vorwärtsgewackelt war, wie er zu reden begonnen hatte. »Das
Bankert von der jüngsten Rosin-Tochter«, hatte Karl einmal
eine Frau im Wiener Volksgarten sagen gehört. Das schmerz-
te, so wie es ihn bedrückte, dass Fanny das Kind in einer Stadt,
die zunehmend unter den Kriegsfolgen litt, alleine großziehen
musste. Außerdem fraß es in ihm wie eine Raupe im Maul-
beerbaum, dass sie ihre Entscheidungen ohne seine Hilfe traf,
wie viele andere verlassene Frauen, als wären Männer gar nicht
notwendig! Im August 1914 war er schon dem ersten Schlacht-
feld entgegengefahren, da hatte Fanny gerade den Mietvertrag
für ihr neues Geschäftslokal am Ulrichsplatzl mit der winzigen Wohnung dahinter unterschrieben. Max war eineinhalb
Jahre alt, und Karl hätte sich nicht träumen lassen, dass er die
beiden für Jahre nicht mehr sehen und hören, dass es keine
baldige Hochzeit für sie geben würde. Immer dieser Zwie-
spalt, die heiße Freude über jeden Brief, der ihn erreichte, das

niederschmetternde Gefühl des Überflüssigseins, weil sie ihr Leben auch ohne ihn meisterte. Zweifel an ihr ließen ihn schaudern, und dann wieder stach die Scham, dass er nicht uneingeschränkt stolz auf sie und ihre Fähigkeiten sein konnte.

Karl ließ die Hand auf Fannys Brief liegen und versuchte, sich wieder in den Schlaf zu stehlen, noch eine Stunde vergessen zu können, bevor der Morgenappell sie alle hinaus in die Kälte trieb. Er atmete tief ein, das Gesicht an die Steinwand gedrückt. Manchmal bildete er sich ein, zeitig in der Früh das Meer im Osten zu riechen. Das war unmöglich; es konnte nur der Amur sein, dieses im Frost erstarrte Wasser, dessen Ufersäume vom wachsenden Eis in grelles Weiß verwandelt worden waren.

Er erinnerte sich daran, wie der Fluss im Herbst die goldenen Sumpfwälder spiegelte, das Totholz unter den Mückenschwärmen, die neuen Brückenpfeiler der Transsibirischen Eisenbahn, und er erinnerte sich an den Tag des letzten erlaubten Ausgangs, als er im Oktobersturm auf dem Weg aus der Stadt zurück gewesen war. Dann schlossen sich die Tore des Lagers. Über den zugefrorenen Strom hatten zu viele in den Wintern zuvor die Flucht nach China versucht. Der Amur glich jetzt einer sechs Kilometer breiten Gletscherzunge, nur ohne Felsen, ohne Narben, ohne Schrunden, eine schillernde Eisbahn in der tief stehenden Dezembersonne und unter dem fahlen Sternenlicht der tödlichen Frostnächte.

Die grausame Klarheit des Himmels faszinierte Karl. Die wenigen Wolken, die in der Luft hingen, die dünne Schneedecke zu Winterbeginn, über die der Wind pfiff. Wie in den vorherigen Wintern waren sie alle geradezu hypnotisiert von diesem Wetter, dem sie ausgesetzt waren, dem sibirischen Weiß, das alle Farben dieser Welt für ein halbes Jahr verdeckte, ab November unter Schneemauern verbarg, diesem tödlichen Weiß, das sie grausamer in Schach hielt als die Stacheldrahtzäune und bewaffneten Soldaten. Und doch hatte keiner von ihnen in den letzten zwei Jahren Zehen oder Finger eingebüßt, ein nicht selbstverständliches Glück.

Auch ihre Bewacher litten unter der Kälte. Am Zustand der russischen Uniformen konnte man sehen, dass die Versorgungsengpässe zunahmen. Die Stoffe, die der Schneiderei im Mannschaftslager zugeteilt wurden, hatten nicht mehr die Qualität der ersten Kriegsjahre. Allerdings waren das russische Amtsgebäude und die Kantinen besser geheizt als die Häuser der Offiziere. Der Pelzhandel mit den Stammesjägern aus dem Nordosten blühte mit wohlhabenden Offizieren. Karl knetete die selbst gestrickten Fäustlinge, die seine Mutter im letzten Paket mitgeschickt hatte. Er nahm sie nachts mit der Haube, die von Fanny gekommen war, ins Bett, um sie körperwarm in der Früh überstreifen zu können. Die Mutter hatte in »mostobstalleengrün« für ihn und in »mostviertelhimmelnachtblau« für Viktor gestrickt. Vermutlich hatte es nur die zwei Farben gegeben, aber es machte ihn so froh, dass sie ihn auf diese Weise an die Landschaft seiner Kindheit erinnerte, sich Wörter ausdachte, die das Heimweh auftunken konnten wie weiches Weißbrot sämigen Gulaschsaft. Denn gab es Schöneres als die vielen Tausend Alleebäume, die während der Blütezeit sein Land mit rosa und weißen Doppellinien überzogen und die duftenden Karrees der Obstgärten miteinander verbanden? Gab es Hinreißenderes als diesen trunkenen Herbsthimmel während der Gärungszeit, wenn der junge Most nuschelnd in den Fässern arbeitete? Daran zu denken, trieb ihm jedes Mal Tränen in die Augen.

Chabarowsk war eine prosperierende Siedlung, der alle große wirtschaftliche Zukunft voraussagten. Karl hatte selbst im Sommer 1917, als die provisorische Regierung in der Bauernrevolte unterging und der Bürgerkrieg um sich griff, gesehen, welche Schätze sich noch in den Schaufenstern der Hauptstraße von Chabarowsk türmten. Im Nachhinein war er ungehalten, dass er nicht mehr Papier besorgt, mehr Ansichten von den Jugendstilhäusern und der Kathedrale mit den goldenen Zwiebeltürmen gemacht hatte; im bereits eisverkrusteten Oktober hatte er kein Zeichenmaterial gekauft und im frostigen Wind den Weg am Fluss nicht genießen können, weil er erschlagen war von der Aussicht, wieder einen Winter hier verbringen zu müssen. Ein blinder Esel war er gewesen, die Einkaufsgelegenheit nicht zu nutzen.

Karl hatte sich in den letzten Jahren gern in Betrachtungen des sommerlichen Straßenlebens verloren, Kindern hinterhergeschaut, die spielten, als gäbe es keinen Krieg, sich immer wieder gewundert über die vielen Völker und Mutmaßungen angestellt, ob sie mit Yupiks verwandt waren oder mit Mongolen oder eine ganz eigene Gruppe bildeten, weil ihre Gewänder anders aussahen, ihre Sprachen anders klangen, anders auch als das Chinesische oder Koreanische, das Gärtner und Händler auf den Gemüsemärkten sprachen. Die Hauptstraße mit ihren modern verspielten Fassaden, die Schaufenster voll mit Dingen, die ihn an Märchen erinnerten, die Menschen in farbenprächtigen Kostümen, und dazwischen das russische Bürgertum, das ihm ähnlich erschien wie vor Jahren die Wiener Mischung daheim. So viel Lachen nur wenige Kilometer von den Lagerzäunen entfernt! Er war einfach dagestanden und hatte versunken zugesehen.

Wäre Viktor im Oktober ein Passierschein zugeteilt geworden, hätte er vermutlich umsonst Zeichenkohle und geheftete Blöcke in der Stadtduma bekommen. Viktor konnte mit seinem Charme einiges bewerkstelligen und war geschickt darin, Situationen zu nutzen. Karl verstand immer noch nicht, wie sein Bruder, dieses Glückskind, überhaupt erwischt und gefangen genommen worden war.

Das Einzige, was für Karl wirklich feststand, war Liebe. Aber darüber konnte er nicht reden.

Selbst wenn die Theatergruppe ein Stück aufführte, das von der Liebe handelte, der Schöne Alfred in Frauenkleidern über die Bühne schwebte und die Männer dem jungen Offizier hingerissen und selbstvergessen Ovationen brachten, oder wenn wieder einmal eine Welle der sexuellen Verbrüderung durchs Lager fegte, konnte man oft nicht von Liebe reden. Offiziere hatten Geld. Den Mannschaften blieben nur Träume.

Manche Offiziere verdienten mit krummen Geschäften genügend, um sich Bestechungen zu leisten, zusätzliche Wäsche für den Winter, ein zu junges Mädchen, dessen Sprache keiner verstand und bei der niemand nachfragte, wenn ihr Bauch wuchs und Haken oder Stricknadeln das Problem beseitigen sollten. Andere verfolgten die spärlichen Nachrichten vom Kriegsgeschehen und trösteten sich mit Planspielen. Manche politisierten, und von ihnen hielt sich Karl am weitesten entfernt, egal, welche Positionen sie vertraten.

Karl schaute zu, träumte und zeichnete. Wann immer es möglich war, schickte er eng beschriebene Blätter an Fanny nach Wien, hoffend, dass der nächste Posttransport eine Antwort von ihr enthielt, die auf den ersten Blick ebenso tugendhaft Liebe beschwor wie sein Brief und erregende Andeutungen verbarg, die ihm Trost waren und Nahrung. Wie bei allen brannte in ihm das Verlangen nach Heimkehr, während er die Schönheiten der sibirischen Fremde bestaunte. Er fürchtete sich davor, dass es noch Jahre dauern würde, Jahre, in denen Fanny die Geduld und vor allem die Liebe verlieren würde. Als die ersten Nachrichten von einer russischen Revolution durchsickerten, hatte er wie die meisten der Hoffnung nachgegeben. Dann folgten Gräuelberichte. Dieser letzte Herbst in Chabarowsk war eine Zeit der Zweifel gewesen, voller unglaubwürdiger Versprechen und neuer Ängste.

Am Tag nach seinem Oktoberausgang war der Wind eingeschlafen, und es hatte richtig zu schneien begonnen. Ihre Lagerwelt war in weißer Stille versunken. Flocken fielen stetig fünf Wochen lang, als würde das Wetter dieser Welt verrücktspielen, und der Schnee, der in anderen Jahren viel später erst in solchen Mengen das Elend bedeckte, blendete wie eine spottende Schönheit Mensch und Tier. Jeden Tag gruben die Männer Wege zwischen den Kasernen, dem Appellplatz, dem Verwaltungsgebäude frei. Offensichtlich hatte man vor Jahren mit einer Besetzung der Mandschurei gerechnet, die Grenze zu China musste aufgrund der japanischen Expansionsträume gesichert werden. Deshalb hatten sie in Chabarowsk richtige Fenster, einen Ofen in jedem Zimmer, Waschräume, die im Sommer fließendes Kaltwasser und im Winter Eimer mit aufgetautem Eis boten, alles Dinge, die in vielen Lagern nicht existierten. Drüben bei den einfachen Soldaten gab es nur einen deutschen Offizier, der als Pfarrer bei ihnen lebte und sie tröstete. Und hier im Offiziersquartier hatte Feldkurat Drexel, der vor dem Krieg im österreichischen Abgeordnetenhaus und im Reichsrat gearbeitet hatte, gleich zu Beginn der Lagerbelegung erwirkt, dass er alle Spitäler und Lager im Osten besuchen durfte, ungehindert Zugang zu Gefangenen erhielt.

Doch das half nicht gegen die Traurigkeit, die sich in Karls Körper festgefressen hatte. Es war der dritte Winter und der Beginn des vierten Jahres ohne Fanny, ohne Max. An der rechten Schläfe hatte Karl ein weißes Haar entdeckt. In wenigen Tagen würde er neununddreißig Jahre alt. Sein Leben raste unaufhaltsam durch diese grausam verharrende Zeit, entglitt ihm schneller und schneller.

Dann hörte es zu schneien auf, und die oberste Schneeschicht verwandelte sich in Eiskrusten voll glitzernder Kanten. Gleißende Stille erdrückte sie fast. Manchmal bekam einer den seltsamen Winterblick, weil er das Schneemeer unter dem blauen Himmel da draußen nicht mehr aushielt, und sie mussten ihn überwachen, bis es ihm doch gelang, zu entwischen und auf einen Wachturm zuzulaufen, um im Schusshagel zu einem roten Bild zu versteifen; rosa und dunkelrote Spritzer, die schnell schwarz wurden, während das Gesicht wachsbleich erstarrte und die ersten sich näherten, um dem Toten die Schuhe auszuziehen, den Mantel, den man brauchen konnte.

Karl spürte, wie der Schlaf in flachen Wellen zurückkehrte. Was für ein Geschenk, dachte er und nickte ein, während er sich noch Fannys Gesicht vorstellte.

Wenige Stunden später, nach dem Morgenappell und nachdem die Brotration des Tages verteilt worden war, zog Karl den dicken Mantel wieder an, wickelte Bänder um seine Hände, bevor er sie in die löchrigen Fäustlinge steckte, die er einem Toten im Jahr zuvor abgenommen hatte, und verschwand hinaus. Wenn er mit einem der Leute von außerhalb Geschäfte machte, ließ er die neuen Sachen im Bett unter der Decke; gerade in den Wochen nach Weihnachten hatte fast jeder ein kostbares Lieblingsstück, das er nicht verleihen, schon gar nicht verlieren wollte.

Er wollte den Gärtner treffen, von dem er immer noch nicht wusste, wie er wirklich hieß und ob er ein Koreaner oder ein Angehöriger der Nanai war. Russen hatten ihm erzählt, dass dieser Volksname die Goldenen bedeutete. Die meisten der Nanai hier waren Fischer und Jäger, weshalb er den Mann für einen Koreaner hielt. Er bot als Tauschobjekte nie Fleisch, immer Gemüse an, das er mit einem Singsang pries.

Der Mann stand bereits am üblichen Platz hinter den geschlossenen Schranken, in Sichtweite der Wachen, wie es die Händler machten, seitdem das Lager belegt worden war. Seit einem Jahr schon brachte Karl kleine Holzfiguren, die er aus dem Gehölz des Ufergebüsches schnitzte. Gerade Zweige eigneten sich am besten für fingerlange Soldaten, die einander ähnelten, weil sie aus gleichen Formen zusammengefügt wurden. Karl färbte sie mit Kohle ein, brannte mit einer Nadel Schablonengesichter in die Köpfe. Die Holzarmee ging ihm mittlerweile auf die Nerven, viel lieber baute er Hunde, Katzen, Pferde zusammen. Kurz vor Weihnachten hatte er etwas anderes versucht, ein neumodisches Automobil. Karl hatte es mit fahlrotem Rübensaft eingefärbt, nachdem sie aus dem Gemüse drei unterschiedliche Essen fabriziert hatten und die Flüssigkeit dann nach gar nichts mehr schmeckte. Der Mann war begeistert gewesen, ja, ein Geschenk für seinen Sohn! Er deutete Hüfthöhe an, eins, zwei, drei, viele Kinder, er brauchte mehr als dieses eine. Natürlich war Karl klar, dass der andere alles weiterverkaufte. Mit Glück hatte dieses erste Stück den Weg zu seinem Kind gefunden, um herauszufinden, ob es als Spielzeug etwas taugte.

In den letzten Wochen hatte Karl versucht, Viktor beizubringen, wie man so schnell wie möglich aus einem geraden Ast Stücke schnitt und zu Wagen und Lokomotiven schnitzte, weil sämtliche Teile aus Rundhölzern geschnitten, ineinandergesteckt und ohne Leim miteinander verbunden wurden. Alles schaffte Karl mit einem Messer, einer winzigen Säge, deren Blatt er selbst gezahnt hatte, einem Schraubenzieher und einem Pfriem, den er einem Schuster in Chabarowsk abgekauft hatte. Viktor war geschickt, vor allem hatte er ein Auge für Proportionen. Er wollte bloß lieber organisieren, anstatt in einer düsteren Ecke herumzuwerken oder zu zeichnen. Also hatte ihm Karl eine Liste von Werkzeugen aufgeschrieben, die der Bruder besorgen sollte, und hatte Eduard Nolting, den ältesten und Ranghöchsten ihrer Gruppe, und Josef Rohleder eingeschult. Eduard war Oberst, Berufsoffizier wie Karl, vierundvierzig Jahre alt, besaß einen zerfledderten Band mit Goethegedichten und redete wenig. Aber er konnte anpacken, und er hatte ein exzellentes räumliches Vorstellungsvermögen. Karl amüsierte es heimlich, dass das nun nicht mehr der Armee diente, sondern der Herstellung daumenlanger Spielfiguren.

Er holte aus den Manteltaschen die neueste Kollektion, Holzbauern, die Schaufeln und Rechen in der Armbeuge eingeklemmt trugen, Bauernfrauen mit ausladenden Hüften unter bodenlangen Röcken, deren rechte Hand ein Loch aufwies, durch das man Körbchen an winzigen Spänen stecken konnte. Alle Figuren trugen unterschiedliche Kopfbedeckungen, die man mit einer Drehung aufschrauben oder abnehmen konnte, und deren Aussehen Karl von den Händlern und Reisenden auf der Hafenpromenade von Chabarowsk abgeschaut hatte. Es waren zehn Männer und zehn Frauen, die Karl direkt auf dem Balken der Schranke aufstellte. Alle Frauen hatten lachende Münder, runde Hüften.

Der Händler reagierte begeistert. Sie waren drei Krautköpfe, eine Sellerieknolle, ein Kilo Reis, eine Handvoll getrocknete Teeblätter und zwei Rüben wert, prall, hart, glänzend.

Karl ging den vereisten Trampelpfad zwischen den Baracken zurück, das schwere Gemüse unter seinem Mantel fest an die Rippen gedrückt, den Tee in der Tasche versenkt. Nur an die Extrasuppen zu denken, verursachte ihm Magenkrämpfe.

Als er die Tür hinter sich schloss und sich umdrehte, blickte er in Viktors Gesicht. Viktor strahlte, und Karl wusste, warum. Sein Bruder hatte eine Fluchtmöglichkeit gefunden.

Sie schlenderten zu sechst hinüber zur Kantine, Karl, Viktor, Eduard Nolting, Kapellmeister Ludwig Fatzinek, der als Oboist gut mit dem Schnitzmesser umgehen konnte, Imre Nemeth aus einem ungarischen Regiment, und Josef Rohleder, der großartiges Russisch sprach und deswegen im Offizierskorps gelandet war.

»Ich kann vom schwedischen Konsul in der Stadt mit Sicherheit nicht nur Zugkarten, sondern auch noch Extrageld erbetteln«, sagte Viktor.

»Auf die Idee kommen andere auch.«

»Das ist egal. Ihr wisst, wie hilfreich er in den letzten Jahren war. Sollten die Russen ihn nach uns fragen, wird er um Antworten nicht verlegen sein.«

»Bist du dir sicher, dass deine Informationen stimmen?«, fragte Ludwig zum wiederholten Mal.

Imre schlug die Hände in den wollenen Fäustlingen erregt zusammen, ohne ein Wort zu sagen. Imre würde Probleme machen, dachte Karl, er verlor in den unpassendsten Augenblicken die Nerven. Einer von ihnen würde sich um den Ungarn kümmern müssen, damit keine Wachen aufmerksam wurden.

»Und wieso sollte unsere Bewachung schludriger werden?«, fragte Karl, obwohl er es sich denken konnte. Unter den Offizieren wurden Gerüchte über die großen Schlachten, die unglaublich schnell den Weg an die Pazifikküste gefunden hatten, diskutiert und mit neu entflammter Hoffnung erzählt. Karl irritierte, dass solche Nachrichten wie Geschosse zu ihnen durchkamen, während die Befehlskette der Russen löchriger wurde, der Friedensvertrag Österreichs mit den Sowjets für die Lager noch keine Auswirkungen zeigte.

»Weil die Generäle des Zaren keine Generäle mehr sind, und der Zar ist gefangen«, lächelte Viktor.

»Trotzdem werden wir immer noch scharf bewacht. Ich traue den Posten nicht über den Weg«, sagte Imre leise und wie immer ein wenig stotternd.

»Wir wissen doch alle, dass in Russland seit Monaten Rote gegen Weiße kämpfen, dass hier in Sibirien keiner ahnt, wer am nächsten Tag das Sagen und die Oberhand hat. Vielleicht ein Neuntel des Landes ist unter Sowjetherrschaft, und um den Rest prügeln sich Militärgruppen, die von einem auf den anderen Tag entstehen und die sich ganz sicher nicht um Kriegsgefangene kümmern wollen. Der japanische Kaiser und seine Militärs sind ebenso gierig. Sie haben es schon erkannt: Jetzt ist die beste Zeit, dem russischen Bären das Fell zu stutzen und die eigenen Gebietsansprüche durchzusetzen. Europas Westen hungert genauso wie Russland. Denkt an das, was uns die Frauen von daheim schreiben! Niemand hat Kapazitäten, um sich am Pazifik auf einen weiteren Krieg einzulassen, nur die Japaner. Wenn die in China einmarschieren, geraten wir zwischen die Fronten.«

»Dann werden sie uns gefangen nehmen, ein weiteres Mal.« Eduard blieb stehen und betrachtete die glitzernden

Baumkronen außerhalb der Palisaden, in denen sich das kalte Licht der Frühjahrssonne fing. »Wir müssen uns beeilen, bevor etwas passiert.«

Frühling, dachte Karl, die Zeit wurde tatsächlich knapp. Sie hatten noch zu wenig überzeugende Zivilkleidung, nicht genügend Rubel, nur die Gewissheit, dass in den kommenden Wochen die politische Lage prekärer werden würde und niemand vorhersagen konnte, welche Armee Oberhand gewinnen, welches System sich für sie weiter zuständig fühlen und welcher Kommandant die Regeln machen würde. Und sie mussten überlegen, wie sie ihr bisschen Geld und die persönlichen Schätze bis dahin verstecken konnten.

»Josef, kannst du über deine Ordonnanz die Schneiderei beauftragen, uns Mäntel mit mehr Innentaschen zu nähen, und Stoff besorgen, mit dem wir unsere Rucksäcke flicken können? Bessere Schuhe, als wir jetzt haben, wird es nicht geben«, entschied Eduard Nolting. »Wir maskieren uns als Bauern. Wir wollen nicht auffallen. Ist euch klar, dass wir dann in einer Verkleidung stecken, die alle unsere Rangunterschiede aufhebt und zu Gleichen unter Gleichen macht?«

»Waren das nicht die Traumziele der französischen Revolution?«

»Und die Kommunisten wünschen es sich auch. Aber ob die Bauern das mögen? Wir jedenfalls werden untertauchen. Solange unsere Papiere nicht geprüft werden, kommen wir voran.«

»Ich versuche, den Konsul gehörig anzubohren«, sagte Viktor. »Ludwig, du hältst die Ohren offen, wenn du bei den Russen musizierst. Wir müssen bereit sein, wenn die erste Welle flieht. Wir müssen unter den Ersten sein.«

»Aber du weißt nicht, welche Gruppe das sein wird?«

»Es soll eine Massenflucht werden.«

»Die keiner koordiniert?«

»Doch, angeblich.«

»Aber du weißt nicht, wer sie leitet?«

»Na ja, die zwei Generäle, der Deutsche und unsriger, und ihr persönlicher Stab, also es gibt einen Verbindungsoffizier, an den alle melden sollen, die abhauen …«

»Das ist zu gefährlich. Wenn so viele involviert sind, dann wissen es die Russen auch und knallen uns wie die Hasen ab.«

»Nein, werden sie nicht«, mischte sich Eduard wieder ein. »Sie werden weichgekocht sein, denn die Gerüchte brodeln. Sie werden aufpassen, sie werden uns in den nächsten Wochen überwachen, zuerst akribisch, dann lascher. Wir nutzen die Zeit fürs Akquirieren. Sollte jemand fliehen, ist es gut. Und ich bin sicher, es werden einige sein! Sollte niemand fliehen, wird es die Wachen zermürben. Im April werden sie andere Sorgen haben, denn die politische Lage verschlechtert sich. Die Schneeschmelze wird helfen, bevor uns der Morast festhält, die Scharmützel zwischen Roten und Weißen werden zunehmen, die Japaner vielleicht schon an der Küste auftauchen. Vergesst nicht, dass die Kommunisten hier faktisch noch keine Infrastruktur aufgebaut haben. Die Verbindung nach Moskau ist ein Witz. Es gibt örtliche Parteizentralen, aber dazwischen funktioniert nichts. Nur die Transsibirische fährt verlässlich, vermutlich nicht ins europäische Russland, aber zumindest weit in den Westen.«

»Bist du dir sicher?«

»Jeden Tag kommt ein Zug aus dem Westen an, von Wladiwostok fährt jeden Tag einer ab. Die Eisenbahn scheint heilig zu sein. Wir richten alles her, wir werden bereit sein. Und keiner entfernt sich mehr ohne Ankündigung von den anderen. Wir sechs müssen zusammenhalten und wissen, wo wir einander finden. Das ist doch richtig, oder, Karl?«

Karl nickte Eduard zu, der rangmäßig über ihm stand.

Vor knapp zwei Jahren war er mit ihm gemeinsam im Frühling hier gestrandet, an die zwölftausend Kilometer von Wien entfernt. Karl würde nie vergessen, wie Eduard, als sie in Chabarowsk landeten und mit wackeligen Beinen aus dem Wagon auf den Perron sprangen, sich ihm zuwandte, in der Hand eine elegante Silbertabatière; schnapp! – und offen war sie, auf der vergoldeten Innenseite lagen vier zerknitterte Papyrossi. Karl durfte sich bedienen, die Dose verschwand mit einer Schnelligkeit, die viel Übung verriet, ein Streichholz flammte auf. Karl nahm einen tiefen Zug, reichte die Zigarette zurück an den Oberst, der dankte und den nächsten Zug tat. Für jeden gingen sich vier Lungenzüge aus, schweigend. Später hatten sie einander manchmal kurz zwischen den zusammengedrängten Gesichtern erspäht, Karl wusste nicht mehr, wer als Erster gelächelt hatte, aber über viele Tage hinweg waren diese gemeinsamen Augenblicke ein Quell von Trost gewesen. Die Zigarette begleitete ihr Kennenlernen, die ersten Sätze fielen auf dem Fußmarsch ins Lager, wo Karl das Humpeln des anderen bewusst wurde, er von den erfrorenen drei Zehen erfuhr, der Amputation unter unglaublichen Bedingungen. Später hatte Karl zugegeben, seit Jahren nicht mehr zu rauchen, aber wenn er an Tabak kam, brachte er ihn Eduard. Es war ein ruhiges Verstehen, ein felsenfestes Grundvertrauen, wie Karl es bis dahin nur in seiner Familie und bei Fanny gespürt hatte. Eduard war ein überlegt agierender Führer der kleinen Gruppe, die sich um Karl bildete. Die zwei mochten sich auf Anhieb.

Ludwig war im Herbst in einem Transport gewesen, Imre hingegen hatten die Russen schon vor ihrer aller Ankunft aus einem Lastwagen abgeworfen, schwer verstört nach einer Lagerhaft unter Türken in Samarkand und mit tiefen Brandwunden auf dem Rücken. Sie redeten wenig über die Schlachten, in denen sie gefangen genommen worden waren, selten über die Zustände, unter denen sie zwischen den Feuern, unter Beschuss, vegetiert hatten. Manchmal ließ einer einen Satz fallen über das Sprinten aus einem Graben und Hineinfallen in das nächste Loch, wo schon Tote lagen, oder über das Marschieren, wenn es wieder vorwärtsging. Keiner erwähnte die Angst, die Erfahrung, wenn sie wimmernd jede Kontrolle verloren und die warme Pisse an ihren Schenkeln hinunter in die Stiefel schoss. Keiner hatte vor der ersten Schlacht gewusst, wie der Krieg sich anhören würde. Sie kannten nur den Lärm der kaiserlichen Manöver, das Kriegsspiel, das abends vom Trinken, Singen, Feiern unterbrochen wurde und manchmal von Tanzereien mit den gelangweilten Frauen der Etappenhengste und flüchtigen Ergüssen in Mädchen, die ein Nein nicht wagten oder im besten Fall ein Abenteuer ebenso sehr suchten. Nicht einmal die Brüder hatten miteinander über das Grauen geredet, wenn man sich als Einziger aus einem Graben von den zerrissenen Leichen der Kumpane hochstemmte oder sich das Gesicht abwischte von blutigem Brei, der sich als das Gehirn des Nebenmannes entpuppte. Es gab keine Worte für das, was sie wochenlang erbrechen ließ, sich in ihre Träume drängte. Doch das Schweigen deckte die Erinnerung nicht zu, war nur mit einem Nebel vergleichbar, der hoffentlich gnädig lange über dem Grausigen hängen blieb.

Es gab keinen konkreten Fluchtplan, trotz Viktors Mutmaßungen. Nur eine Sache war gewiss: Sie waren abgeschnitten von allem Tagesgeschehen, von Nachrichten, denen sie trauen konnte. Auf der Flucht würden sie ohne Post leben müssen, ohne Geldsendungen, ohne Briefe, ohne Karten, ohne Pakete. Ihre Familien daheim würden nichts von ihnen erfahren, kein Lebenszeichen erhalten.

Die Angst, nie wieder von Fanny zu lesen, würgte Karl. Er verstand nicht, warum die anderen fast euphorische Aufregung empfanden. Dieses versperrte Leben war sicher daran schuld, die Langeweile, die ihnen das Hirn zerfraß, die jäh aufblitzende Angst, wenn ein Schuss von den Wachtürmen abgegeben wurde. Sie waren Wesen ohne Zukunft, sie ertranken in einer Gegenwart, die nur von der Erwartung der nächsten warmen Mahlzeit, der nächsten Entlausung, der nächsten Postlieferung gegliedert wurde.

Viktor lächelte seinem großen Bruder zu, und Karl wusste, dass der Jüngere wusste, wovor er Angst hatte. Sich die Monate der Flucht ohne Briefe, sich gar eine weitere Haft vorzustellen! Er würde ohne Fannys Briefe nicht überleben, nicht stark genug bleiben, um Sibirien auszuhalten. Viktor hatte weder ein Mädchen noch eine Frau daheim. Karl aber fühlte das Loch im Herzen, wo in einem normalen Leben Erinnerungen an Max und Fanny aus den letzten Jahren hätten sein sollen. Er hatte einen Sohn, der seinen Vater nicht kannte, eine Frau, die allein gelassen die Arbeit eines Mannes verrichtete. Schuld und Sehnsucht zerrten an ihm.

Viktor umarmte ihn plötzlich, als wären sie wieder die Jungen auf dem Sofa im Flur des Elternhauses, Kinder, die warteten, dass der Vater sie in die schäbige Stube rief, wie jeden Samstag die Frage nach den schulischen Erfolgen der vergangenen Woche stellte. Karl lächelte gequält, selbst als Viktor sagte: »Es wird wohl bald losgehen. Sobald die Sonne kräftig ist und bevor der Boden taut, müssen wir los. Ich weiß, wo wir durch den Zaun können.«

»Du Träumer! Es sind weit über achttausend Kilometer bis Moskau.«

»Wie lange hat dein Transport hierher gedauert, wenn du nur die Fahrtzeiten zusammenrechnest?«

»Das darfst du nicht vergleichen, damals war das Land nicht zerrüttet, die Strecke wurde regelmäßig gewartet, es gab überall besetzte Stationen mit Wasser, Kohle, Lokführern und Heizern.«

»Wie lange?«

»Ich weiß nicht, vier Wochen ohne die Fußmärsche, aber mit Stehzeiten auf Rangiergleisen.«

»Jetzt brauchen wir vielleicht fünfmal so lange.«

»Wenn wir nicht aufgehalten werden.«

»Willst du hierbleiben? Bist du verrückt?«

»Ich will bei Fanny und Max sein.«

»Na also«, sagte Viktor.

Karl hatte schreckliche Angst davor, dass er im Nirgendwo starb und es keiner seiner Frau berichten würde; er hatte zu viele Auslöschungen gesehen. Orte, wo Namen keine Rolle spielten, einzelne Leben kein Gewicht hatten. Aber sein Bruder hatte recht: Es war wahrscheinlich die letzte Chance und klug, die Wirren nach der Revolution zu nutzen. Vielleicht wären sie im Spätsommer schon in Europa, auf dem Weg nach Wien. Der Friede mit den Westmächten musste bevorstehen. Alle, alle waren sie kriegsmüde, kein Tal ohne Tote, keine Ebene unverwüstet, kein Acker, kein Wald ohne verscharrte Knochen. Fünf Monate, vielleicht sechs, und Fanny würde ihn wiederhaben. Ein halbes Jahr ohne Post, aber mit all ihren Briefen in der Tasche würde es auszuhalten zu sein.

Es musste gelingen.

Viktor stand Schmiere, während Karl die Nägel aus den Brettern drehte. Schon vor Jahren hatten die Russen die einzigen zwei Fenster auf der Westseite der Kaserne verbarrikadiert. Zu nahe war der Stacheldrahtzaun, die Senke dahinter von beiden Wachtürmen aus uneinsehbar. Viktor hatte die anderen davon überzeugt, dass sie mit einer kurzen Leiter über das Klofenster verschwinden konnten, wenn alles gut vorbereitet, wenn weiterhin die Stromzufuhr immer wieder unterbrochen war. Niemand im Haus würde etwas bemerken und sich vielleicht an ihre Flucht anhängen wollen. Sechs Mann waren genug, um das Zeitfenster zu nutzen, wenn die Posten hinter der Senke verschwanden. Sie konnten es schaffen, wenn nichts die Aufmerksamkeit der Soldaten auf diese Seite der Kaserne lenkte, wenn keiner hängen blieb, wenn keiner in einen plötzlich wieder funktionierenden Stromkreis geriet.

Angeblich wollten mehrere Kleingruppen durch das Haupttor hinaus nach Chabarowsk und über Wladiwostoks Hafen flüchten. Sie vertrauten der Routine der Bewacher, der Routine, die sich bei den erlaubten Stadtgängen eingeschlichen hatte, und darauf, den Zeitvorsprung nutzen zu können. Je näher man der Küste kam, desto weniger war dabei die Gefahr eines Eisstoßes gegeben. Das Schmelzwasser machte sich bemerkbar, der Amur stieg und riss die Eisdecke auf, weiße Klötze mit dunklen Schlieren auf der Unterseite, sich hochkant übereinander schiebend, an den Bruchstellen schimmerten sie in der Sonne wie Lagunenwasser. Das Wasser selbst war hier noch nicht zu sehen, aber sie hörten das Eis arbeiten, sein Klopfen und Schlagen, krachendes Springen und klirrendes Bersten setzte jeden sonnigen Nachmittag ein, wenn die Strahlen eine trügerische Illusion von Wärme versprachen.

Trotz des kürzeren Weges hatte Karl vor Jahren die Fluchtroute über die Beringsee verworfen, sobald Kanada und die Vereinigten Staaten in den Krieg eingetreten waren. Zu groß war die Gefahr, gefangen genommen und zurückgebracht zu werden.

Er knipste die losen Nägel kürzer, steckte sie in die Bohrlöcher zurück und hängte die Bretter wieder ein. Von Weitem wirkte das Fenster verbarrikadiert wie eh und je. Ein Stoß von innen würde es in Sekunden freilegen, die verlassene Westseite, deren Begehung verboten war, öffnen. Sie verließen das Gebäude, wandten sich dem Zaun in gehörigem Abstand zu und schlenderten parallel zu den Holzlatten hügelauf dem Posten entgegen, dessen Kopf gerade über der Kuppe erschien.

»Am Südosteck will eine Gruppe hinaus und über den Fluss«, berichtete Viktor.

»Wann?«

»Morgen, übermorgen, das Eis wird ja schon gefährlich. Viel Zeit ist auf dieser Route nicht mehr.«

Nach China! Das war noch verrückter als ihr Plan quer durch den russischen Kontinent. Sein Bruder schien sich keine Gedanken über ein Scheitern zu machen, schien keine Angst zu kennen. Dabei waren wie in jedem Frühjahr bereits Flüchtlinge gestellt und erschossen worden. Die Russen mochten unter chaotischen Verhältnissen in ihrem Reich leiden, doch die Lager bildeten eine eigene Welt, deren Insassen und Bewacher in hermetisch abgeschlossenen Systemen existierten – trotz der Freigänge, trotz mancher Beziehungen zur Zivilbevölkerung.

»Du hast wieder einen Brief von Fanny bekommen?«

Karl nickte. Der Postsack war diesmal für alle aus dem Zimmer bestückt gewesen, ein Glücksfall. Keiner musste sich mit dem trösten, was ihm aus fremder Post vorgelesen wurde, jeder besaß nun ein Stück Papier, das erst vor wenigen Wochen Europa verlassen hatte. Man konnte sich einbilden, dass es nach Heimat roch, nach geliebten Händen, die das Blatt glatt gestrichen, beschrieben, gefaltet hatten. Auch ein Weihnachtspäckchen war noch darunter gewesen. Der Inhalt schmeckte schäbig und verriet, dass die Milch rationiert, das Mehl gestreckt, Zucker Mangelware war. Trotzdem ließen sie sich jedes Stückchen auf der Zunge zergehen.

Fannys Nachricht war vier Wochen alt, ein Geburtstagsgruß in der winzigen Schrift, die leicht unter den schwarzen Balken des Zensors verschwand. Als Geschenk beigelegt das jährliche Geburtstagsfoto von Max, fünf Jahre alt. Ein dünner Junge, ein angedeutetes Lächeln. Der Hunger wuchs in Wien. Angeblich machte sich auch eine Grippeepidemie breit, eine neue Bedrohung. Fanny hatte wie immer die wichtigsten Wahrheiten ausgeschrieben, sodass der Zensor sie leicht finden und unter schwarzen Balken verschwinden lassen konnte, und ihre wahre Nachricht gut zwischen den Zeilen versteckt. Sie waren beide trainiert darin, das Verborgene aufzuspüren und aus einer Banalität die bedeutende Wahrheit herauszulesen.

Viktor wunderte sich oft, was Karl alles von daheim wusste. Seine Freundinnen berichteten von kärglichen Versuchen, Silvester zu feiern, wie es sich eigentlich gehörte, aber die Hälfte ihrer Sätze war gestrichen oder gab die Verwüstung der Heimat nicht preis, nur die Gewissheit, vom Leben ausgeschlossen zu sein. Die Mutter hingegen schrieb Karten, in denen sie in Rezepten über erlegte Kaninchen oder Geschichten über angebliche Lieblingshühner der Brüder, deren Namen sie sofort mit aus der Kindheit vertrauten Menschen verbanden, die Verstörung der Familien über die vielen Toten und grässlichen

Verstümmelungen verpackte. Wörter wie Senfgas verwendete die Mutter nie. Aber einmal beschrieb sie die durch Mund und Nase austretende Lungenbläschen eines Schweins in den Kochvorbereitungen für ein anständiges Beuschl, das dem Nachbarsohn zum Abschied als Festessen diente. So erfuhren die Brüder, dass ihr ehemaliger Kinderfreund an den Folgen eines Gasangriffs gestorben war.

Fanny verwendete für ihre Briefe kein Küchenlatein, sondern die weite Landschaft der Botanik. Karl hatte zwar immer gern Bäume und Flusswälder gemalt, aber erst über ihre Sträuße zu Blumenporträts gefunden. Ihr verdankte er die Leidenschaft, Blüten wie Gesichter zu studieren. Fanny hatte eine Art, Sorten zusammenzustellen, wie er sie in den feinen Läden am Wiener Ring und in der Innenstadt nie gesehen hatte. Sie sah in Wiesen- oder Sumpfblumen Begleiterinnen für knospende Zweige und Rosen, und ihre Schnittweise, die Köpfe in unterschiedlichen Höhen zu arrangieren, erinnerte ihn an japanische Holzdrucke. Sie behauptete, sie hätte auf barocken Gemälden im Museum solcherart bepflanzte Beete gesehen. Fanny überraschte ihn immer wieder, eine junge Frau, die sich alles selbst beibrachte, die Grenzen ihres Standes ignorierend. Wie sehr bewunderte er ihre Art, der Zensur zu entkommen. Nie würde er die erste Irritation vergessen, wie er sich gewundert, dann nachgedacht hatte über das, was sie schilderte und wie sie es tat, bis ihm aufging, was sie ihm eigentlich schrieb. Vermutlich fand der Zensor in ihren Briefen deswegen wenig zu schwärzen, weil er vor Langeweile über das viele Grünzeug, das Tschilpen der Spatzen auf dem Ulrichsplatzl vor ihrem Geschäft einschlief. Nie hätte Karl ihr zugetraut, politische Zustände in banalen Alltagsgeschichten zu verpacken. Nie hätte er früher davon geträumt, über den Beschreibungen von

Blättern und Zweigen, Moosen und taufeuchten Trieben ins Schwitzen zu geraten.

Viktor fragte ihn manchmal, wie er am besten eine gewisse Situation beschreiben sollte, um den russischen Zensoren, mittlerweile waren es deutschsprachige Kommunisten, keinen Grund für Streichungen zu geben. Dann saßen sie oft Stunden beim Tee, studierten die Post der Mutter und ausgewählte Zeilen von Fanny und bewunderten ihre Tricks. Man konnte die Wahrheit vor sehenden Augen verschlüsseln. Aber es gehörte Fantasie auf beiden Seiten dazu, und Menschen, die einander gut kannten und trauten.

»Das Schlimmste an der Flucht ist«, sagte Karl, »dass ich nichts mehr von ihr lesen werde.«

Der Bruder legte ihm kurz den Arm um die Schulter. Vor ihnen war der Posten stehen geblieben, blickte auf das Haus, die Gefangenen weit drüben vor dem Eingang, die Gefangenen oben hinter den Glasscheiben, die zwei Gefangenen hier vor ihm, Viktor und Karl, die sich nun umdrehten. Das hohe Schilfgras in der Senke, graubraune Riesenknäuel, die aus der starren Eiskruste ragten und deren tote Stängel sich einem schmerzhaft in die Haut bohren konnten, raschelte in der sachten Brise über den weißen Winterflecken. Der Stacheldraht vor den Zaunpfählen glitzerte im tief stehenden Licht. Der Soldat sah zu den Baumwipfeln Richtung Fluss, wo der nächste Wachturm stand, aus der Senke tauchte der andere Soldat auf, sie winkten, wandten sich um und entfernten sich langsam voneinander.

Im Norden umschloss dunkles Dickicht das Lager wie ein Bilderrahmen voller unruhiger Muster. Dahinter schlief die Steppe unter der sachte schmelzenden Schneeschicht, und noch weiter Richtung Eismeer warteten Krüppelkiefern unter blendenden Windverwehungen mit Kanten und Zacken, die an bewaffnete Heere erinnerten, standen Lärchen, Fichten schmal wie aufgerichtete Schwerter, warfen frostige Schatten über Hebungen und Senkungen wie schmiedeeiserne Kreuze auf Winterfriedhöfen. Gegen Osten erhoben sich Hügel, dann Berge, leiteten den Amur und seine letzten Zuflüsse wie schützende Mauern dem Pazifik zu. Es war ein ruhiges und gleichzeitig erschreckendes Bild, von dem Viktor und Karl wussten, dass sie es nie vergessen würden. Das Seeadlerpaar, das seit zwei Jahren auf einer abgestorbenen Lärche nistete, kreiste über ihnen, schwenkte dann zum Strom. Über Nacht würde es noch kälter werden. Der Himmel war klar, ein wolkenloser Glassturz, ihr Gefängnis konservierend.

Spät abends schliefen sie unruhig ein. Karl wälzte sich von einer Seite zur anderen. Fannys Briefe hatte er aufgeteilt auf den Rucksack und die Kleidung, die er trug. Die Handvoll Fotos, die er von ihr und Max besaß, steckten, eingehüllt in Wachstuch, in der selbst genähten Brusttasche innen im Hemd. Er hatte sich Filzstiefel besorgt, die aus einem Stück gewalkt und groß genug waren, um mit Lederschuhen hineinzusteigen. Die würde er nachts tragen, falls sie gezwungen waren, durch die frostige Finsternis zu wandern.

Fanny würde seinen Aprilbrief in wenigen Wochen erhalten. Sie würde erraten, dass er unterwegs war. Er hatte von Gänsen und Kranichen gesprochen, die sich bald auf den Weg machen würden, sein Staunen über die Leistung, den Himalaja zu überfliegen.

Sie würde wissen, dass dies nicht die Route war, die sie gewählt hatten. Außerdem hatte er für Max ein Fünfzeilenmärchen mitgeschickt mit der Zeichnung eines Wolfes, der aus einem Eisfeld heraussprang, mitten in blühende Moospolster hinein. Falls von Fanny oder der Mutter im Mai noch ein längst abgesandter Brief in Chabarowsk eintrudeln sollte, würde die Eingangsstelle des Lagers nur nach einem Hinweis suchen, dass ein Paket oder Geld unterwegs wäre, um dann selbst die Hand darauf legen zu können. Aber vermutlich kam sowieso nichts mehr durch. Die dänischen und schwedischen Botschaften hatten seit Kurzem eigene Probleme, der Weg über Tientsin funktionierte nicht mehr.

Karl fragte sich bedrückt, ob die anderen in der Kaserne zur Verantwortung gezogen werden würden. Chabarowsk war nie so blutig geführt worden wie andere Lager. Niemand wusste, woran das lag. Man war nur dankbar für dieses kleine Glück. Es gab Erschießungen am Zaun, aber manchmal gelang auch eine Flucht, und er konnte sich zwar an kurz dauernde Repressalien erinnern, aber nicht daran, dass willkürlich gemordet wurde. Sie hatten davon gehört, und es gab die Erinnerung an einen Nachmittag auf dem Transport 1915, die er gern vergessen hätte, die ihm immer noch Tränen voll Entsetzen in die Augen trieb und von deren Geruch und Farben und Schreien er nicht einmal seinem Bruder erzählt hatte.

Er wachte auf, weil Viktor an seinem Arm zupfte. Eduard kam gerade aus dem Waschraum zurück, sichtbar frisch rasiert, roch nach der richtigen Seife, die in seinem Weihnachtspaket versteckt gewesen war. In den letzten Tagen hatten sie sich alle gründlicher und freudiger gewaschen als sonst, wissend, dass es bald unmöglich sein würde. Imre schenkte frisch gebrühten Tee ein. Er summte. Ein schlechtes Zeichen. Er benutzte Mund und Stimmbänder wie ein Ventil, wenn das Gefühl, gleich zu platzen, in ihm übermächtig wurde.

Das Warten hatte ein Ende. Karl sprang von seinem Bett hinunter. Ab nun würde alles ganz genau so funktionieren, wie sie es geplant hatten. Es musste einfach klappen. Er lächelte, während er seine Zähne putzte, und staunte über die freudige Aufregung, die ihn auf einmal doch packte.

Karls Aufgabe war es, das Signal zu geben. Er stand oberhalb der vereisten Senke, gerade noch so, dass man ihn aus dem Klofenster sehen konnte, mit seinem Zeichenblock und Stift, ein Anblick, an den sich die Posten längst gewöhnt hatten, und tat so, als ob er ein knorriges Buschskelett porträtierte, während er darauf wartete, dass die Köpfe beider Posten hinter den Kuppen verschwanden. Dann riss er den Arm hoch. Ohne hinzusehen, wusste er, was nun geschah. Die letzten zwei Bretter, reine Camouflage für die Wachen, wurden von den Nägeln gehoben, das Fenster öffnete sich, einer sprang heraus, sein Gepäck flog hinterher, eine kurze Leiter erschien. Viktor sollte der Erste sein, zum Zaun sprinten, die Leiter anlehnen, hinaufklettern, sich hinüberwerfen, die Holzpalisaden überwinden.

Kein Strom, betete Karl zu dem Gott, den er während einer Schlacht 1914, kreischend wie die Männer neben ihm, das erste Mal in seinem Erwachsenenleben angerufen hatte.

Kein Strom!

Ludwig war direkt hinter Viktor. Zu zweit rannten sie auf das Gestrüpp zu, gruben sich im Schnee zwischen dem Steppengras ein. Vor ihnen begannen die Randbüsche des Auwaldes, dichtes Astwerk mit austreibenden Knospen, ein scheinbar filigranes Gitter, das sie bald schützen würde. Karl pfiff den hohen durchdringenden Ruf eines Schwarzspechts. Aus dem Fenster sprang Josef, der ruhige Mann, der es seit dem letzten Brief von daheim nicht mehr erwarten konnte, die Wohnungstür zu öffnen und den Unbekannten, der seine

Frau offensichtlich um den Verstand geliebt hatte, hochkant hinauszubefördern. Dann folgte Imre.

Karl hörte den Wind rascheln, in den Krüppelkiefern außerhalb des Lagers fing sich die Brise, Zweige scharrten aneinander, nichts war sonst zu hören. Eduard verbarrikadierte das Fenster, damit die Wachen ihre Flucht nicht vor der Zeit bemerkten. Karl sah die lang gezogene Krümmung von Zaun und Palisaden, erreichte die überwucherte Rinne, die die spärlichen sommerlichen Platzregen ausgewaschen hatten und die unter den Holzpfählen hinaus in die versteppte Wiese weiterführte. Er sah Viktor und Ludwig zu den Hollerbüschen hetzen, als er selbst den Stacheldraht überwand, sah Imre und Josef verschwinden, als er von der obersten Leitersprosse über die zugespitzten Pfähle hechtete. Hinter ihm landete Eduard, kletterte auf Karls Schultern, riss die Leiter hoch und herüber. Zu zweit packten sie sie, rannten los, die Eiskruste hielt bis zum Dickicht. Dort, wo der Schnee nachgab, vergruben sie sie. Dann folgten sie den Spuren der Freunde.

Wenn sie Glück hatten, dauerte der Abendrapport wegen der vielen ausbleibenden Freigänger unter den Offizieren so lange, dass ihr Fehlen erst danach auffiel. Wenn kein blöder Zufall passierte, würde der Alarm erst spät und bei Dunkelheit losgehen. Jede zusätzliche Viertelstunde würde Karl und seiner kleinen Gruppe helfen.

Eine Stunde später rannten sie noch immer, mit brennenden Lungen, nutzten die Schatten der Bäume, näherten sich den ersten Schuppen und Hütten der Stadt, fielen in normalen Trab, wurden langsamer. Niemand beachtete sie. Ihre Lumpen, die Jutesäcke, in denen ihr Gepäck verhüllt war, die Mützen aus Filz, die sie Steppenjägern abgekauft hatten, erfüllten ihren Zweck. Auf dem Verschiebebahnhof, einem weitläufigen Gelände hinter der Station der Transsibirischen Eisenbahn, versteckten sie sich in einem Holzschuppen und warteten auf den Einbruch der Nacht. Abwechselnd kauerte einer von ihnen draußen vor der Tür, stellte sich schlafend, wenn ein Arbeiter vorbeikam. Soldaten waren hier keine zu sehen.

Karl hörte während seiner Wache von drinnen immer wieder ein Wispern der aufgedrehten Männer, berauscht von dieser Illusion von Freiheit, während um ihn Holz knarrte, der Frost sich senkte, manchmal ein Wagon mit singenden Rädern bewegt wurde, der Schrei einer Eule sich in der Finsternis zwischen den nackten Bäumen verfing. Wie leicht der Ausbruch gelungen war! Niemand hatte sich für sie interessiert.

Dann ertönte das ferne Signal der Lokomotive. Karl brauchte gar nicht gegen die Tür zu schlagen. Da standen sie schon, Eduard gab die Richtung vor, und sie hetzten über die verlassenen Gleise dem südlichsten Strang zu, auf dem mühsam pfauchend der Zug näher kam. Wie abgesprochen stellten sie sich in Zweierpartien an den Schwellen hin, ließen die ersten Wagons der besseren Klassen vorbeigleiten, einer sprang auf die erste Stufe, der andere rannte nebenher, wurde hochgezogen, sie kletterten auf die offene Plattform. Die, die in den vorderen Wägen gelandet waren, marschierten nach hinten durch, kletterten vorsichtig über das eisige Geländer, das Trittbrett, das für das Zugpersonal gedacht war, während unter ihnen, ganz langsam, die Schwellen vorbeiglitten, Puffer aneinanderstießen, Zughaken knirschten, bis sie zu sechst vereint in der dritten Klasse landeten.

Warm war es im Wagen, gut eingeheizt durch den Ofen in der Mitte. Die meisten Passagiere beschäftigen sich damit, auf den breiten Holzsitzen Nachtlager herzurichten, ihr Gepäck zu verstauen. Niemand sprach sie an. Alle waren kriegsmüde; der Friedensvertrag nach der Kapitulation der Sowjets war deprimierend verlaufen, wie Eduard gehört hatte. Der schwedische Botschafter in Chabarowsk, der ihnen mehr Geld als erwartet zugesteckt hatte, hatte Viktor beschworen, so schnell wie möglich über Petersburg, das seit Jahren nur mehr Petrograd genannt werden durfte, nach Estland zu fliehen. Es gäbe bereits ein von Schweden und Dänen betreutes Netzwerk, das sie in Empfang nehmen und außer Landes begleiten würde, alles abgesprochen mit der neuen russischen Regierung, dem jungen österreichischen Kaiser und Deutschland. Hauptsache, sie würden nicht den kürzeren Weg über die Beringstraße nach Alaska nehmen oder sich unterwegs Richtung Süden durchschlagen wollen. Noch war der Krieg zwischen der Entente und den Alliierten nicht beendet.

»Niemand fühlt sich für uns zuständig«, flüsterte Imre.

»Sei froh!« Viktor lachte. »Ist euch klar, dass wir heraußen sind? Der Zug rollt. Wir sind schon mindestens zehn Kilometer vom Lager entfernt.«

»Habt ihr in den Wagons ein bekanntes Gesicht gesehen?«

»Ja, vorne in der zweiten Klasse. Mindestens zwei«, sagte Eduard von einer Pritsche über ihnen und schob sich eine zusammengerollte Decke unter den Kopf. »Deutsche Offiziere. Sie haben natürlich weggeschaut und ich auch. Jede Gruppe für sich, außer es macht Sinn, dass wir uns zusammenschließen. Im Moment bleiben wir für uns. Und jetzt, meine Herren, werde ich schlafen. Schlafen und von Wien träumen. Oder vom Semmering. Aber auf keinen Fall vom Kaiser, wenn ihr es genau wissen wollt.«

Sie lächelten einander zu. Eine Familie im Wagon hatte es sich mit richtigem Bettzeug bequem gemacht, jemand schlürfte heißen Tee, irgendwo im Halbdämmer, den die Funzeln erzeugten, waren Stimmen zu hören, das heisere Lachen einer alten Frau. Niemand sprach russisch.

Karl starrte hinaus in die Schwärze. Er sah sein Gesicht, die eingefallenen Wangen, daneben schob sich der Kopf seines Bruders, Wange an Wange, wie sie es als kleine Buben gemacht hatten, minutenlang aneinandergepresst.

»Ich hatte den ganzen Winter Angst, wir würden den richtigen Zeitpunkt versäumen«, flüsterte Viktor.

»Ich weiß.«

»Wirst sehen, es geht geschwind. Die Fanny wirst bald wiederhaben.«

»Verschrei's nicht.«

»Jetzt bleiben wir, solange es geht, in der Transsibirischen. So bequem sind wir nicht hierhergekommen, gell?«

»Do Sibir! Haben sie das bei dir auch gebrüllt, als ihr in den Zug gestoßen worden seid?«

»Ja. Nach Sibirien! Da hab ich mir geschworen, kein Russisch zu lernen, keinen Schritt auf sie zuzugehen.«

»Und das Mädchen in Chabarowsk?«

»Das hast du mitbekommen?«

»Vikki, du hast Frauengeschichten nie gut geheim halten können.«

»Die war lieb. Samojedin. Hat mir gefüllte Fladen gemacht.«

»Und du?«

»Ich hab ihr ein Fenster repariert und ein Vordachl für ihre Hütte gebaut, damit der Schnee nicht gleich bei der Tür reinquillt. Wir haben nicht viel geredet. Russisch schon gar nicht, das hat sie auch nicht können.«

»Und ihr Mann?«

»Der ist in diesem Winter nicht heimgekommen.«

»Und wenn sie ein Kind kriegt von dir?«

»Ich hab aufgepasst.«

»Das werden die stärksten Gschrappen.«

»Nicht jeder spielt sich so wie du und die Fanny.« Viktors Wange löste sich langsam, der Bruder legte ihm den Arm auf die Schulter. »Wirst sehen, im Herbst blödelst mit dem Max und machst der Fanny eine Tochter.«

Sein leises Lachen gluckste, bevor er das Bettbrett herunterklappte, sich ausstreckte und schon eingeschlafen war, bevor Karl gegenüber den Rucksack verstaut, die Filzjacke als Polster daraufgelegt, den Mantel über sich geworfen und gewohnheitsmäßig nach Fannys Foto in seiner Innentasche gegriffen hatte.

Mitten in der Nacht erwachten sie fast gleichzeitig, weil das Rollen der Räder aussetzte, der Zug im Nirgendwo stoppte. Die anderen Passagiere ließen sich nicht stören. Josef mit seinem exzellenten Russisch machte sich auf den Weg in Richtung Lokomotive. Imre saß stocksteif da, die Augen geschlossen, die Hände im Schoß ineinandergekrallt. Von draußen war wenig zu hören, weit entfernte Stimmen, Passagiere, die ebenfalls ausgestiegen waren, Zugpersonal. Das einzige Wort, das sie sofort verstanden, war die Zahl vier.

»Sie meinen nicht uns«, flüsterte Karl.

»Aber wenn sie bis zu uns kommen …«

»Wartet ab. Das ist irgendwo weit vorn. Ich höre keine Pfeifen. Ihr? Keine Polizei, keine Miliz.«

Imre startete sein verzweifeltes Summen.

Die Schwärze unter dem Neumond war kompakt, selbst vor das Sternenlicht hatten sich Wolken geschoben, das Schneeweiß rundum aufgelöst in purer Finsternis. Im Glas glitzerte kupfern das Spiegelbild einer Lampe in Birnenform, die an einem Kabel über dem Gang zwischen den Bänken baumelte. Wie daheim, dachte Karl, wenn die Mutter Samstagnacht auf uns Burschen gewartet hat.

In dem Moment ging die Wagontüre auf, und Josef kam lachend herein. »Sie suchen Mehlsäcke. Vier Stück. Einer hat sie in Chabarowsk noch aufgeladen und gut verstaut, behauptet er. Und plötzlich sind sie weg.«

»Wer sucht sie?«

»Zugpersonal und ein paar Männer vorne in der zweiten Klasse. Wenn die Säcke von einer Plattform gefallen sind, freut sich morgen früh wer an der Bahnstrecke. Aber sie gehen davon aus, dass sie noch im Zug sind. Und zwar vorne, in der dritten Klasse kann man nichts verstecken, seht ihr ja – alles arme Schlucker, die sich mit ihren Schätzen umgeben, und nirgends ein Extraverschlag für Mitgeführtes.«

»Imre, hör auf zu summen!«

Das Summen brach ab, aber der Ungar stand auf und tastete nach dem Fenster.

»Hier geblieben!« Josef klang ruhig, freundlich, drückte den Freund zurück auf die Holzbank. »Alles ist gut. Sie suchen niemanden. Nur Mehl. Glaub's mir. Wir schlafen jetzt, und morgen früh wirst du die Sonne über der Steppe sehen, und wir besorgen uns frisch gebrühten Tee. Hast den großen Samowar an der Wand da vorne gesehen?«

»Ich … ich …«

»Wir lassen uns nicht fangen, Imre, jetzt nicht mehr. Schau uns an. Wir alle legen uns wieder hin. Nicht, dass die alte Frau da vorne aufwacht und sich erschreckt.«

Imre schüttelte den Kopf.

»Komm nur. Da ist dein Polster. Schau, die Nacht deckt

uns alle zu. Und der Ludwig singt uns ganz, ganz leise noch was vor.«

Karl schwang sich hinauf auf sein Bett. Das brachten sie einem auf der Militärakademie auch nicht bei, wie man einen durchdrehenden Freund beruhigte. Aber Josef hatte das immer gut gekonnt.

Sie schliefen schon fast, als sich der Zug ruckelnd in Bewegung setzte. Westwärts, war das Letzte, woran Karl dachte, westwärts.

Die Tage glichen einander. Es gab den Weg zum Samowar, der am Ende des Wagons an der Wand befestigt war und vom Schaffner immer wieder mit Wasser und frischen Teeblättern befüllt wurde. Es gab das freundliche Nicken der Mitreisenden frühmorgens, wenn sie zum Abort hinter dem Holzverschlag wankten. Es gab das vorbeihuschende Land draußen vor den Fenstern, zu beiden Seiten flache Endlosigkeit, in der manchmal lang gezogene Bodenwellen auftauchten, als glitten sie über ein gefrorenes Meer von braungrauem Wasser, auf dem schmutzigweiße Gischt tanzte. Manchmal leuchteten frische Schneezungen, die aus dem verwaschenen Horizont wuchsen und sich den Gleisen entgegenstreckten, besetzt mit strahlenden Eiskristallen.

Es war eine gigantische Landschaft, durch die sie sich bewegten. Die Bahnstrecke folgte dem großen Bogen der Grenze, im Süden lag unsichtbar die chinesische Mongolei hinter den dicht bewachsenen Böschungen des Amurs, die zaghaft den Frühling zu verkünden begannen. Manchmal erschien ein Reiter. Manchmal blitzte zwischen dem grauen Schnee unglaublich grelles Grün auf. Manchmal verloren sie den Blick auf den Fluss. Manchmal stand in einer kaum wahrnehmbaren Senke ein Busch in früher Blüte, und Vögel schwirrten darüber, als wäre der Strauch eine lebensrettende Insel. Die Bahn sang ihr Lied auf den Schienensträngen, manchmal veränderte sich der Rhythmus, und alle starrten zu den Fenstern hinaus, um rechtzeitig zu sehen, wie die waagrechten Linien der Ebene zerschnitten wurden von den Mauern einer verlassenen Ziegelei. Oft tauchte gleich dahinter ein Gebäude mit zierlichen klassizistischen Säulen auf, der Zug blieb stehen, um frisches Wasser und vielleicht auch Kohle aufzunehmen. Türen öffneten sich, Leute stiegen aus, stiegen ein. Hielten sie frühmorgens oder bereits in abendlicher Dunkelheit an, standen Schlitten da, gezogen von struppigen Pferden. Untertags verwendete man Wagen mit Rädern, und die Männer sahen die dunklen Rinnen, die wie fette Pinselstriche vom Bahnhof ins Nichts führten.

Liebste Fanny, schrieb Karl in sein Heft. *Vielleicht kann ich dir einen Brief schicken, der schneller reist als ich, sodass du weißt, wo wir stecken und in welcher Gegend ich an dich denke. Die Flucht ist uns leichter geglückt als befürchtet, es war so einfach, dass wir nun dem Frieden in der Bahn trauen und nicht daran denken, wie der Bürgerkrieg rundherum wütet. Manchmal erreichen wir ein Dorf oder ein Städtchen, das seine Existenz nur diesem Zug verdankt, Häuser wie von Zauberhand auf ein verdrecktes Tischtuch geworfen. Es taut, aber die Nächte sind noch eiskalt. Der Boden dehnt sich aus und zieht sich zusammen wie eine weggeworfene Ziehharmonika, über die ein Geist steigt. Die Landschaften verändern sich kaum, und doch gibt es so viele Wunder, von denen ich dir und Max berichten muss.*

Die Männer entspannten sich. Noch hielt der gefrorene Untergrund. Wären sie nur zwei Wochen später geflüchtet, hätte es Probleme gegeben. Bei extremem Tauwetter drückten die schweren Lokomotiven Schwellen und Schienen in den Schlamm und blockierten ganze Streckenteile. Ihr Zug jedoch ratterte schlafwandlerisch langsam mit regelmäßigem Klacken und Pochen über alle Fugen und Schweißstellen. Uniformierte sahen sie auf keinem der verlotterten Bahnhöfe. Das Land war zu weit, zu leer. Einmal tauchten hinter den Hügeln im Süden weiße Bergspitzen auf, ein leuchtendes Gebirge auf mongolischem Gebiet. Einmal lag eine winzige Stadt hinter dem Bahnhof, eine Spielzeugkirche mit grünspanigen Kuppelchen, wenigen Ziegelhäusern, umrahmt von Holzschuppen. Josef erfuhr von einem anderen Reisenden, dass der Ort erst vor zehn Jahren erbaut worden, Smeiny genannt worden war, seinen Namen jedoch oft wechselte. Momentan hatte man sich auf Ruchlowo geeinigt. Die Eisenbahn, erklärte Josef seinen Freunden, hätte das Land auch während des Krieges verändert. Plötzlich gäbe es Fabriken, Städte mit Geschäften, Menschen aus dem Westen, die hier hängen geblieben waren und es besser fanden als daheim hinter dem Ural, freier. Wenn Josef die Mitreisenden nach Kämpfen fragte oder nach Soldaten, zuckten die meisten die Schultern. Ja, drüben im Westen ginge es hoch her. Spätestens in Irkutsk sollten sie sich in Acht nehmen. Denn die Bolschewiken säßen dort trotz der Weißen Armee an den Hebeln der Macht.

»Das dauert noch, bis wir dort sind«, sagte Josef.

Imre summte nicht mehr, wenn ihn ein Einheimischer ansprach, Viktor und Ludwig zählten übermütig die zurückgelegten Entfernungen, jeder Tag brachte sie weiter nach Westen, manchmal schafften sie zweihundert Kilometer in einem Stück!

Karl las einen von Fannys Briefen. Sie erzählte von den Familien ihrer Schwestern Amalia und Josefin. Amalias Söhne, fast zehn Jahre älter als Max, besuchten alle drei das Schottengymnasium; besser könnte es gar nicht sein, schrieb Fanny, doch nun, seitdem ihr Schwager Alfred auch eingezogen worden war, wurde es eng mit dem Schulgeld.

Karl erinnerte sich gern an den freundlichen Mann, rund und glatt hatte er oft im Abendlicht der Heurigen wie ein prächtiger Germknödel geleuchtet. Er war aus dem Krieg ohne linken Arm und mit vernarbtem Oberkörper zurückgekehrt und hielt nachts mit schrecklichen Lauten die Familie wach, während er in Träumen, über die er nicht reden wollte, gefangen war. Karl konnte sich den Beschuss vorstellen, der zu Fredis Verwundungen geführt hatte, und er stellte sich vor, wie auch er selbst nach der Heimkehr einer von den Schreienden wäre. Ein Nachtgespenst, das den Krieg in die Wohnung schleppte und bei Fanny und Max festhielt über das Ende der Schlachten hinaus. Doch andererseits war Fredi wieder mit seinen Lieben vereint, während Karl im Zug lag, die fremden Familien beobachtete und sich des Neids schämte, der hochschwappte. Dabei lief es doch wunderbar! Die Gleise sangen unter ihm, keine Zwischenfälle, selbst Imre und Eduard schliefen ruhig. Der Ofen im Wagon ging nie aus, es war richtig gemütlich, unglaublich eigentlich.

Ludwig war noch munter, wickelte seinen Instrumentenkasten aus der Decke, in der er seine Oboe im Winter fast durchgehend schützte. Karl sah ihm zu, wie er sie heraushob, mit den Fingerkuppen liebevoll über die Klappen strich, sie zurücklegte, sich versicherte, dass das winzige Rohrstück, das von seinem Vorrat an Arundo donax übrig geblieben war, noch in der Samtschlaufe befestigt war, den Kasten wieder schloss.

»Wie lange wird es noch halten?«, fragte er.

»Wenn ich Glück habe, dann bis zum nächsten Winter. Da sind wir schon längst daheim oder so weit im Südwesten, dass ich das richtige Rohr bekomme.« Ludwig klang zuversichtlich.

Karl wusste, was noch gut versteckt unter dem Samt lag: das winzige Spezialmesser, mit dem Ludwig sein Mundstück schnitt. In den Jahren, die sie nun auf engstem Raum miteinander verbracht hatten, war Karl klar geworden, dass sein Freund Ludwig die Musik als Retterin erlebte, die Oboe sein Fluchtmittel war, so wie für ihn Fannys Briefe und die Erinnerungen, die ihn vor dem Sturz in die Verzweiflung retteten. Er hatte beobachtet, wie Ludwig das Instrument pflegte und vor dem sibirischen Klima zu schützen versuchte, welche Ängste er litt, wenn er rund um Weihnachten und Silvester zu vermehrten Proben hinüber in die Kantine musste und das Futteral dicht am Körper unter dem Mantel trug. Alle Musiker befürchteten irreparable Schäden, und alle schienen ihre Instrumente zu lieben, als wären es lebendige Wesen. Und nun waren sie in einem geheizten Zug, die Oboe schien unversehrt und gerettet für den Augenblick, und Ludwig wurde von Tag zu Tag fröhlicher.

Als die Strecke sich nordwärts und immer weiter weg von der Küste wandte, kam der Winter zurück. Vermummte Kinder standen an den Gleisen, manchmal winkten sie. Der Himmel leuchtete blau, im Süden standen Federwolken über einem Gebirge, das sich langsam über die leichte Krümmung des Horizontes erhob.

»Ostsajan«, nannte Josef es und sagte, dass sie sich nun in der Tartagatei befänden.

Viktor schwelgte von den brüderlichen Schiausflügen in den Zentralalpen. Von der prächtigen Märchenlandschaft, durch die sie mit Schneeschuhen aufgestiegen waren, die schweren Holzschier am Rücken festgeschnallt, die Übernachtung im Heulager eines Bergbauern, heißer Sterz mit gereiftem Käse und einem Glas selbst gebrannten Schnaps abends. Wie sie am nächsten Morgen die Hänge hinunter ins Tal geglitten waren, geführt von einem Knecht, der sich einen Heller dazuverdienen wollte. Diese weiten Schwünge durch den Neuschnee, die langen Traversen im schütteren Wald, wenn plötzlich Schneepolster von Ästen glitten und sich in flirrenden Sternstaub verwandelten, überraschtes Wild am Rand einer Lichtung bei den Salzlecken die Köpfe hob.

»Weißt du noch«, fragte er Karl, »das eine Mal im Lungau? Oder im Tirolischen, als wir in der Schneise über dem vereisten Bach hinuntergefegt sind …«

»Das ist ein bisserl übertrieben, wir haben ordentlich Stemmbogen gebraucht, damit es uns nicht zwischen versteckten Felsen zerlegt hat.«

»Und es war so leise, der Schnee hat alles gedämpft, nur das Knacken der Stämme und das Plumpsen von Schnee aus den Zweigen war zu hören.«

»Im ersten Winter hier hab ich gedacht, ich könnte auf Schneeschuhen oder Schiern fliehen.«

»Wir haben uns sogar umgehört bei den eingeborenen Jägern«, mischte sich Eduard ein. »Die haben nur gelacht. Als die ersten zwei Monate im Schnee vorüber waren und es richtig arktisch wurde, wussten wir, warum.«

»Wenn wir zu Hause sind«, sagte Viktor, »werde ich im

Winter wieder Schifahren gehen und an Sibirien denken. Ich werde bei den Bauern übernachten und über die verschneiten Almwiesen fahren und hinunterschauen in die Täler tief unter mir. Alles wird weiß sein und ein bisschen grün, wo der Wald steht, und eng und überschaubar, nicht so wie hier. Und ich werde es lieben. Ich werde mich nicht fürchten, so wie wir alle hier uns vor dem weißen Land fürchten.«

Es war, als trennten die Gleise die Winterebene vom südlichen Frühjahr, aber es waren die Vorhügel und Flüsse und hohen Bäume, die den eisigen Wind brachen. Die Tundra wurde zu einem grauweißen Schatten am nördlichen Horizont, während die Männer fasziniert beobachteten, wie hinter den Fenstern auf der anderen Seite Berge höher wuchsen. Riesige Büffelherden tauchten auf, Hirten in bunten Mänteln. Das frische Gras hatte begonnen, die abgestorbenen Halme zu überwuchern, Karl entdeckte erste Blumenpunkte auf den Weiden, der Schnee schrumpfte zu weißen Inselgebilden, und die Brücken, über die der Zug donnerte, führten schäumendes Wildwasser, in dem graue Eisblöcke tanzten; Flüsse, die ihn an die erschreckende Unbezähmbarkeit des Amur bei Chabarowsk erinnerten, wenn ihn die Schmelze über zehn Meter steigen ließ, das Wasser gurgelnd und stampfend zwischen den Bäumen hervorschoss und alles in seinem Weg ertränkte.

Karl zeichnete winzige Bilder, auf jeder Seite seines Skizzenbuches reihte er sie aneinander wie eine Miniaturgalerie. Manchmal knurrte ihm der Magen, dann stand er auf wie die anderen, holte frischen Tee, füllte den Bauch damit, bis es wieder Zeit wurde, an Dörrfleisch zu kauen, einen Brotfladen zu teilen, den sie bei einem Zwischenstopp ergattert hatten. Das

Essen war billig und eintönig, doch die Würze ihrer Freiheit verwandelte alles.

> *Liebste Fanny,* schrieb Karl, *wir zwei haben es nicht einmal bis nach Venedig geschafft, und nun bin ich schon weiter gefahren, als es auf unserem Kontinent von Wien nach Süden überhaupt möglich wäre, ohne im Wasser zu landen. Statt einer Vielfalt von Landschaften wie daheim begleitete uns nur eine einzige, das sibirische Grasland mit seinen Waldinseln und in Sümpfen fast ertrinkenden Flüssen. Ich sehne mich nach dir, die mir langsam näher und näher rückt, jeden Tag ein paar Kilometer, und ich spüre, wie ich dieser Freiheit verfalle, die doch nur eine Illusion ist.*

Die Berge rückten näher, sie rollten in Tschita ein. Wieder pressten sie ihre Gesichter an die Fenster, suchten nach Uniformierten, nach blitzenden Waffen und erblickten ein kleines Städtchen mit Steinhäusern und Ziegelfassaden, den hübschen Holzvillen der Dekabristen mit ihren markanten Fensterumrahmungen, die sie, staunend trotz der tief sitzenden Furcht, das erste Mal vor Jahren gesehen hatten, als man die Kriegsgefangenen auf derselben Strecke in den Osten transportiert hatte.

Damals hatte sich Karl das Wort »Dekabrist« gemerkt. Putschender Offizier. Er hätte nie gegen den Kaiser agiert, hatte nie schlecht über Habsburg gesprochen, obwohl er sich seinen Teil zu manchen Mitgliedern des Herrscherhauses dachte. Wie es wohl wäre, frei zu sein, heiraten zu dürfen, wen er wollte? Seit dem Tag, als Fanny ihm die Schwangerschaft gestand, hatte er davon geträumt und Geld angespart. Jetzt, Jahre später, gab es keinen Zaren mehr, keinen Franz Josef. Ob Offiziere in Zukunft ohne Einschränkungen eine Heiratsbewilligung bekamen, ohne dafür bezahlen zu müssen?

Doch sie waren nicht nur aus finanziellen Gründen einer Hochzeit aus dem Weg gegangen. Fanny hätte ihre Selbstständigkeit aufgeben müssen, wäre in einer Garnison als Angehörige des Niederen Standes geschnitten worden. Max hätte es ausbaden müssen. Unverheiratet konnten sie freier leben, selbst mit dem Makel der Ehelosigkeit.

Karl schaute auf das neue Bahnhofsgebäude, die beeindruckenden Amtsgebäude rundherum, die verrieten, dass die Moskauer Staatsmacht die Völker im Umkreis lenkte. Er entdeckte eine Synagoge, nicht weit entfernt eine Holzkirche mit zwei achteckigen Türmen, bunt bemalten Kuppeldächern, die ihn an alpine Männerhüte erinnerten, mit einer schmalen Fasanenfeder genau in der Mitte.

Ludwig und Viktor trieben sich auf dem Perron herum, kauften Essen. Eduard stieg gerade mit Imre aus, Josef saß bei einer burjatischen Familie, mit der er sich angefreundet hatte und die ebenfalls bis Irkutsk fahren wollte. Man hätte meinen können, sie befänden sich auf einer Landpartie und nicht auf der Flucht. Erst wenige Tage waren seit ihrem Ausbruch vergangen, und die friedlichen Reisebedingungen lullten sie ein, als wäre weit und breit kein Krieg, als lägen nicht in der Nähe der Gleise verscharrte Knochen, die von vergangenen Grausamkeiten zeugten. Völlig entspannt plauderten sie, ihre Stimmen wurden lauter, obwohl der Wagon mittlerweile voll belegt war. Die Deutschen, die seit Chabarowsk weiter vorn im Zug saßen, schienen ebenfalls nichts zu befürchten, berichtete Eduard. Es fühlte sich für Karl so unwirklich an und blieb das auch, als sie über die Selenga fuhren, den wichtigsten Zufluss zum Baikalsee, und in Werchne-Udinsk ankamen.

»Aufpassen«, stieß Viktor hervor. »Könnte sein, dass hier die Kommunisten an der Macht sind. Josef, kommst du mit umschauen?«

Schon waren sie draußen, tauchten zwischen den bunt gekleideten Menschen unter. Imre starrte angestrengt auf die Gebirgslinie weit hinter den Hausdächern am Horizont.

»Hunnenland«, sagte Karl, um ihn abzulenken. »Der Josef hat von den Burjaten da hinten erfahren, dass es hier uralte Spuren gibt, Wälle und Ruinen. Sollen weit über tausend Jahre alt sein. Angeblich sind die Hunnen, die bei uns an der Donau die Krimhildhochzeit veranstaltet haben, von hier gekommen. Kannst du dir das vorstellen, von hier nach Pöchlarn?«

Imre zuckte mit keiner Wimper.

»Tausende Kilometer reiten, jahrelang, bis sie bei uns waren.«

»Und nicht mehr zurückkehrten.« Imres Stimme klang rostig, er begann zu wippen, dann setzte das Summen ein.

Ein kleiner Junge blieb im Gang stehen und beobachtete ihn. Karl griff nach dem Stift, zeichnete das runde Kindergesicht, die schmalen Augen über den Wangen mit den Erfrierungsspuren, den Finger, der nun im halb offenen Mund verschwand. Dabei redete er die ganze Zeit mit dem Jungen, als müsste er Imres Summen in seinen Worten ertränken, als könnte er so die Aufmerksamkeit auf sich lenken. Das Kind lachte, und Imre begann zu wippen, vor und zurück, bis er den Kopf beinahe auf die Knie legte und beim Zurückschnellen fast gegen die hölzerne Wand krachte. Karl riss das Blatt aus dem Heft, drückte es dem Kleinen in die Hand, scheuchte ihn weg, dawei, dawei, versuchte, Imres Gesicht festzuhalten. Dann war plötzlich Ludwig da, glitt neben den Ungarn, umarmte ihn, flüsterte ihm ins Ohr. Karl spürte, wie der Kopf in seinen Händen schwer wurde, sah, wie sich Imres Augen langsam schlossen, diese schönen Wimpern, die ihn an Fannys erinnerten. Wie lange würden sie ihn noch beschützen können? Wann würden sie wegen seines Benehmens in Schwierigkeiten geraten?

Eine Frau war auf ihn zugekommen, hielt Karl ein Zeitungsblatt mit süßen Kringeln entgegen. Der kleine Bub hing an ihrem Rockzipfel. Als Karl das Backwerk entgegennahm, griff sie in ihr Gewand, holte einen Zettel hervor. Die Zeichnung, erkannte Karl und lachte, weil die Frau nun strahlte.

Als Viktor und Josef zurückkamen, verschlangen sie die letzten Kekse, bevor sie von den Uniformierten draußen auf dem Vorplatz des Bahnhofs berichteten, von dem Völkergemisch, das hier offensichtlich wohnte, von dem buddhistischen Kloster, das ihnen aufgefallen war.

»Es fühlt sich nicht russisch an«, sagte Josef. »Die Bolschewiken halten sich zurück. Als würden sie zusammenarbeiten. Friedlich.«

»Aber?«

»Es sind noch hundertfünfzig Kilometer bis zum Baikalsee. In Irkutsk wird es anders sein. In Irkutsk sind angeblich riesige Lager. Neue Lager.«

»Und wir müssen hin. Wir müssen auf jeden Fall über den See. Vielleicht können wir am anderen Ufer verschwinden. So oder so, ich glaube, dort ist unsere gemütliche Reise zu Ende«, sagte Karl.

Als wolle sie ihm recht geben, änderte sich die Landschaft schlagartig. Hügel umgaben sie, die weite Ebene verschwand. Dichtes Nadelgehölz begleitete sie über Stunden, Tunnels lösten einander ab, Felsrippen krönten den Wald, die Hänge wurden steiler, pfauchend schob sich die Lokomotive vorwärts. Steinerne Wände wuchsen aus den Hügeln, Berge türmten sich auf, Schnee auf den Gipfeln und in den tiefen Schründen. Wie daheim in den Hochalpen, dachte Karl und war sicher, dass die anderen, Imre vielleicht ausgenommen, das gleiche Heimweh spürten.

Und dann lag plötzlich der See vor ihnen. Ein vereistes Wunder, unter dessen weißer Kruste, daran erinnerte er sich, unvorstellbar tiefes Blau lag, in dem angeblich Wesen lebten, die es nur hier gab, eine versunkene Arche voller Wassertiere; ein Riss im sibirischen Boden.

Die Bahn schwenkte ein, der Schienenstrang folgte der Uferlinie. Auf dem Eis sahen sie winzige Punkte, Menschen, Arbeiter, Zugpferde mit umwickelten Hufen. Fasziniert beobachteten die Freunde, wie Hütten auftauchten, ein verkommenes Fabrikgebäude, wie Leute auf die Bahn zuliefen, winkten. Hier begann das letzte Teilstück der Strecke, die aufwendige Umfahrung des Südufers, die Goldene Gürtelschnalle, die Osten und Westen über Brücken, Tunnels, Viadukte und mächtige Stützmauern verband.

»Port Baikal«, sagte Eduard, als sie Stunden später auf die Mündung der Angara zufuhren. »Sie haben die Wagons im Sommer auf Schiffe verladen und im Winter Gleise aufs Eis gelegt.«

»War die Umrundung so schwierig wie unsere Semmeringgebirgsbahn, um die uns halb Europa beneidet?«

»Viel komplizierter. Selbst für den Eiffel, als sie ihn damals vor fast zwanzig Jahren aus Moskau anfragten, und für die anderen Koryphäen.«

Das war Sibirien, dachte Karl, ein Erdteil, der die Menschen verschluckte, sich einverleibte, ohne dass sie Spuren hinterließen. Wo einen die sechs Monate andauernde tödliche Kälte begrub, wo einem der Boden unter den Füßen verschwamm, in Tauwasser versackte, zu Sumpfsuppe wurde, in der sich nur Mücken und Vögel wohlfühlten. Er schaute auf das schimmernde Eis, dachte an die schneeverkrusteten Platten auf dem Amur. Und er erinnerte sich an den Tag, als er und seine Freunde aus einem anderen Wagon den Baikalsee das erste Mal gesehen hatten, auf dem Weg nach Chabarowsk.

Dieses Blau hinter den Ritzen der Holzplanken, das ihm wie ein Versprechen erschienen war, ein Blau, das ihn verfolgte, bis er Wochen später mit seinem alten Grafitstift zu zeichnen begann, nach so langer Zeit endlich wieder; einen Moment nur zu beiden Seiten sichtbar die Ufergebirge, diese aufgerissenen Lippen des Erdmunds, ein mit Wasser gefülltes Riesenmaul, das ins Innerste der Erde führte.

Karls immer wieder aufflammendes Bedürfnis, alle Details auf Papier festzuhalten, hatte ihm geholfen, die Zeit zu zerteilen. Jede Zeichnung einer Pflanze, eines Astes, eines Vogels, jedes Menschenbild hatte die tödliche, immer gleiche Ewigkeit in ein Davor und Danach geschnitten, hatte die Einöde der zu langsam verstreichenden Zeit gestückelt, hatte jedem Tag Kontur verschafft, wie es für ihn sonst nur Fannys Briefe vermocht hatten.

Das Zeichnen hatte geholfen, sein Denken am Leben zu erhalten, so wie Fanny sein Herz weiter schlagen ließ. Das Blau des Baikalsees vor drei Jahren, wollte er seinem Bruder erzählen. Aber er ließ es. Jeder hatte, wenn er Glück wahrnehmen konnte, seinen speziellen Moment der rettenden Erleuchtung, und für jeden war es etwas anderes.

Plötzlich standen da Kaimauern, zusätzliche Gleise, Fischerboote, die kieloben im Schnee lagen, bunte Bäuche der Sonne entgegenstreckten, Häuser, Hallen, undurchdringliche Wildnis dahinter, Schlammstraßen, Lasten tragende Menschen, hoch beladene Fuhrwerke, Uniformierte dazwischen. Hier würde es keine Möglichkeit geben, unbemerkt um Hilfe zu bitten, unbemerkt weiter Richtung Westen zu kommen.

Der Zug bot die einzige Möglichkeit, und Karl wurde klar, dass sie gefangen waren. Ihre Falle brachte sie eilends vorwärts, ruckelnd zuerst, doch dann immer schneller, vielleicht drei Stunden noch, bis der große Bahnhof von Irkutsk auftauchte, Umschlagplatz für Waren und Menschen. Und wenn nur die Hälfte von dem stimmte, was sie von den neuen Passagieren aufschnappten, dann war Irkutsk außerdem der Ort, den gerade nach fürchterlichem Gemetzel die Kommunisten übernommen hatten, eine Stadt im Umbruch, eine Stadt der Soldaten – und eine Stadt der siegestrunkenen Tschechischen Legion. Sie hatten an den leicht zugänglichen Hängen in den Hügeln die kahl geschlagenen Lichtungen gesehen, riesige Flächen, deren Holz dringend gebraucht wurde und das die Kommunisten nicht nur für neue Häuser, sondern auch für neue Lager nutzten.

»Wir müssen zusammenbleiben«, sagte Eduard. »Imre kommt in die Mitte. Keiner geht ohne den anderen wohin. Auch unsere Papiere zeigen wir nur in der Gruppe her, verstanden?«

Auch die anderen Passagiere schienen unruhig zu sein. Sie wurden immer leiser, je näher sie der Stadt kamen. Fanny, dachte Karl, und dass er nun schon viele Hundert Kilometer näher bei ihr war und sie trotzdem nichts davon hatten.

Nun rollte der Zug aus, und zu beiden Seiten tauchten Baracken auf. Soldaten. Imre bekam einen roten Kopf, weil er sich so bemühte, nicht zu summen. Karl sah, wie er eine Faust ballte, wie die Finger weiß wurden vor Anstrengung, wie er sich die Nägel ins Fleisch trieb, versuchte, den einen Schmerz mit einem anderen zu überdecken. Sie hatten alle ihre Strategien entwickelt, mit der Angst fertigzuwerden.

Karl versank in der Erinnerung an Gemälde aus dem Kunsthistorischen Museum am Wiener Ring, Bruegel, den er liebte. Den Turmbau zu Babel, die wuselnde Baustelle, ein helles Bild, in dem die kommenden Schrecken sich erst andeuteten. Er konzentrierte sich auf den Vordergrund rechts, die Hebemaschine für die großen Granitblöcke, Schiffe am Ufer, die Ziegel entluden. Rot und Ocker, sanftes Gelb und zertretenes Gras, Menschen in ausgewaschenen Kleidern. Er hatte es zur Meisterschaft gebracht, damit die tiefe Furcht wegzudrängen, wenn sie ihn überkam.

Dann zerstob das Bild, der Zug hielt an.

Draußen wurden Kommandos gebrüllt. Ein Pfiff, ein Befehl, ein angedeuteter Hieb mit einem Gewehrkolben: Schon schoben sich die Zugreisenden zu Gruppen zusammen, Familien, Paare, unterschiedliche Volkszugehörigkeiten, an den Hauben, bunten Borten der bestickten Jacken und Röcke erkennbar, und die Kriegsgefangenen, die trotz ihrer Zivilkleidung hervorstachen, weil das Fremdsein ihre Haltung prägte, die Angst in ihren Gesichtern stand. Karl staunte, wie viele sich im Zug versteckt hatten, mindestens vierzig Mann. Ein Kordon von Rotarmisten umstellte sie.

»Beisammenbleiben«, mahnte Eduard noch einmal.

Sie wurden vorwärtsgetrieben, weg von den anderen Passagieren, weg von den Händlern, die über lodernden Feuern gusseiserne Töpfe voll brodelnder Herrlichkeiten bewachten, weg vom Zug, der sie so mühelos aus dem Lager gebracht hatte.

Sie betraten eine Baracke.

II

Mai 1918

DIE IRKUTSKER
THEATERWERKSTATT

Liebster, die Sonne strahlt heute; Maxl sortiert Primel-
töpfchen im Schaufenster um, und gleich stell ich mir
vor, dass bei dir endlich der Frühling einkehrt und uns
allen die Hoffnung stärkt.

aus Fannys Brief vom 12.4.1917

Sie wurden sofort voneinander getrennt, ihre Papiere einge-sammelt. Wienerisches Deutsch ließ Karl herumfahren, genauso wie Viktor, der sich gerade durch das dichte Gedrän-ge zurück zu seinem Bruder kämpfte. Von den Tischen, auf denen sich Dokumente türmten, blickte ein Rotarmist auf und lächelte.

»Willkommen in der kommunistischen Heimat, Genos-se«, klang es in breitem Ottakringerisch.

»Wir gehören zusammen!«, hörte Karl Eduard schreien, und ein neuerliches Geschiebe setzte ein, bis die sechs Männer vor dem Wiener standen.

»Aha. Lauter zwangsbefreundete Haberer! Na, dann schau-en wir uns einmal eure Papierln an.«

Der joviale Ton täuschte keinen von ihnen. Über die, die in der Gefangenschaft der kommunistischen Bewegung beige-treten waren, gab es unter den Offizieren eine einheitliche Meinung: Frisch Konvertierte waren in ihrer Begeisterung gefährlich und wollten allzu bereitwillig zweifelsfreie Gefolgschaft für die neue Botschaft beweisen.

»Und ausziehen«, schob der Mann beiläufig nach.

Ein Armist stellte sich mit entsichertem Gewehr hinter sie, einer nahm Rucksäcke, Mäntel, Schuhe, Hosen, Rubaschkas und brachte sie zu einem anderen Tisch, wo sämtliche Taschen geleert und alle Nähte überprüft wurden.

Karl dachte an den perfekt gelungenen Saum seines Hemdes mit den fühlbaren Knoten des Spagats, dem scheinbar abgewetzten Stoff, genau so wie bei vielen Bauern und Militärs, die die Säume ihrer Rubaschkas beschwerten, damit der Eiswind nicht so leicht unter den Leinenstoff geriet. Nur bestand seine Einlage aus dicht gerollten Vierzig-Rubel-Scheinen, den kleinsten, die es gerade gab, nicht größer als ein Omnibusfahrschein in der Heimat. Eduard hatte es genauso gemacht; die anderen hatten ihr Geld im Hosenbund, in einer Falznaht, in verdeckten Futteralen verborgen. Karl traute sich nicht, zum Tisch und zu den Grölenden zu schauen, wenn sie wieder ein Versteck fanden. Aber er sah die unterdrückte Wut im Gesicht seines Bruders, hörte, wie Ludwig schnaufte und dann erleichtert den Atem ausstieß. Also hatten sie sein Schnitzmesserchen nicht gefunden und kein Interesse an der Oboe. Dann setzte neben ihm Imres Summen ein.

»Was denkt ihr denn, mit dem bissl Geld wärt ihr doch nicht weit gekommen«, lachte der Wiener, »und seids mir net bös, aber fälschen könnts ihr auch net gut.«

»Wir wollen halt heim.«

»So ein Quatsch, die warten doch dort nicht auf euch. Wisst ihr, was sich zu Hause abspielt? Hunger, Not, Chaos. Und jetzt auch noch die Grippe. Außerdem könnts ihr noch nicht über den Fluss. Und wir haben jetzt den Scherm auf, weil ihr nicht in Chabarowsk geblieben seids, ihr Trottel.« Er wartete gar keine Antwort ab, gab den Bewaffneten ein Zeichen und wandte sich schon den nächsten zu.

Sie wurden hinausgetrieben, bevor sie richtig angezogen waren, krampfhaft ihre zerlegten Siebensachen an sich pressend; die Papiere drückte der Wiener Eduard in die Hand mit dem Rat, sich doch einmal näher die Grundsätze der kommunistischen Partei anzusehen, die nächsten Monate würden viel verändern; sie kämen jetzt einmal in ein interimistisches Lager, eine neuerliche Flucht sei lachhaft, sie könnten sich da ruhig bei denen umhören, die man schon eingesammelt hätte.

Ein Gefangenenwagen, der abseits der Station auf einem Nebengleis des Güterbahnhofs stand, wurde geöffnet, sie sprangen hinauf, die Tür schloss sich, ein Riegel schnappte hörbar ein, ein Wachtposten bezog Stellung.

Ungläubig bestaunten sie das blank geputzte Klosett, das Waschbecken mit funktionierendem Wasserhahn. Josef befragte den Posten, der nur lachte: Deutsche Soldaten, die vor wenigen Wochen aufgegriffen und hier kaserniert worden waren, hatten den Wagen einer Generalreinigung unterzogen. Wo sie denn jetzt wären, fragte Josef weiter. Da lachte der Posten wieder.

Karl setzte sich auf eine der Bänke bei dem winzigen Ofen und schloss die Augen. Er hatte vor wenigen Tagen damit begonnen, Fannys Briefe der Reihe nach auswendig zu lernen. Er war davon ausgegangen, dass sie ihm vom vielen Lesen schon in Fleisch und Blut übergegangen wären, doch er staunte, wie viel Geschriebenes sich mit Erinnertem bereits zu etwas Neuem vermischt hatte. Es störte ihn nicht, aber er wollte die Originale im Kopf behalten, solange er lebte. Ihr Ton, ihre Wortwahl, ihre Gedankengänge mussten ihn für den Fall be-

gleiten, dass man ihm alles raubte. Es war eine Frage des Über-
lebens, fand er. Die Fanny seiner Fantasie durfte die Fanny der
Wirklichkeit nicht überdecken oder verfälschen. Außerdem
würde ihn das weiterhin davor bewahren, den Verstand zu verlieren.

»Sie haben unser Geld geklaut«, knurrte Ludwig.

»Und die Taschenmesser!«

»Eins nach dem anderen«, beruhigte Eduard, während er
unbewusst den intakten Saum seiner Rubaschka knetete. »Im
Augenblick hilft uns Geld ohnehin nicht. Waschen wir uns,
essen wir alles, was wir noch haben, auf, schlafen wir. Ich
fürchte, morgen wartet die nächste Überraschung.«

Fanny war ganz sicher zu seinen Eltern ins Mostviertel gezogen, dachte Karl. Sie hatten ausgemacht, im Falle einer aus-
weglosen Situation würde Fanny mit Max Wien verlassen.
Ihre Schwestern hatten genügend mit den eigenen Kindern zu
tun, und wer würde schon in einer solchen Zeit Blumen brauchen? Sie würde ein zusätzliches Schloss an der Verbindungs-
tür zur Wohnung anbringen und alles hinter sich absperren.

Seine Eltern hatten Fanny von Anfang an gemocht und das
auch gezeigt. Das war mehr, als Fanny seit Jahren vom verwit-
weten Vater kannte. Als Karl sie 1913 den Eltern mit dem Säugling im Arm vorgestellt hatte, hatte ihre ehrliche Freundlichkeit, ihre Schüchternheit, gepaart mit der Gewissheit einer eigenen Stärke, die zwei alten Leute sofort eingenommen.
Draußen im Garten war für den Kaffee unter dem abgeblüh-
ten Flieder gedeckt, späte Tulpen leuchteten noch an der
Hauswand, Hühner scharrten unter den Obstbäumen, im
Hintergrund konnte Fanny die Kaninchenställe sehen. Karl
erinnerte sich, dass sie immer wieder unter dem Tisch nach

seiner Hand gefasst hatte; sie, die unter ihrer lückenhaften Bildung litt, schätzte, was seine Eltern für beide Söhne ermöglicht hatten, und er wusste, sein schäbiges Daheim besaß allen Glanz erfüllter Wünsche für sie. Damals waren Karls Eltern bekümmert gewesen, dass sie nicht genügend Erspartes besaßen, um zu Kriegsbeginn eine Hochzeitserlaubnis zu erwirken. Später hielt es niemand mehr für lebensnotwendig, Hauptsache, alle kamen durch, und sie konnten den gefangenen Söhnen Notgroschen schicken.

An jenem Wochenende hatte Fanny Max etwas vorgesungen, leise und abgewandt, weil sie ihn gerade stillte, und die Mutter war mit ihrem Alt eingefallen. Viktor, der Vater und er waren still geworden, während das Lied sich über ihnen im Gezweig verfing. Wie eine richtige Familie, hatte Karl gedacht. Das war im Monat vor der Mobilmachung.

Einen Blick auf die Eltern hatte er dann nur noch im Bahnhof erhascht, als sie winkend in der jubelnden Menge standen, während sein Regiment die geschmückten Wagons bestieg.

Karl schlug die Augen auf, zwei Stunden Stillstand im Schlaf zerronnen, Ludwig entzündete gerade die Petroleumfunzel, die über dem Waschbecken hing. Viktor breitete auf der Bank neben sich seine Schätze aus, einen halben Fladen, einen seltsam geformten Knödel Käse, ein Streifen geräucherten Speck, an dessen Fett mittlerweile allerlei Fusseln hingen. Imre besaß einen fest verklebten Klumpen aus gekochten Linsen, gelb verfärbt von Kurkuma und nach den Blättern schmeckend, mit denen sie im Sud gelegen hatten. Josef hatte noch am Ostufer des Baikalsees getrocknetes Obst und etwas Hirsebrei eingehandelt. Salz besaß Karl. Ein Festessen, dachte er und ahnte, dass sie in wenigen Tagen davon träumen würden.

Die Nacht zog sich endlos dahin. Durch die Ritzen drang der Frost, weiße Eiskristalle wuchsen auf den feuchten Holzplanken. Sie saßen dicht gedrängt um den glühenden Ofen, der unaufhaltsam Holzscheite fraß. Über Schultern und Köpfe hatten sie Decken gebreitet. Als wäre der Ofen ein Altar, dachte Karl, und sie wären grob herausgehauene Skulpturen, die noch mit ihrer Steinwand verbunden waren, die auf das schimmernde Leben warteten, das ihnen bald von kleinen Meißeln und polierendem Schmirgeln eingehaucht würde.

Ludwig erzählte auch heute ein Grimm'sches Märchen, wie er es sich in den letzten Tagen im Zug angewöhnt hatte. Seine Sätze füllten die kalte Luft zwischen ihnen, drangen ins Dunkel, tröstlich klangen die Worte, deren Bedeutung so wenig mit ihrem Leben zu tun hatte, als könnten die einzelnen Silben das dunkle Bernsteinlicht des Feuers weitertragen. Alle zwei Stunden stieß Josef oder ein anderer jeden von ihnen an. Dann drehten sie sich steif herum, boten ihre klammen Rücken der versickernden Wärme an, zogen die Decken tief in die Stirn und über die vor der Brust verschränkten Arme. Manchmal dämmerten sie weg, manchmal übernahm ein anderer das Erzählen, sodass die Stimme sie wie verlässliche Arme umgab.

Als der Morgen anbrach, waren sie einfach nur froh, überlebt zu haben. Der Riegel wurde zurückgeschoben, Soldaten öffneten den Wagon.

»Auf in die Stadt«, hieß es, »auf in die Irkutsker Tjurma!«

Das Gefängnis wartete auf sie.

Ihre Schatten tanzten schräg vor ihnen in der tief stehenden Frühlingssonne, als sie die Gleise hin zum Bahnhofsgebäude querten. Cremefarben funkelte es, mit dunklen Bögen über den Fenstern, als ob der Krieg hier nur durchgezogen wäre, eine furiose Chimäre auf den Zügen, die jahrelang Bodenschätze in eine Richtung und Gefangene in die andere transportiert hatten. Doch auf der unbefestigten Straße konnten die Männer sehen, dass auch hier Not herrschte. Die hübschen Holzhäuser der Dekabristen neigten sich und verfielen, weil der Boden nachgab und niemand Geld hatte, um die Fundamente zu stabilisieren. Überall waren Uniformierte unterwegs, teilweise in abenteuerlich zusammengeschneiderten Uniformen. Vor der märchenhaften Kulisse der Stadt wirkten sie wie schlaksige Schreckgespenster in monotonem Marschschritt, mit uralten Hinterladern auf den Schultern oder mit einem Dolch im Gürtel ihrer Rubaschka, sichtbar erschöpft, wie eine böse Parodie auf die vergangenen Exerziertänze kaiserlicher Heere.

Nichts war zu sehen von den angeblichen Gemetzeln, die Häuser standen alle noch. Allerdings begegneten sie wenig Zivilisten, fast nur alten Männern. Wo waren die jungen Frauen, die Kinder?

Die Sonne ließ die vielen Kuppeln der Kirchen schimmern, in lichtem Grün und Azur leuchteten die Wände der Kathedralen und Klöster über den wenigen Holzdächern, den gemauerten Bürgerhäusern, ein Bogen über dem anderen, als hätten die Architekten ein Spielzeuggebirge am Ufer der Angara errichten wollen, eine Miniatur der Berge am östlichen Horizont, die den Baikalsee umrahmten, ein Spiegelbild des Sajangebirges im Süden, das hier bis tief in die Mongolei hineinreichte. Eine festgefrorene Schiffsbrücke führte über den vom Eis gebändigten Fluss, auf beiden Seiten von Soldaten bewacht. Nicht nur Rotarmisten, sondern auch Mitglieder der Tschechischen Legion patrouillierten dort. Niemand, das sahen die Gefangenen sofort, würde unbemerkt durch diese Kontrollen schlüpfen. Der Weg nach Westen war blockiert.

Sie tauchten in die Altstadt ein, die Straßen wurden enger, die Mauern höher. Plötzlich betraten sie einen Platz voller Menschen, die sich vor dem riesigen Tor eines kastenförmigen Gebäudes drängten. Hier waren sie, die Frauen, jung und alt. Sie schleppten Bündel und Körbe und rochen nach Angst.

Soldaten schleusten die Österreicher durch einen dunklen Gang, der an einem geschlossenen Gitter endete. Frauen, dicht an dicht, schoben zwischen den Stäben ihren wartenden Männern und Söhnen Essen entgegen, Murmeln umgab sie. Uniformierte wachten darüber, wer mit wem sprach, wer was bekam, wie lange sich Besucherinnen schon gegen die Stäbe drängten, während sich dahinter Männer verzweifelt dagegen wehrten, losgerissen und gegen andere Gefangene ausgetauscht zu werden.

In der Aufnahmekanzlei wurden wieder die Papiere der Männer geprüft, ihr Gepäck durchsucht. Karls Skizzenbuch blieb eine Weile auf dem Tisch liegen. Ludwigs Oboe und Viktors zweiter Band der *Illustrirten Literaturgeschichte der vornehmsten Kulturvölker* gesellten sich dazu. Die Eltern hatten Viktor die drei Bände von Otto von Leixner zum Abschluss seiner Lehrerausbildung geschenkt. Er hatte Nummer zwei in seinen Rucksack gesteckt, als er einrückte, hatte das schwere Buch auf den Feldzug mitgeschleppt, während der Gefangenschaft immer wieder allen daraus vorgelesen; er hielt sich daran fest, wie Karl sich an den Zeichenblock klammerte, Eduard an Goethes Gedichte, Ludwig an die Oboe, Imre an das Summen und Wiegen.

Josef trat vor, begann zu reden. Wieder schämte sich Karl, dass er in den vielen Jahren nicht mehr als eine Handvoll Wörter gelernt hatte, dass sein Russisch sich ausschließlich auf Kommandos, auf Befehle, Zahlen und die Benennung von Nahrung beschränkte. Englisch mochte ihm später vielleicht dienlich sein, aber hier? Eduard stand nun neben Josef als ranghöchster Offizier, offensichtlich hatte er verstanden, was Josef Rohleder klarzumachen versuchte.

Der Ton der Russen änderte sich, einer lächelte verächtlich, aber ein Rotarmist verschwand und kam mit einem Mann in Zivil zurück, der Josef Fragen stellte, die Zeichnungen durchblätterte, das Buch aufschlug und umdrehte. Getrocknete Blätter fielen auf die Tischplatte, und sogar Karl kapierte, dass jetzt von einer Mutter und von einer Frau gesprochen wurde, von Briefen aus Österreich und Pflanzen, die für Heimat und Heim standen. Der Mann strich über die trockenen Blattrispen, dann sagte er etwas und ging, ohne sie anzusehen. Aber sie durften alles wieder einsammeln. Sogar die Papiere wurden abgestempelt und zurückgegeben, bevor man die Männer in den Gefängnistrakt brachte.

Es stank bestialisch. Unvorstellbarer Lärm brach immer wieder für kurze Zeit aus, wenn die Wachen mit eisernen Rohrstöcken gegen die Gitter schlugen. Dann war Stille, und nur langsam setzten die Gespräche wieder ein, erhoben sich die Stimmen von Neuem, ein Klagen, Schreien, Heulen. Hunderte Männer saßen und lagen dicht gedrängt in Zellen auf dem Boden, auf Lumpen, auf Matratzen. Als die sechs in eine Zelle getreten wurden, flogen sie auf andere Häftlinge, die sich nicht schnell genug auf die Pritschen an den Wänden gedrückt hatten. Hinter ihnen fiel das Gitter ins Schloss.

Vier Männer in zerlumpten Uniformen der Weißgardisten starrten sie an. Einer Gewohnheit folgend grüßte Karl und ging dann zu dem großen Fenster, das sicher Ausblick bot.

Doch bevor er hinausschauen konnte, riss ihn ein Gefangener zu Boden, während über ihnen ein Schuss krachte und Verputz aus der Decke auf sie rieselte. Auf einem gegenüberliegenden Balkon stand ein Posten mit angelegtem Gewehr und dem Auftrag, auf jeden Häftling zu zielen, der ans Fenster trat. Deswegen gab es in keinem Raum mehr Glasscheiben, nur die nackten Gitterkreuze, auf denen sich wegen der steten Gefahr nicht einmal Tauben niederließen. Nur abends durften sie dicke Filztücher gegen die Kälte in die Fensterrahmen hängen. Karl rappelte sich hoch, dankte dem Mann, sah sich entgeistert um. Neben der Tür befand sich eine Blechrinne mit Auslauflöchern, ein Kübel stand in der Ecke, zwischen die Schlafstätten zwängte sich ein Tisch mit vier Hockern. Es war ein schmaler, aber langer Raum mit sechs Bettgestellen auf jeder Seite. Viktor legte seine Literaturgeschichte ans Kopfende einer leeren Pritsche, seine Jacke darüber, kletterte ins Bett und klemmte den Rucksack zwischen sich und die Wand. Es gab keine Decken, keine Matratzen für sie. Karl legte sich Kopf an Kopf neben Viktor, so konnten sie flüstern, ohne dass jemand ihnen zuhörte oder sie jemanden störten. Auch die anderen suchten sich eine Pritsche, während Josef die Weißgardisten ausfragte, um herauszufinden, wie dieses Gefängnis geführt wurde. Sie waren Ukrainer, die in der Stadt noch Freunde besaßen. Über das Gefängnis sagten sie wenig, doch in der Stadt gärte es anscheinend. Sie sollten sich vorsehen, bald würde etwas passieren.

Liebste Fanny, schrieb Karl. *Da, wo ich jetzt bin, wird mir dein Bild zur Lichtinsel einer Hölle. Ich drücke mein Gesicht in die Grube zwischen deinen Brüsten und atme tief ein; dein Schlafgeruch sonntags in der Früh noch im Bett, der Duft von Zitrone und Gras, die Rosenseife, die du nur am Wochen-*

ende benützt! Ich spüre deine weiche Haut, dein Brustbein
direkt unter meinen Lippen, das Klopfen deines Herzens an
meinem Mund, bevor der Ton mein Ohr erreicht. Ich atme
dich ein, als könnte mich das retten.

Schon beim ersten Spaziergang auf dem Hof, zwanzig lächerlich kurze Minuten im Kreis mit schlurfenden, frierenden Männern, spürte Karl verzweifelte Wut. Sie konnten zwar miteinander reden, aber niemand schaute die anderen dabei an, die Köpfe blieben gesenkt, um den Scharfschützen, die in den oberen Stockwerken positioniert waren, keinen Vorwand zu bieten. Er starrte auf den Boden, in den Ecken lag noch grauer Schnee, die Mittagssonne schien auf sie herab, wärmte sie, sodass sie umso mehr zitterten, wenn sie zurück in ihre Zellen getrieben wurden. Josef war der Einzige, der sich unter die anderen Gefangenen mischte und versuchte, die Neuigkeiten von draußen aufzufangen.

Als sie bereits zwei Wochen inhaftiert waren, war es schließlich so weit. Schüsse in der Stadt, Gebrüll auf allen Stockwerken, Wachen wurden überwältigt, Schlüsselbunde für die Türgitter weitergegeben. Die Weißgardisten schienen darauf nur gewartet zu haben und stürzten los.

»Wir bleiben«, bestimmte Eduard. »Das wird nicht gut gehen.«

Sie hockten dicht an die Wand gepresst, hörten die Schreie der Verletzten den Lärm übertönen, Kommandorufe im Getöse verlöschen, die Ausweitung der Kämpfe. Josef umarmte Imre, der sein Gesicht an den Hals des Freundes presste. Viktor starrte unverwandt zur offenen Tür, als wollte er jeden Moment aufspringen und losrennen. Bitte nicht, dachte Karl und legte seine Hand auf die eiskalten Finger des Bruders.

Und plötzlich verstummten die Schreie, endete die Schießerei. Gefangene kamen zurück in ihre Zellen, Wächter tauchten auf, immer mehr Männer mit Waffen. Die Gitter schlossen sich. An diesem Tag wurde kein Essen ausgegeben, kein Wasser verteilt. Es roch nach Blut, und bald begannen die Fäkalien in den Eimern, die nicht ausgeleert werden durften, zu stinken.

Dann setzte das Heulen der Verwundeten ein. Die Nacht brach an. Keiner der Ukrainer war in die Zelle zurückgekehrt.

Ludwig erzählte die Geschichte vom Mädchen mit den sieben Raben, ihren verzauberten Brüdern. Wie schon im Zug baute er manche Szenen aus, beschrieb das Haus, in dem die Geschwister aufwuchsen, und sie alle wussten, dass es sein Elternhaus war, dass er sie nun in die Küche daheim in Baden bei Wien brachte, wo auf dem Herd ein Eintopf voller großer Fleischstücke schmurgelte, in den langen Gang, der am Esszimmer und dem Salon vorbei ins Treppenhaus führe. Oben lagen die Schlafzimmer, unter dem Dach war die Mädchenkammer und der Raum, in dem die Kinderfrau mit dem jeweils Jüngsten geschlafen hatte. Der Vater war ein Anwalt mit gut gehender Kanzlei; ein behütetes Kind war Ludwig gewesen, zwei Schwestern und ein großer Bruder, der Jurist geworden und im Büro des Vaters eingestiegen war, hatten ihn, den Kleinen verwöhnt. Zum Militär war er wegen der Musik und der schönen Uniform gegangen, die Kapellenumzüge hatten ihn schon früh verzaubert, und später gefiel ihm, welchen Erfolg er bei den Frauen in seiner feschen Montur hatte. *Der Kleine* nannte ihn Eduard Nolting, der Älteste und Ranghöchste von ihnen, oft, es klang liebevoll, nie abwertend, und manchmal voll Stolz, wenn Ludwig ihnen auf der Oboe etwas vorspielte, sich tagelang zu erinnern versuchte und übte, bis er ein vergessen geglaubtes Stück aus seinem Repertoire vorführen konnte. In jedem seiner Märchen warteten die Männer auf ein neues Detail aus Ludwigs bürgerlichem Leben, eine Erinnerung, die sie aus der Gegenwart entführte.

Während Karl zuhörte – noch immer lag die Märchenmutter in den Wehen, und der Vater wartete mit den sieben Söhnen auf das nächste Kind –, dachte er, dass er seinem Bub zu wenige Märchen erzählt hatte, dass er mehr mit ihm hätte spielen sollen. Der Gedanke an Fanny stach schmerzhaft.

Fanny würde vermutlich ihre eigene Theorie über dieses Märchen haben. Dass es sehr alt sein musste zum Beispiel, weil das Mädchen die Heldin war, die Einzige, die ihre Brüder erlösen konnte. Fanny war für ihn auch so eine strahlende Frau, ein reines Glück, und bevor sie sich zum Schlafen niederließen, betete Karl, Fanny möge ihn nicht vergessen, so wie Josef von seiner Frau vergessen worden war.

Am nächsten Morgen hatte ein neuer Kommandant das Gefängnis übernommen, die Unruhen in der Stadt waren beendet, viele der Häftlinge waren tot oder wurden im Hof erschossen, sodass alle ihre letzten Schreie hören konnte. Massen von neuen Gefangenen wurden in die Zellen gestoßen. Wem Irkutsk nun gehörte, wusste niemand so genau. Anscheinend versuchten die Kommunisten die Stadt zu regieren, wie eine Insel im stürmischen Meer durch einen Orkan zu bringen.

Die Männer mussten sich zu zweit eine Pritsche teilen, die neuen Gefangenen saßen und lagen auf dem Boden. Es wurde unmöglich, zwei Schritte geradeaus zu gehen. Das Essen kam in einem Kübel, undefinierbare Krautsuppe, in der Fischköpfe und winzige Erdäpfelstücke schwammen. Um den Schöpflöffel wurde gekämpft. Nicht jeder bekam einen Napf. Nachts schliefen sie aneinandergelehnt oder versuchten es wenigstens. Drei Fremde hatten in der Zelle das Kommando übernommen und schikanierten die anderen. Die sechs Österreicher drängten sich auf zwei Pritschen, die sie eisern verteidigten, um ihre Rucksäcke bei sich im Trockenen behalten zu können. Der Boden blieb nass. Die Parascha, der Klokübel, war für zwölf Mann berechnet. Nun riefen beim Morgenappell dreiundzwanzig Mann allein in dieser Zelle ihr Hier. Jeden Morgen musste ein anderer, den die drei selbsternannten Zellenkommandanten bestimmten, den überschwappenden Eimer zur Tür schleppen. In den Gängen fand die Kübelparade statt: Die Männer schulterten auf einer langen Stange je zwei Kübel und trugen sie die Stiegen hinunter in einen Hof, wo sie in Fässer geleert wurden, die man später wegbrachte.

Karl war am fünften Tag dran, die Männer, mittlerweile alle stinkend und befleckt, wichen zurück, sodass er unbeschadet bis zur Tür kam. Doch mit den zwei Eimern war es unmöglich, das Stiegenhaus ohne Malheur zu meistern. Aber jetzt verstand er, warum die Männer an den Tagen zuvor so lange gebraucht hatten, um wieder in die Zelle zurückzukehren. Sie standen im Hof unter freiem Himmel, durch das vergitterte Tor fegte heftiger Aprilwind. Trotz der stinkenden Fässer und dem Nachschub an übervollen Kübeln blieben sie alle vor dem Tor stehen, die Gesichter den Böen zugewandt, tief atmend. Nur widerwillig kehrte Karl zurück, die übel bespritzten Stiegen hinauf, die Gänge entlang, hinein in die Zelle, in der gleich hinter der Tür unter der lächerlichen Waschrinne der Unrat immer noch knöcheltief lag.

Es war klar, dass sie etwas unternehmen mussten, bevor Cholera oder Typhus ausbrach. Ludwig hustete bereits erbärmlich, Imre hatte wieder Fieber; außerdem machte er sich jedes Mal an, wenn die Wächter kamen und vor der offenen Tür lauthals überlegten, welchen Gefangenen sie mitnehmen sollten. Er stank erbärmlicher als die anderen, und seine Haut wurde wund. Josef nahm schließlich allen Mut zusammen und fragte sich durch bis in die Gefängniskanzlei. Es blieb den anderen schleierhaft, wie er es zuwege brachte, aber er bekam wegen seiner exzellenten Russischkenntnisse Arbeit als Schreiber. Und er brachte das Wunder fertig, seine fünf Gefährten noch am selben Tag in ein winziges Loch von Zelle verlegen zu lassen, das in der Nähe der Büros gleich hinter den Befragungsräumen lag. Nach vier Wochen in den verdreckten Gewölben durften sie alle duschen und bekamen schleimige Seife für die Reinigung ihrer Kleidung.

Liebster, hatte Fanny am 2.2.1918 geschrieben, *der Fasching ist diesmal eine Groteske. Nur die Kinder haben sich die Unschuld des Spiels bewahrt. Not, wohin man blickt. Ich verkaufe Erdäpfel und Zwiebel hinter der Budl, Menschen interessieren keine Blumen mehr. Trotzdem steht ein Strauß im Fenster als Gruß für alle Vorbeigehenden, als Freude für Max, der gern seine Nase hineinsteckt, als Zeichen für dich und mich, dass ein Frühling kommen muss und ich auf dich warte, auf ein gemeinsames Leben mit dir.*

Draußen war der Schnee verschwunden, Bäume und Büsche trieben aus. Das Fenster ihrer neuen Unterkunft ging auf die Straße vor der Tjurma, es hatte Glasscheiben ohne Risse und Splitter, aber es konnte nicht geöffnet werden. Sie hörten nichts von den Vögeln draußen, den Passanten, die sie sehen konnten. Dafür hörten sie das Schreien und Klagen aus den

Vernehmungsräumen und das Getrampel vor ihrer verschlossenen Tür, das Geräusch von Körpern, die über Steinböden geschleift wurden. Das Essen war nicht besser als oben, aber jetzt gab es keinen gierigen Muskelprotz, der seinen Napf tief eintauchte, den ungewaschenen Arm bis zum Ellenbogen in der heißen Suppe, um ja an die nahrhaftere Schicht am Topfboden zu kommen. Imres Wunden verheilten langsam, weil sie ihm aus Lumpen, die Josef organisierte, Windeln falteten. Es machte ihnen Angst, dass er es wortlos hinnahm.

Anfang Mai, am Ende der sechsten Arrestwoche, kam Josef mit Papierheften, Bleistiften, einem Taschenmesser und sechs Löffeln aus der Schreibstube zurück.

»Morgen früh geht es los«, verkündete er. »Packts das hier ein, wer es braucht. Wir müssen uns draußen vor der Stadt im offiziellen Lager der Kriegsgefangenen melden. Sie wollen uns nicht mehr hier bei den Strizzis und Politischen.«

»Was für ein Lager ist das?«

»Eines für Flüchtlinge wie uns. Männer, die sie aus der Transsibirischen geholt haben. Es werden wohl immer mehr, weil ganz im Osten die politische Lage noch ziemlich dubios ist.«

»Hier nicht mehr?«

»Nein, hier nicht mehr. Ich glaube ja, dass es draußen in der Steppe genügend freie Dörfer gibt, aber die Macht der Roten wächst.«

»Und wenn wir den Schienen ein paar Tage zu Fuß folgen und dann in die Bahn einsteigen?«, fragte Viktor.

»Vergiss es. Überall entstehen gerade neue Sammelstellen für Männer wie uns. Bei den Versorgungsengpässen können sie drüben im europäischen Teil keine zusätzlichen offenen

Mäuler gebrauchen. Wir müssen noch warten. Vielleicht ist es in zwei Monaten schon entspannter, wenn die neue Ernte reif ist. Dann schaffen wir vor dem Winter den Ural, vielleicht sogar mehr.«

»Wir bleiben noch einen Winter in Sibirien?« Imre war hochgeschreckt.

»Nur, wenn wir Pech haben.«

Imre begann zu weinen.

»Ich dachte, ihr würdet euch freuen, weil wir hinaus ins Freie kommen«, sagte Josef perplex.

»Wir freuen uns eh«, versicherte Eduard. »In den Wochen in diesem Dreckloch haben wir nur vergessen, wie weit der Weg ist, der noch vor uns liegt. Jeder nimmt jetzt seinen neuen Löffel, das Taschenmesser verwahrt Viktor, aber lass dir von deinem Bruder zeigen, wie man es am besten versteckt. Bleistifte und Papier werden geteilt, die eine Hälfte gehört uns Fünfen, die andere dem Karl, damit er zeichnen kann. Und jetzt packt.«

Am nächsten Morgen schlangen sie ihre Tagesration hinunter, leerten den Kübel, sobald der Wachtposten ihre Zelle öffnete, schulterten ihre Habe und marschierten den Gang entlang. Ohne hinzusehen, wussten sie, dass Imre wieder weinte, immer noch weinte, während ihnen im Büro die Papiere ausgehändigt wurden, ein Posten zu ihrer Begleitung abkommandiert wurde, sie durch eine schmale Tür das Gefängnis verließen, in Gleichschritt verfielen und auf schnellstem Weg aus der Stadt hinaus zurück zum Bahnhof gingen, die Gleise querten, Wiesen mit frischem Gras unter ihren Füßen spürten.

Überall war Militär. Aber die Soldaten, die ihnen begegneten, starrten nur auf den einen mit dem verrotzten Gesicht, den roten Augen. Vor ihnen tauchte eine Holzwand auf, Hochsitze dicht an dicht, von jeweils zwei Uniformierten besetzt. Rechts von einem verschlossenen Tor errichteten Gefangene unter Aufsicht einen weiteren Holzzaun. Als die Österreicher das Gelände betraten, stockten sie entgeistert, bis ihr Posten sie weitertrieb. Hier ähnelte nichts dem Lager in Chabarowsk, überhaupt einem Lager, das sie schon kannten. Tausende Männer drängten sich zwischen den frisch erbauten Baracken, kein Grashalm war auf dem Boden zu sehen, kein Busch hatte überlebt. Alle bewegten sich offensichtlich frei, ohne Ziel, ohne Aufgabe, festgehalten wie zu viele Hühner in einem zu engen Käfig. Der Geruch aus den Latrinen hing streng über den Dächern.

Unwillkürlich schoben sie sich zusammen, nahmen Imre in die Mitte. Von allen Seiten drangen die vertrauten Idiome des Habsburgerreiches auf sie ein. Nach den vielen Wochen mit Russisch und mongolischen Sprachen erschreckte sie die eigene. Keiner hatte damit rechnen wollen, die Muttersprache wieder in einem Lager weit entfernt von daheim hören zu müssen.

Die Lagerleitung reagierte konsterniert auf ihre Ankunft. Sie konnten keine Gefangenen mehr brauchen. Außerdem sahen die sechs Männer nicht wie österreichische Offiziere aus. Sie trugen dreckige und zerrissene Zivilkleidung, hatten verlauste Bärte und langes Haar. Nur die Rucksäcke schienen aus den Armeebeständen zu sein. Der Begleitposten war schon längst verschwunden, während sie immer noch diskutierten, bis der Kommandant einen Ausweg anbot: Sie sollten außerhalb des Zaunes biwakieren, sich eine der verlassenen Baracken am anderen Ende des Bahnhofs als Quartier herrichten. Da wären sie genau in der Mitte zwischen Stadt und Gefangenenlager. Inoffizielle Siedlungen wie diese gäbe es bereits mehrere. Man behielte sie im Auge, ließe sich etwas einfallen. Die Kreisparteileitung hatte vorgeschlagen, dass deutsche und österreichische Kriegsgefangene, die sich darauf verstünden, Wagons und Lokomotiven zu reparieren, mit diesen selbst wiederhergestellten Zügen in die Heimat fahren dürften. Allerdings herrschte Chaos im Land, ob sie das nicht wüssten, überall lägen kaputte Maschinenteile, nicht funktionierende Gerätschaften herum. Es mangelte an allem. Der Krieg, den die diversen Kaiser angezettelt hatten, hätte zu viele Opfer verlangt. Und dann verbürgte sich der Kommandant dafür, dass sie Papiere für die Weiterfahrt bekämen. Richtige Papiere, wertvolle echte Transitpapiere quer durch das ganze Land. Ungläubig starrten sie einander an.

»Aber gehen Sie jetzt, bitte!«, flehte der Kommandant.

»Bekommen wir noch zu essen?«, fragte Eduard.

»Brot kann Ihnen mitgegeben werden. Mehr nicht. Bei den Baracken außerhalb des Lagers gibt es einen Brunnen, der in Ordnung ist.«

»Und ein Soldat, der uns dort sieht, kann uns als Freiwild erschießen?«

»Keiner geht dorthin. Es gibt nichts mehr zu stehlen und nichts zu bewachen.«

Sie bekamen etwas Brot gebracht. Danach wurden sie zum Tor eskortiert und hinausgeschoben.

»Niemand wird uns das später glauben!«, lachte Karl.

Das Lachen verging ihnen, als sie die Baracken fanden. Sie hatten weder Fenster noch Türen, aus den meisten waren die Bodendielen herausgerissen worden. Hunde streunten umher, auf der Wiese weideten Pferde. Doch der Blick war großartig: In der Ferne leuchteten die Kuppeln von Irkutsk, das Lager war hinter dem hohen Lattenzaun versteckt und weit genug entfernt, sodass sie weder den Lärm hörten noch den Gestank rochen. Genauso weit entfernt in die andere Richtung lag ein armseliges russisches Dorf mit geduckten Dächern, von dem sie später erfuhren, dass es die im Russisch-Japanischen Krieg aus Port Arthur Vertriebenen beherbergte.

Als Erstes banden sie aus frischen Birkentrieben ein paar grobe Besen und kehrten die Baracke mit dem am besten erhaltenen Fußboden. Sie brachen die unbeschädigten Dielen aus der Nachbarhütte und stapelten sie in ihrem zukünftigen Heim für die Möbelherstellung. Sie überprüften den Brunnen und einen versumpften Wassergraben, wo sie eine Latrine bauen wollten. Karl und Ludwig suchten derweil das riesige Gelände nach Werkzeug ab. Es lagen Unmengen von Maschinenteilen und vor sich hin rostenden Gleisfragmenten im wuchernden Gras; als wären es die Skelette großer Säuger nach einem Gelage von Löwen und Hyänen, dachte Karl.

In der Dämmerung kehrten sie durstig, aber zufrieden mit ihrer Beute zurück: eine Schaufel mit lockerem Blatt, Nägel, Belegscheiben, Schrauben und Muttern in unterschiedlicher Größe, Drahtstücke, ein Vorschlaghammer, eine Zange, deren Verschraubung gerichtet werden musste, eine Säge, der Zähne fehlten. Geradezu euphorisch berichteten sie von den vergessenen Dingen, von dem liegen gelassenem Kleinzeug, das sie gefunden hatten, während die anderen am Boden saßen und an den Wänden lehnten. Draußen strichen ein paar Hunde vor dem Türrahmen herum.

»Morgen gehen wir zu den ehemaligen Remisen. Dort haben wir Wagons stehen gesehen. Weit und breit keine Wachen, nur drüben beim Stationsgebäude. Und bei euch?«

»Wir haben Ziegeln gesammelt, um im Hof einen Ofen zu

bauen. Und dünne Planken für Türen und Fensterläden. Und trockenes Steppengras als Matratzenersatz«, sagte Eduard müde. »Und wir sind hungrig.«

»Wir zünden jetzt draußen ein Feuer an, hergerichtet haben wir schon alles, dann können wir Wasser abkochen.«

»Ihr habt auch nichts getrunken?«

»Nein, aber wir haben Seil und Eimer im Brunnen überprüft. Verdursten werden wir nicht.«

Karl sah sich um. »Wovon leben eigentlich die Hunde?«

»Keine Ahnung. Von den Resten drüben beim Bahnhofsgebäude?«

»Ich baue morgen Fallen. Es ist Frühling. Ziesel, Karnickel, irgend so etwas werden wir schon erwischen.«

»Womit köderst du sie?«

»Ich schaue, was ich den Hunden stehlen kann.«

Es wurde dunkel über dem Land. Sie saßen schweigend auf Ziegelstößen rund ums Feuer, ihre Mägen knurrten, ihre Muskeln schmerzten. Die Hunde hatten das Beobachten aus sicherer Entfernung aufgegeben und sich zu ihnen gelegt.

»Wir sind keine Arbeit mehr gewohnt«, lachte Viktor. »Jetzt geht es uns wie den einfachen Soldaten.«

Die Älteren antworteten nicht, eingedenk der Lagerberichte aus den Baustellen vom Polarkreis, den Höllen der Bergwerke. Während das Feuer erlosch, begannen über ihnen vertraute Sternbilder zu funkeln, eine Lichtzunge im Westen verriet die Stadt. Unter freiem Himmel waren sie, und doch in Gewahrsam, Flüchtige mit unsichtbaren Fesseln. Es war anders als im Zug, wo sie das erste Mal seit Jahren auf sich gestellt waren. In der Transsibirischen hatten sie ein Gefühl von verbotener Freiheit erlebt. Nun glich die Situation der in Chabarowsk, allerdings ohne Betten, ohne Öfen, ohne Essen. Irgendwo da draußen bewegten sich Wachen, die sie jederzeit im Auge behielten und erschießen durften, wenn sie sich fehlverhielten.

Diese Nacht tröstete nicht. Selbst die Promenadenmischungen, die ihnen in die Baracke gefolgt waren und sich im Schlaf dicht an sie drängten, verbreiteten mehr Unbehagen als Wärme. Die Männer trauten ihnen nicht, Bissspuren und alte Narben im Fell erzählten von Not und Überlebenskämpfen. Auf den Hund gekommen waren sie, dachte Karl noch und fand es komisch genug, um es am nächsten Morgen in seine Notizen für Fanny zu schreiben.

Am nächsten Morgen waren die Hunde schon unterwegs, während die Männer sich noch am Brunnen wuschen und Aufgaben aufteilten. Zwei machten sich mit dem Taschenmesser auf den Weg zum Graben, der sie immer in Sichtweite des Lagers zum Irkut führte, einem vom Schmelzwasser angeschwollenen Fluss, der sich zur Angara schlängelte. Es gab dort Weiden im frischen Frühlingssaft, nützlich für allerhand. Zwei begannen, die erbeuteten Werkzeuge herzurichten. Ludwig und Viktor leerten die Rucksäcke aus, versteckten ihre Schätze unter dem Stroh und gingen auf Nahrungssuche. Als die Sonne bereits hoch am Himmel stand, kamen sie mit prall gefüllten Taschen wieder. Hinter den Pferdeweiden waren sie auf rosige, noch fest verschlossene Champignons gestoßen, und den Sauerampfer hatten die Pferde verschmäht, der gab einen wunderbaren Salzersatz.

Sie füllten den Topf, den sie noch in Chabarowsk mitgehen hatten lassen, mit Wasser, brachten das Feuer wieder in Gang, kochten eine erste Portion Schwammerl, teilten sie in ihre Näpfe auf und bereiteten die nächste Fuhr. Es war ein Festmahl, und wieder flackerten die Erinnerungen an Mütter und Schwestern in weit entfernten Küchen auf, Bilder von Sonntagsessen, weichen Händen, die Schöpfkellen leerten, hellen Stimmen, ins Gespräch vertieft.

Eduard hatte eine desolate Baracke entdeckt, die wohl einmal ein Büro gewesen war. Drinnen lagen zertrümmerte Stühle und Tische, einiges davon konnte man reparieren, erzählte er, draußen vor den Fensterhöhlen lagen inmitten der Glasscherben riesige Aktenstöße. Die obersten Schichten waren durch Schnee und Regen zu einer matschigen Masse verklumpt, aber darunter fanden sich Papierbögen bester Qualität, sogar Kuverts mit Stempeln, die verrieten, dass das Gelände einmal ein zaristischer Exerzierplatz gewesen sein musste, *Zairkutni Gorodok* konnten sie entziffern. Josef untersuchte das Papier genauer und lächelte.

»Diese Kuverts fallen sicher nicht auf, die wirken so schön amtlich, und die alten Embleme sind trotzdem unleserlich. Wir können Briefe schreiben und sie mit der offiziellen Post verschicken.«

»Du meinst, wir könnten nach Hause schreiben und es käme vielleicht an?«

»Mit ein bisschen Glück, falls die Post funktioniert.«

Sie strahlten einander an, als wären die abwesenden Mütter und Frauen ihnen schon nahe, als stillte die Möglichkeit eines Briefs die permanente Sehnsucht. Nach dieser Entdeckung machten sie sich mit doppeltem Eifer ans Werk, bauten Strohlager, reparierten Stühle und einen Tisch, schnitten Bretter zu, aus denen sie eine Tür und Fensterläden bauen wollten. Die Hunde schauten immer wieder vorbei, schnupperten am leeren Champignontopf, wedelten unentschlossen und warteten ab. Als die Dämmerung hereinbrach, kam ein Mann aus der Richtung des Lagers. Er trug Bauerngewand, stellte einen prall gefüllten Rucksack ab und salutierte.

»Infanterist Reinhold Richter bittet eintreten zu dürfen und als Offiziersdiener angenommen zu werden.«

Sie lachten lauthals los, bis Eduard antwortete: »Schauen Sie sich doch um! Wir haben nicht einmal Betten. Drüben im Lager haben Sie eine Matratze, etwas warmes Essen. Wir können keinen Sold zahlen, wir haben weniger als Sie.«

»Und eben da kann ich helfen. Ich bin seit Monaten hier, ich kenne jeden Winkel. Ich weiß, was man wo arrangieren kann. Ich habe bloß auf jemanden gewartet, der etwas unternimmt«, sagte der Infanterist und öffnete seinen Rucksack.

»Ein Beil!«, rief Karl. »Ein richtig gutes Beil!«

»Hammer und Säge sind auch in tadellosem Zustand.« Der Mann breitete seine zusätzlichen Schätze aus: Kerzen, drei Gläser, zwei Decken. »Ich weiß, wo früher die Kantine stand, sie haben die Öfen einfach dort gelassen. Ich kann überall mithelfen, ich werde mich nützlich machen.«

»Werden Sie nicht gesucht, wenn Sie beim Appell fehlen?«

»Die sind bloß erleichtert, wenn wieder einer abgängig ist.«

»Und warum fliehen Sie dann nicht gleich weiter?«

»Keiner kommt über den Fluss. Zu viel Militär und andere bewaffnete Truppen unterwegs. Manchmal haben sie einen Geflüchteten lebendig zurückgebracht, kein schöner Anblick. Aber die Vorratskammern leeren sich. Drüben im Westen in den großen Städten sind sie hungrig, hier werden es die Leute im Lager auch bald sein. Den Kommandant interessiert nur, dass er weniger Mäuler zu stopfen hat.«

Reinhold Richter war fast fünfzig Jahre alt, in seinem früheren Leben ein Bauernsohn, dann Arbeiter am Erzberg in der Steiermark gewesen. So viel, wie er in den ersten Minuten gesagt hatte, würde er in den nächsten Monaten nie mehr am Stück sprechen. Sein Blick war wach, seinen Rücken hielt er gerade, er wirkte verlässlich. Er würde ohne Geld durchkommen, wenn er bei ihnen bleiben dürfte und von ihnen auf die Flucht mitgenommen würde, versprach er. Denn dass sie fliehen würden, war für ihn klar. Also rollte er sich in einem Winkel zusammen, lockte den ersten Hund, der im Türrahmen erschien, zu sich, Rücken an Rücken schliefen sie ein.

In den nächsten Tagen half er, einen Herd zu organisieren, ihn einzubauen und Holz zu schleppen. Er wusste mit Werkzeug umzugehen und wo in der Umgebung noch etwas Brauchbares zu holen war. Trotzdem wurde ihre Lage langsam prekär. In der Nähe wuchsen keine Champignons mehr, Karls Kräutersuppe schwappte in leeren Mägen und vermochte das Knurren nur kurz zu beenden. Aber Karl war es auch, der wieder begann, Spielzeug zu schnitzen.

Die nächsten Tage organisierten Reinhold und Viktor Essensreste bei den Gefangenen im Lager und schafften es sogar, einen kleinen Fisch aus dem Wassergraben zu holen. Die anderen schnitzten, steckten, polierten unter Karls Aufsicht Hasen, Schafe, Hunde, kugelrunde Hennen und winzige Leiterwagen. Dafür benutzten sie die Weidenzweige, die Ludwig gesammelt hatte, weil er dringend nach Ersatz für sein Mundstück suchte. Daheim, erzählte er Karl zum hundertsten Mal, daheim in Wien hatte er von einem Philharmoniker die abgelegten Stücke bekommen, immer noch gut genug für ihn. Er wusste natürlich, wie man die Doppelrohrblätter für die Oboe zuschnitt, aber das richtige Rohr schien nur in wärmeren Gegenden zu wachsen. Hier war es im Sommer zwar heiß genug, im Winter aber zu kalt. Vor dem Krieg hatten die Russen das Schilf in Frankreich eingekauft. Absurdes Wissen im sibirischen Nirgendwo.

»Absurd«, konterte Karl, »ist, dass du immer noch deine Oboe hast.«

Josef nahm Reinhold mit, der in Irkutsk schon einige Händler kennengelernt hatte, und suchte Russen, die an Spielzeug interessiert waren. Da Geld so wenig wert war, versuchte jeder, Waren für Tauschgeschäfte zu horten. Sie kehrten mit Mehl, Salz, Rüben und einem Klumpen Schmalz, der in einer alten Zeitung klebte, zurück. Irgendetwas sollte sich an den Figuren bewegen, richtete Josef aus, Wackelköpfe oder Autos, deren Vorderräder einschlagen konnten. Als ob das so leicht zu bewerkstelligen wäre. Karl stöberte in den Materialien, die sie angehäuft hatten. Aus einer Uhrfeder baute er die erste Laubsäge. Ein Schraubstock entstand aus kräftigen Türscharnieren. Aber all diese Errungenschaften würden ihnen nicht helfen, an genügend Essen zu kommen und das richtige Werkzeug bezahlen zu können, um eine Lokomotive zu reparieren, mit der sie Richtung Westen aufbrechen durften.

Eines Abends, Karl schrieb gerade an Fanny, setzte sich Viktor zu ihm, ruhiger als sonst, bedrückt. Karl ließ ihm Zeit, packte schließlich den Stift weg und verstaute das Papier im Rucksack. »Also?«, fragte er.

»Ich war in der Stadt.«

»Mit Josef und Reinhold, ich weiß.«

»Wir haben einen Händler gefunden, der unsere Spielsachen anbieten könnte.«

»Und?«

»Josef war mitten im Erklären, was wir anbieten könnten, als es auf der Gasse laut wurde. So schnell konnten wir gar nicht schauen, da hatte der Händler uns hinter die Theke gezerrt, eine Falltür geöffnet und uns zugezischt, sofort nach unten zu verschwinden. Ich war der Letzte, die Tür fiel mir richtig auf den Schädel, und ich hörte, wie sich der Mann draufstellte. Josef und Reinhold waren schon die schmale Stiege hinunter und suchten nach einem Versteck hinter Säcken und Kisten. Ich hörte, wie oben im Laden die Tür aufging, und dann Männerstimmen, angetrunken, polternd. Sie wollten Wodka und Tabak. Ihre Stimmen wurden lauter. Der Händler blieb ganz ruhig, auch noch, als sie um den Ladentisch kamen und ihn in die Mangel nahmen. Ich hörte, wie sie ihn droschen, aus Spaß, direkt über mir, die Falltür bebte unter ihrem Gewicht.«

Karl legte dem Bruder den Arm um die Schultern, sie saßen da wie früher als Kinder, wenn Viktor mit blutigen Knien angerannt kam oder ein Lehrer ihm mit dem Rohrstock die Finger blau geschlagen hatte.

»Ich hab ihm nicht geholfen, Karli.«

Karl streichelte ihm wortlos den Arm.

»Als die Männer gingen, kletterten wir sofort hinauf. Der Händler lag direkt neben der Falltür. Er hat alles abgekriegt, was wir hätten abkriegen sollen. Das waren tschechische Soldaten. Die hätten sich gefreut über österreichische Häftlinge zum Drangsalieren, du weißt doch, was über sie erzählt wird.«

»Ja. Der Mann war wirklich mutig. Wir werden etwas für ihn herstellen, als Dank, anders können wir es ja nicht.«

»Karl, da ist noch etwas.«

»Mhm?«

»Der Mann ist Jude.«

»Tatsächlich?«

»Ja, er war angezogen wie ein orthodoxer Jude, und als sie ihn verprügelten, sagte er etwas auf Jiddisch.«

»Da schau her.«

»Genau.«

»Vikki. Ich gehör nicht zu den Offizieren, die auf die Juden schimpfen, weil das zum guten Ton gehört. So einer war ich nie. Und der Eduard ist es auch nicht, das kann ich dir versichern. Der Mann hat sich was getraut, noch dazu für Menschen, die eigentlich Feinde sind. Das war tapfer. Zum Glück ist euch nichts passiert. Ich geh morgen mit dem Josef hin, bedank mich und bring ihm unsere schönsten Spielsachen.«

»Ich hab nie verstanden, wieso du die Militärlaufbahn gewählt hast.«

»Weil die Eltern mir zugeredet haben; eine gescheite und bezahlte Ausbildung, die sie nie im Leben hätten finanzieren können, Zeit für andere Interessen. Denk nur an die photographische Abteilung, in der ich so viel gelernt hab, und das Kartenzeichnen. Ich bin ja weit gekommen.«

»Aber du bist kein Kriegsmensch.«

»Du auch nicht. Wer hat denn in den Neunzigerjahren an Krieg gedacht? Vom immerwährenden Frieden ist allenthalben geredet worden. Schön blöd waren wir.« Karl nahm den Arm von Viktors Schultern. »Geht's wieder?«

»Ja.«

Karl spürte, dass da noch etwas war. Aber der Bruder wollte nicht reden, auch nicht am nächsten Abend, als sie aus der Stadt zurück waren, beladen mit Rüben, Brot und Tee aus dem Süden, der Dank des Händlers und seiner Familie für ihr Geschenk.

Mittlerweile hatte sich im Lager herumgesprochen, dass die verrückten Österreicher eine Tischlerei einrichteten, um lächerliches Kinderspielzeug zu schnitzen und mit Ziegelstaub einzufärben. Zuerst spotteten die Gefangenen über sie. Doch nach ein paar Tagen tauchten immer mehr Männer auf, um zuzuschauen. Manche brachten Taschenmesser mit, Nägel, Schrauben, eine Axt, einer hatte irgendwo einen Hobel gestohlen, den er nicht nur stolz übergab, sondern als Einstand für seine Aufnahme betrachtete. Sie alle hatten genug vom Herumsitzen im Lager, vom Nichtstun, von der schrecklichen Monotonie. Dankbar sein zu müssen, weil sie nicht in einem Bergwerk oder bei einem Dammbau als Zwangsarbeiter verschwunden waren, hatte sich abgenutzt. Nach Jahren der Haft und im Wissen um den Frieden, der zwischen Russland und den beiden aufgelösten Kaiserreichen geschlossen worden war, wurde das sinnentleerte Vorbeigleiten ihres Lebens zu einer beständigen Qual, das Nichtstun eine Quelle des Zorns.

Eduard teilte die Neuankömmlinge ein; die einen mussten eine weitere Baracke wohnlich machen, die anderen in der Nähe der Lokomotive, die sie reparieren wollten, eine Werkstatt aufbauen. Mit Karl und Josef besprach er jeden Abend, welche Aufgaben als nächste erledigt gehörten. Den findigen Reinhold machten sie zum Chef der Kesseltruppe, die sich überall, wo Essbares vermutet werden konnte, herumtrieb.

Du wirst es vielleicht nicht glauben, schrieb Karl in seinem Brief an Fanny, *aber meine Spielereien scheinen plötzlich unser Überleben zu sichern. Ein Däne in Irkutsk, der schon vor dem Krieg als Händler in Sibirien gelebt hat, hat sich meine Entwürfe angesehen und Soldaten geordert. Als ob das Land nicht schon genügend Tote hätte, als ob wir alle nicht schon viel zu viele sterben gesehen hätten! Er will mindestens zweitausend Schachteln mit Spielzeugsoldaten. Leim und Farben liefert er uns, da hat er noch Bestände. Es wird wohl das letzte Weihnachten, das Sibirien erlebt, bevor alles von den Roten besetzt ist, und die Leute wollen Geschenke für ihre*

Kinder. Mädchen sollen kleine Puppen bekommen, Buben
ihre eigene Armee. Ich weiß, dass du nie auf die Idee kommen
würdest, unserem Maxl Soldaten zu schenken. Es reicht, dass
sein Vater einer ist …

An diesem Abend schrieb er nicht weiter. Allein der Gedanke, bis zum Schneefall hier zu sein, ließ sein Herz stocken. Viktor fand ihn hinter der Baracke, wo er ins Grün zweier Birken starrte, während die verschwindende Sonne die Kuppeln der Stadt für einen Moment in flüssiges Kupfer verwandelte. Dann kroch das Malvenblau aus den Schatten über das trockene Gras, Zikadengebrüll setzte ein, die Nacht löste den Horizont auf.

»Gib mir den Brief an Fanny mit«, sagte Viktor. »Ich schmiere den Kerl in der Poststation des Lagers. Sie wird deine Nachricht bekommen. Und wenn wir noch so lange hier festsitzen, wie wir befürchten, dann kommt vielleicht ihre Antwort im Lager an, während wir noch da sind. Stell dir vor, du könntest etwas von ihr lesen. Etwas Neues.«

»Womit schmierst du ihn?«

»Mit ein paar von deinen eingenähten Rubeln.«

»Ob sie auch so viel Hunger hat?«

»Du hast doch gehört, dass unsere Truppen abgezogen sind und das heurige Korn aus der Ukraine wohl Österreich nicht erreichen wird. Aber sei sicher, dass unsere Mutter ihr zukommen lässt, was sie selbst entbehren kann, falls Fanny mit dem Max nicht sowieso bei unseren Eltern ist.«

»Ich habe gehört, dass viele Österreicher aus Russland heimkehren und direkt an die italienische Front geschickt werden.«

»Wie gut, dass wir in Sibirien stecken.«

»Psst!«

»Herrgott, Karl! Hier hat doch jeder genug vom Krieg.«

»Und in Wien sitzt immer noch eine Heerleitung, die den Feind unter- und die eigenen Mittel überschätzt. Nach so vielen Jahren hätten sie schon ein bisschen dazulernen können.«

»Wer redet jetzt defätistisch?«, lachte Viktor. »Komm. Einer von den Neuen hat Petroleum für unsere Lampen mitgebracht. Schreib der Fanny, und ich verspreche dir, morgen ist der Brief schon unterwegs zu ihr.«

»Ich weiß jetzt, wie wir die Schachteln für unser Spielzeug bauen.«

»Das war uns klar, dass dir etwas einfallen wird«, sagte Viktor und zog seinen Bruder mit sich.

Während die Hitze über ihnen brütete, die Mücken tanzten und zustachen, bis in den offenen Mund, in die Nasenlöcher eindrangen, zerlegten sie die aufgelösten und ineinander verklebten Papierakten aus dem zerstörten Büro, wuschen und trockneten die einzelnen Blätter, festgeklammert an langen Leinen, die sie von Birke zu Birke spannten, und verleimten das Papier Schicht um Schicht, bis daraus stabiler Karton wurde. Karl zeichnete Schablonen, und nach denen fertigten sie Rohlinge an, die geschliffen, poliert, bemalt wurden, immer sieben Soldaten und ein Offizier in roten, schwarzen und grünen Uniformen. Mit den Weißen der Zarentreuen würde in Zukunft wohl niemand mehr spielen wollen. Acht Holzmännchen pro Karton; Schachtel um Schachtel um Schachtel. Am Ende des Sommers lagerten zweitausendfünfhundert Kartons in einer sanierten Baracke und warteten auf den Dänen.

Zu dieser Zeit wussten sie schon, dass sich an der Westfront Tausende Österreicher ergeben hatten, dass die Franzosen dabei waren, Bulgarien zu besiegen, dass es immer noch Kämpfe auf russischem Boden zwischen Roten, Weißen und anderen Milizen gab, dass die jetzt noch bestehenden Gefangenenlager den Winter über die eingesperrten Männer mehr schlecht als recht versorgen würden. Ihre Lokomotive stand unbeweglich auf dem Abstellgleis, der Traum von einer Weiterreise war zerschlagen. Auf ihre Briefe kam keine Antwort. Die Birkenblätter zeigten gelbe Ränder.

Mitte Oktober kam der Däne und tauschte die Spielzeugsoldaten gegen Edamer Käse, große und kleine rote Kugeln, die die Österreicher als gern gesehene Währung für dicke Decken, Stiefel und neue Mäntel nutzten. Josef konnte Zucker, Mehl und Salz beim jüdischen Kaufmann auftreiben, der auch Hirse, getrocknete Linsen und Dörrpflaumen anbot. So nebenher berichtete er von den politischen Umbrüchen und entpuppte sich als lebende überregionale Zeitung. Waren die österreichischen Offiziere zuerst skeptisch seinen Nachrichten gegenüber, begannen sie doch, in den folgenden Wochen den Neuigkeiten zu glauben, die der Händler über seine Informationsnetze bekam und mit ihnen teilte. Der erste Frost jagte die meisten Männer wieder zurück ins Lager, doch blieben genügend bei den Österreichern, um zwei Schlafbaracken und die Werkstatt winterfest zu machen.

Schweren Herzens brachten Eduard und Josef Imre zum Lagerarzt. Der Ungar hatte zu reden aufgehört, er summte nicht einmal mehr. Nichts hatte ihn aus seiner Stummheit locken können, zum Schluss war auch sein Körper regelrecht versteinert, er bewegte sich nicht mehr, lag in einem Eck, mit dem Rücken zu den anderen. Er trank noch und aß, aber er wusch sich nicht mehr, sondern ließ teilnahmslos geschehen, dass Josef und Ludwig ihn pflegten. Der Arzt versprach, sich um ihn zu kümmern, er hatte mittlerweile eine Krankenstation für psychisch Lädierte eingerichtet, versuchte, ihnen zu helfen, wenn er schon an ihren Umständen nichts ändern konnte.

Die nackten Birken zierten sich mit Eisnadeln, die Hunde, nun schon handzahm, kamen nachts wieder in die Baracken und legten sich zu ihren Lieblingsmenschen. Jeden Morgen schlugen die Männer das Eis im Brunnen auf und freuten sich, dass es noch brach. Alle paar Tage hörten sie die Transsibirische Eisenbahn im Bahnhof, das Signal erinnerte in der klaren Luft an ein mächtiges Nebelhorn. Dann schlugen Türen, quietschten Scharniere, und die Kommandos der Militärs drangen bis zu ihren Baracken. Die Strecke nach Westen blieb unterbrochen, seit Wochen fuhr die Bahn nur zwischen hier und dem Pazifik einigermaßen regelmäßig. Der Krieg in Europa ging dem Ende zu, und das gewaltige Russland befand sich in einer Zerreißprobe. In den Großstädten hinter dem Ural regierte der Hunger, eine unvorstellbare Not. Die Zarenfamilie war im Hochsommer umgebracht worden, wer von den Großgrundbesitzern fliehen konnte, war weg. Nur die Bauern blieben ruhig. Getreide brauchten alle.

Wenn Josef mit Reinhold zurückkam von seinen Gesprächen, die den Erwerb von Eiern, Kraut, Knollen und einem Suppenhuhn einschlossen, erzählte er, dass hier eine neue Nation entstehen könnte, Freie unter Freien, ein freundliches Miteinander der Völker. Den Vorwurf, das zu idealistisch zu sehen, ließ Josef zwar gelten, glaubte jedoch, in diesem neuen System der Kommunisten wäre der Riesenraum Sibirien tatsächlich wie geschaffen für diese Utopie einer offenen Gesellschaft Gleichwertiger. Er verwahrte sich dagegen, deshalb ein Roter zu sein, berief sich auf Jesus und die Bergpredigt und darauf, dass ein solcher gesellschaftlicher Umbruch auch zu Hause die Möglichkeit böte, alles zum Besseren zu verändern.

Karl dachte viel darüber nach. Da sie noch immer getrocknetes Papier besaßen, schrieb er lange Briefe an Fanny, etwas kürzere an seine Eltern. Er wusste, dass er vermutlich nie Antwort von ihnen lesen würde. Auch Viktor hatte wieder mit dem Briefschreiben begonnen, an die Mutter natürlich, aber auch an Frauen, an die er sich von früher her erinnerte. Er wirkte noch immer bedrückt, und Karl war sich sicher, dass es nichts mit der ins nächste Jahr verschobenen Weiterreise zu tun hatte, sondern damit, dass er sich eine Frau wünschte und von einer speziellen, die noch unerreichbarer war als alle anderen, träumte. Zu oft hatte er sich angeboten, den inzwischen frostigen Weg über die vom Wind glatt gehobelten Eiswechten in die Stadt zurückzulegen, zu oft war er deprimiert zurückgekehrt, weil Deborah, die Tochter des jüdischen Händlers, weder zu sehen noch zu hören war.

Ludwig erzählte, was er seiner Lieblingsschwester Käthe berichtete, endlose Märchen mit ausufernden Details, und jeder wusste, dass Käthe im besten Fall eine einzige volle Seite in ihrem Kuvert vorfinden würde, weil Ludwig lieber plauderte als schrieb. Josef schrieb seiner untreuen Frau Lotti. Eduard begann einen Brief an eine Kusine, eine junge Witwe mit einem Hang zu Gott. Eduard wählte sie, weil er sich an ihre köstlich saftigen Gugelhupfs erinnerte und weil es ihm guttat, mit Grete einen weiteren Frauennamen der Handvoll geliebter Vermisster hinzufügen zu können. Es blieben echolose Rufe, Zeugen einer Sehnsucht, die als Trost durch den Winter helfen sollten.

Liebster, hatte Fanny vor zwei Jahren geschrieben, *dein Vater hat dem Maxl das Schlittenfahren beigebracht. Hättest du sie doch sehen können! Der alte Herr mit tief in die Stirn gezogenem Hut und den Janker fest zugeknöpft, unser Bub vor ihm in Pudelhaube, Mantel und Fäustlingen, dicht an den Großvater gepresst, so sausten sie den Hang hinter dem Friedhof hinunter. Überall waren Kinder und Mütter und alte Männer, einer probierte sogar mit Schiern die Abfahrt, und ich musste lachen, weil er sich so ungeschickt anstellte. Es war ein Nachmittag, an dem alle den Krieg ein wenig vergaßen. Ich bin mir sicher, du wirst später dem Maxl beibringen, wie man sicher und elegant auf den Holzbrettern fährt. Du wirst sein Held werden, und du wirst sehen, dass das sibirische Eis von unserem Schnee, den weichen Hügelwellen, die die Alpen wie weiße Rüschen umrahmen, und dem Glück unseres Kindes überdeckt werden.*

Der Schnee löschte die letzten Farben aus, und ein neues Bild aus Spuren und Wegen, die einander kreuzten, entstand. Selbst auf dem sommerlichen Lagerfeuerplatz vor den Baracken blieb alles weiß, bloß dort, wo die Hunde im Boden scharrten, bevor er gefror, entstanden graubraune Flecken. Es war Ende Oktober, als ein Schlitten vorfuhr, gezogen von zwei Pferden, die die Handvoll dreckiges Heu, die Ludwig ihnen anbot, ignorierten. Drei Männer schälten sich aus den Pelzen und betraten das österreichische Quartier. Ihr Auftreten verriet trotz ihrer Zivilkleidung Souveränität, sie fragten nach dem ranghöchsten Offizier und betrachteten mit Erstaunen die Regale voller Werkzeug und Papier und den kleinen Stapel Bücher.

Eduard trat vor, salutierte und streckte die Hand aus, etwas, das er zuletzt in Chabarowsk im Offiziersclub, dem schäbigen Treffpunkt der militärischen Elite des Lagers, getan hatte. »Oberst Eduard Nolting, Erste k & k-Armee unter General Paul Puhallo von Brlog, Korps Szurmay, gefangen genommen am 27. September 1914 während der Offensive auf Rowno.«

Die drei Männer schüttelten ihm die Hand, stellten sich jedoch nicht namentlich vor.

»Wir haben davon gehört, wie Sie aus dem Nichts eine Manufaktur aufgebaut haben und dass Sie hier Holzspielzeug von erstaunlicher Originalität in großer Menge herstellen«, sagte ein etwa Fünfzigjähriger mit akkurat geschnittenem Haar.

»Über die Originalität kann man streiten, Soldaten sind Soldaten«, antwortete Eduard und winkte Josef neben sich, um zu dolmetschen. Ihn stellte er nicht mehr vor, und es war den Freunden klar, dass er sich gerade ein nicht besonders erfreuliches Urteil über den Besuch erlaubte.

Sie erfuhren, dass die Kommunisten so schnell wie möglich den Betrieb im Stadttheater wieder aufnehmen wollten. Es hatte während der Kämpfe wenig Schaden genommen, auch Schauspieler hatten sich wieder eingefunden. Jedoch wären Maler und Tischler überbeschäftigt mit der Renovierung von Häusern und dem Aufbau neuer Wohnsiedlungen, einem Versprechen der Partei, das unbedingt vorrangig erfüllt werden musste. Daher suchten sie Leute, die etwas von Theater und Bühne verstünden und Kulissen herstellen konnten, die die Spieler nicht gefährdeten oder das Spiel beeinträchtigen würden. Fantasie wäre gefragt, perspektivische Vorstellung natürlich Voraussetzung, die Dramaturgie und den Stil bestimme der Regisseur, nicht die Partei. Allerdings wäre wohl klar, dass mit der Ideologie der Romanows und der untergegangenen Kaiserreiche nichts zu erreichen wäre.

»Und was soll von uns erreicht werden?«, fragte Eduard direkt.

»Sie bauen uns Kulissen. Material besorgen wir. Außerdem schicken wir einen Schmied, der die Metallarbeiten an Ihrer Lokomotive erledigt. Wir steuern auch Kohle für die Weiterfahrt bei. Sobald im Frühjahr das Eis schmilzt, können Sie los.«

»Wie viel Mann dürfen mit?«

»Alle, die mitgearbeitet haben und von Ihnen auf die Liste gesetzt werden.«

»Werden wir verköstigt? Es ist schwere Arbeit.«

»Arbeit wird von uns immer entlohnt. Sie können sich nicht vorstellen, wie wichtig uns das Theater ist. Eine Werkstatt, die uns hilft, wird von uns unterstützt. Es wird eine Feuerstelle mit Kesseln auf dem Gelände hier eingerichtet werden. Wir liefern Material und Nahrungsmittel bis zum Bahnhof. Wir nehmen jetzt gleich den Mann mit, der das Projekt leitet, damit er die Bühne vermessen kann und mit dem Regisseur spricht.«

Der Blick des Kommunisten flackerte kurz zu Karl hin, und Eduard wusste, dass sie genau im Bilde waren.

Liebste Fanny, schrieb Karl, *kannst du dich an den einen Theaterabend in der Josefstadt erinnern, als ich Karten durch das Offizierscorps ergattert habe? Du und ich, wir haben über das Bühnenbild geredet, es war erstaunlich modern, faszinierend in seinen Farben und der Direktheit, mit der es uns ins Stück hineinzog. Nun soll ich eine Kulisse konstruieren und erlebe jeden Augenblick meine Zweifel, fürchte mein Unvermögen. Ich habe das doch nie studiert. Ich verstehe etwas von Statik, aber ... Du würdest lachend deine Hände*

zusammenschlagen, mich umarmen und mir Mut zuspre-
chen. Du hast immer an mich geglaubt, meinen Wunsch, aus
der Liebhaberei mehr zu machen, verstanden. Ich vermisse
dich so sehr. Ich wünschte, ich könnte dich neben mich zau-
bern, während du schläfst, als könntest du dich teilen zwi-
schen Max und mir, zwischen Wien und Irkutsk. Fragt man
mich in zwanzig Jahren nach meiner Zeit in Sibirien, kann
ich nur sagen, es war ein blendend weißer, leerer Raum,
dessen einziger Inhalt der Wunsch war, bei dir zu sein.

Das Theater war vom Krieg mitgenommen. Der Schnürbo-
den funktionierte, die Bühne präsentierte sich als leeres Halb-
rund mit genügend und gut platzierten Ausgängen, aber der
Zuschauerraum war seiner Sesselreihen beraubt, nur in manchen Logen befand sich noch Originalbestuhlung. Es gab Pro-
benräume, ein Musikzimmer ohne Instrumente, Garderoben,
in denen sämtliche Spiegel und Kleiderständer abmontiert worden waren, leere Wände voller Löcher und Spuren. In manchen
Zimmern und Gängen hingen nackte Glühbirnen, frisch montiert an schweren Haken, deren Lampenschirme vermutlich
längst in bürgerlichen Häusern private Dramen erhellten.

Karl vermaß mit großen Schritten die Bühne, zeichnete
ein, wo genau die Gänge von Garderoben und Warteräumen
auf die Bühne mündeten, als ein Mann auf ihn zutrat und ihn
ansprach. Karl radebrechte sich durch eine russische Begrü-
ßung, der andere wechselte ins Französische, Karl lachte hilflos. Er hatte zwar in den letzten Monaten von den Irkutskern
einiges aufgeschnappt, aber für ein Gespräch, das sich weder
um Essbares noch um Werkzeug drehte, reichte es noch nicht.
Josef, den Eduard mitgeschickt hatte, mischte sich ein.

Fjodor Saizew würde Regisseur, Dramaturg und Bühnenbildner in einem sein, weil sein Kulissenmaler von einer verirrten Kugel an der Front schwer verwundet worden war. Im Moment wurden zwei Stücke gezeigt, die das schwierige Leben der Unfreien unter der ausbeuterischen Herrschaft der Großgrundbesitzer zeigten und die mit der Umverteilung von Boden und der Hoffnung auf eine rosige Zukunft endeten. Da reichten ein Leiterwagen, Strohballen, grob gezimmerte Möbelstücke. Aber für die langen Winterabende hatte man sich ein modernes Stück vorgenommen, das erst vor fünfzehn Jahren geschrieben und veröffentlicht worden war und das vor dem Krieg bereits Erfolg in Petrograd, Moskau, Berlin gehabt hatte: *Kinder der Sonne* von Maxim Gorki. Ob ihnen der ein Begriff war? Josef nickte.

Man könnte das Stück mit der Hintergrunddarstellung eines gutbürgerlichen Salons spielen, wenn die stabile Rückseite brauchbar eine Landschaft am Fluss zeigte; ein Weidenbaum für den Suizidanten müsste zumindest die Illusion einer Strangulierung unterstützen, und das Gemälde im Salon sollte nicht nur zentral die Sonne zeigen, sondern vor allem Menschen, die sich ihr zuwandten, die Teil ihres Lichts waren.

Karl nickte. Ob das Bild im Gegensatz zu dem eher behäbigen Salon elegant, modern sein sollte? Fjodor Saizew nickte begeistert.

»Kein Problem.« Karl verstand nicht, was daran zeitaufwendig zu produzieren sein sollte. Wenn er an die richtigen Farben und an Leinwand kommen könnte, die sie auf Holzrahmen spannen konnten, sodass nicht alle Wände ordentlich gebaut werden mussten, war alles in zwei bis drei Wochen realisierbar.

Saizew lächelte. Selbstmord durfte natürlich nie als etwas Nachahmenswertes dargestellt werden, es musste immer als

Verzweiflungstat überzeugen, den Gefühlen war Raum zu geben, damit die Zuschauer Verständnis für den armen Kerl und seine Braut entwickelten. Karl zeigte ihm mit wenigen Strichen, wo und wie er den Baum als Bild der unerfüllten Hoffnung platzieren würde. In welcher Jahreszeit hatte Gorki das Stück denn angesiedelt?

»Im Sommer. Grün, grün, grün! Man spaziert draußen, man lebt im Warmen, man unterdrückt und ist unterdrückt, aber voll Hoffnung. Kein Winter, auf keinen Fall!«

In Irkutsk hätte noch niemand das Stück gesehen, keine Erwartungen würden enttäuscht werden, es konnte nur erfolgreich werden. Ob ihnen klar wäre, dass in der kurzen Zeit seit dem Oktoberumsturz mehr als dreitausend Theater entstanden wären, dass die Bühne eine ungeheure Rolle in der Erziehung des Volkes spielte? Es gäbe Klassiker, die alle kannten, analphabetische Bauern und Arbeiter genauso wie das Bürgertum. Unter den berühmtesten Stücken und Schriftstellern waren nicht nur Gogol und Tolstoi, sondern auch *Die Räuber* von Schiller und *Othello* von Shakespeare. Ein Deutscher und ein Engländer! Kaum zu fassen nach diesem Krieg. Die Stücke würden schon einstudiert, die Näherinnen arbeiteten an den Kostümen und Masken. Was fehlte, waren die Kulissen. Ein beidseitig nutzbarer Paravant wäre da aber fehl am Platz, da bräuchte es mehr, mehr Hilfe für die Schauspieler, mehr Möglichkeiten für die Regie, mehr Illusion für die Zuschauer, wobei vielleicht einige Teile der Kulissen in mehreren Stücken eingesetzt werden könnten.

»Wann?«, fragte Karl.

»*Othello* in vier Wochen, *Die Räuber* in spätestens sechs.«

»Ihr spielt alternierend? Die Kulissen werden immer auf- und abgebaut?«

»So hatten wir uns das vorgestellt! Von Woche zu Woche.«

»Das ist unmöglich, das verlangt eine massivere Bauweise, mehr Holz, Nägel, Scharniere, vor allem, wenn mit Stiegen gearbeitet wird oder Schauspieler auf zwei Etagen agieren.«

»Genau! Wunderbar! Du hast alles verstanden! Das ist großartig.«

»Aber …«

»Ich erzähle dir heute alles, was du von der Gorki-Inszenierung wissen musst. Du schreibst mir eine Liste der Dinge, die du brauchst. Morgen kommst du wieder, gegen zehn Uhr. Ich sage dir, wie ich *Othello* inszeniere. Du gibst mir deine Liste dafür. Übermorgen erkläre ich dir den Schiller. Um zwölf Uhr beginnen die Proben, pünktlich, dann habe ich keine Zeit mehr für dich. Es wird großartig werden. Die Zuschauer werden toben vor Dankbarkeit.«

»Ich brauche eine Halle! Alles, was du dir wünschst, ist zu groß für unsere Baracken, und im Freien ist es zu kalt, zu viel Schnee. Das Holz leidet, das wird springen. Wir brauchen richtige Werkräume, nicht nur unsere Spielzeugfabrik, sonst bekommst du deine Bühne nicht!«, sagte Karl nachdrücklich.

»Theater ist Theater! Bist du dir sicher, dass du alles malen und bauen kannst?«

»Ja.«

»Dann ist es ein Kinderspiel. Du wirst sehen. Hauptsache, du bist ein Künstler, ein wahrer Künstler«, rief Fjodor Saizew und umarmte beide Österreicher, bevor er verschwand.

»Der ist verrückt.«

»Der ist nicht verrückt«, antwortete Josef. »Er weiß genau, was er will, und ich glaube, wir kriegen alles, was wir wollen. Das Theater ist zu wichtig für die Bolschewiken.«

»Der sagt, ich sei ein Künstler!«

»Klar bist du das.«

»Idiot, ich bin bloß geschickt mit den Händen.«

»Aber im Kopf ein Künstler.«

»Wir brauchen richtige Handwerker, jeden, den wir kriegen können für diese Schwerarbeit.«

»Karl, wir haben dich! Du kannst zeichnen, du kannst malen, du hast Fantasie. Drüben im Lager hocken Hunderte frierend und gelangweilt und hungrig. Sie werden uns die Bude stürmen und behaupten, dass sie alle perfekte Handwerker sind, sogar die Offiziere, die noch nie einen Pinsel oder Hammer gesehen haben, werden um Arbeit betteln. Du wirst es sehen«, prophezeite Josef, während sie hinaus zum Schlitten gingen und der wartende Kutscher ihnen aus den Theaterfoyer nachlief.

Liebe Fanny, schrieb Karl in seinem nächsten Brief, der wie alle davor zwar abgesandt, aber ohne Antwort bleiben würde. *Du musst dir das vorstellen: in unserem vergrößerten Barackenlager leben und arbeiten nun dreiundachtzig Männer, die in diesem Winter weder hungern noch frieren (die Arbeit ist viel zu schweißtreibend!). Die Kessel werden jeden Tag zweimal mit Eintopf gefüllt, in dem Fleisch oder Fisch schwimmt. Im Ofen brennt Tag und Nacht Feuer, und es gibt Holz zum Nachfüllen. Eine Halle, in der noch während des Kriegs Lokomotiven repariert worden sind und deren Dach wir geflickt haben (gefährliche Rutschpartie wegen des Schnees und Eises), ist unsere Produktionsfabrik. Auch hier gibt es zwei Öfen. Ich arbeite wie ein Berserker, und ich weiß, dass das komisch klingt bei einem, der nichts anderes tut als zeichnen, zeichnen, zeichnen (und Farben daneben schreiben, denn wir haben zwar Pigmente und Leim für die Kulis-*

sen, aber keine einfachen Malfarben, sodass meine Entwürfe schwarz-weiß bleiben mit ellenlangen Beschreibungen daneben). Fanny, ich tue das, wovon ich früher in Wien beim Zeichnen geträumt habe, weißt du noch? Es ist grotesk.

Unser Gelände ist schwer bewacht. Natürlich passen sie nicht auf uns auf, sondern auf die Geräte, die Materialien, das Werkzeug. Alles kostbar in diesem Land, das von einander bekriegenden Truppen zerfleddert und in immer größere Armut gedrängt wird. Die Kriegsgefangenen im Lager drüben beneiden ihre Kameraden, die wir als Arbeiter angenommen haben. Manchmal bleibt Essen übrig, und wir bringen es hinüber, so wie sie uns im Frühjahr geholfen haben. Denn die Not ist wirklich groß. Stell dir diesen Schnee, diese Kälte vor, eine Welt aus Schwarz und Weiß, die eine diamantene Sonne zum Funkeln bringt; an den meisten Tagen hängen tiefgraue Wolken über uns mit schweren Schneebäuchen, der Wind treibt die Flocken vor sich her, und wir tasten uns an Seilen zu unseren Arbeitsplätzen. Schlecht gebaute Holzhäuser, die eine fantastische Welt aus Farben beherbergen. Stell dir absolute Stille vor, unterbrochen vom Knarren gefrorener Äste, den isolierten Ruf eines Raubvogels, Stille, die vor Kälte vibriert, und mittendrin das Schnauben der Pferde vor den Schlitten, das Knistern von Holz in der Wärme, die Stimmen der Männer, das Sägen und Kreischen und Klappern und Hämmern. Ach, wärst du doch da! Aber wir sind hier allein, Männer in einem Land ohne Frauen.

Ende November holten sie weitere Arbeiter aus dem Lager, die ihnen trotz der gleichbleibenden Essensrationen helfen mussten, denn sie gerieten in Verzug. Unter diesen Männern befand sich auch Imre, den sie für leichte Arbeiten einteilten. Er war in den vergangenen Monaten weniger nervös geworden, ein stilles Gerippe, das alles befolgte, was man ihm anschaffte, in einem gleichtönigen Singsang antwortete, wenn man etwas fragte. Der Lagerarzt hatte herausgefunden, dass Imre in der Krankenstation Verbände schmerzfrei entfernte und frische Bandagen gut anlegen konnte, dass er Patienten richtig hob und bewegte wie ein Pfleger. Er müsste sich nützlich fühlen, gebraucht, schärfte der Arzt ihnen ein. Es wäre der beste Schutz vor der inneren Leere, die von seinen Ängsten ausgefüllt wurde. Also wurde Imre gebeten, ihr Hausmann zu werden, ihre Baracke zu pflegen, sodass das Ungeziefer nicht überhand nahm, die Mäuse nicht zur Plage wurden. Gegen die Ratten halfen die Hunde, denen man mittlerweile die Zuneigung ansah, mit der die Männer sie bedachten. Imre brachte aus dem Lager zwei Bürsten mit, eine grobe, die er verwendete, um Ruß, Fett und Dreck von Boden und Möbeln zu reiben, und eine feine, mit der er das Fell der Tiere kämmte. Sie balgten sich darum, von ihm versorgt zu werden. Manchmal sahen die Männer, wie Imre lächelte, wenn er in die aufgestellten Ohren flüsterte, und sie waren erleichtert, dass ihr Freund so etwas wie Freude empfand.

Als Weihnachten vor der Tür stand, wurden die letzten Wandelemente für *Othello* fertig, arbeiteten sie an Stiegengeländern und Möbeln, die ein südliches europäisches Ambiente darstellen sollten, das aus einer exotischen Mischung aus Urlaubserinnerungen an Italien und Museumsatmosphäre bestand, gekrönt von einer meterhohen Palme, deren Blattbüschel in jedem Luftzug zitterten, weil sie aus verklebten Papierschichten aus den letzten Büroakten der ehemaligen zaristischen Lagerleitung hergestellt waren. Ihr Grün war ein lächerliches Gelbbraun, nur die Stängel und Blattansätze leuchteten in einer einigermaßen natürlichen Farbe. Sämtliche Materialien waren fast aufgebraucht.

Die Palme wäre überhaupt nicht notwendig gewesen, von Karl auch nicht vorgesehen, aber ein Wunsch seiner Mannschaft, die mitten im sibirischen Winter von den Tropen träumte. Als Fjodor Saizew sie sah, lachte er. Seine zweifelnde Frage schnitt Karl sofort ab; eine Riesenpalme in einem Topf bedeutete, dass die Besitzer ein Glashaus, einen Wintergarten besaßen, reich und mindestens großbürgerlich lebten. Die Möbel waren zwar liebevoll bemalt, konnten aber doch niemanden täuschen, denn sie hatten weder Blattgold noch edle Polsterungen. Doch jeder Bauer würde beeindruckt von der Palme sein, jeder in Irkutsk würde sofort wissen, was sie bedeutete.

Saizew lachte wieder. »Ihr habt die Öfen zu sehr geheizt! Euer Hirn schmilzt! Aber meinetwegen. Die Palme kommt mit.«

»Und wie ist das nun mit unserer Lokomotive und ihrer Reparatur?«, mischte sich Eduard ein.

»Kommunisten halten ihre Versprechen. Das solltet ihr nach diesen Wochen wissen. Obwohl ihr länger gebraucht habt, als vereinbart war.«

»Fünf Tage mehr bei den *Räubern* und vier Tage für Shakespeare.«

»Eben.«

Sie wussten, dass sich die Probenarbeiten ebenfalls hingezogen hatten, dass es Probleme mit Schauspielern und Kostümen gegeben hatte, und schwiegen diplomatisch, warteten auf das Angebot, das Saizew ihnen machen würde.

»Ihr könnt die Schmiede auf dem Bahnhofsgelände noch bis Jahresende nutzen. Die Feuer werden heiß genug sein, das verspreche ich. Nehmt euch die besten zwei Wagons. Sobald der Frühling kommt, erhält euer Zug einen Passierschein. Auf der Liste dürfen nur die Männer stehen, die jetzt mitgearbeitet haben, niemand sonst, kein Ersatz, wenn einer stirbt. Holz zum Heizen der Baracken für die nächsten drei Monate wird geliefert, zu essen ebenfalls, was wir entbehren können. Ich empfehle euch, Fallen aufzustellen, ohne den Dörflern in die Quere zu kommen. Oder nebenher noch Spielzeug herzustellen und gegen Essen einzutauschen, solange es in der Stadt Vorräte gibt. Wir schicken Nachricht, sobald der Zug über den Fluss darf.«

Dann wandte er sich an Karl. »Möchtest du hierbleiben und mit mir weiter arbeiten? Du bist sehr erfinderisch.«

Karl verneinte lächelnd.

»Ich schätze deine Arbeit. Die Schauspieler ebenfalls. Du hast alles gut durchdacht, deine Kulissen sind praktisch und regen die Fantasie an.«

»Das freut mich. Danke. Aber ich habe eine Frau, die auf mich wartet.«

»Eine Desdemona?«

»Ja.«

»Und kein Intrigant, kein gieriger Lügner funkt dazwischen?«

»Nein.«

»Wie kannst du so sicher sein? Dir ist ja nicht einmal klar, dass dein Talent, das nichts mit deinem Beruf zu tun hat, den Männern in deinem Betrieb das Leben rettet.«

Karl lächelte wieder. »Es war Glück, dass wir uns getroffen haben«, sagte er und schüttelte Fjodor Saizew die Hand.

Liebste Fanny, schrieb Karl, *ich hätte gerne einmal gesehen, wie sie spielen, wie meine Kulissen auf der Bühne wirken, wenn die Schauspieler sie mit Leben füllen. Mir wird erst jetzt bewusst, wie verführerisch das Theater sein muss, vor allem, wenn der Krieg vorbei ist und eine Stadt versucht, das Zerstörte hinter sich zu lassen. Dann stelle ich mir vor, wie es euch in Wien geht, obwohl ich doch gar keine Ahnung habe. Der Hunger wird nicht weniger sein. Bekommst du genug zu essen? Ist unser Max gesund? Wieder ein Weihnachten ohne euch, und doch bin ich voller Hoffnung, denn wenn der Schnee schmilzt, sitzen wir in unserem Zug und fahren weiter, queren den Ural, kommen nach Europa. Und dann halte ich dich, wie noch nie ein Mann seine Frau festgehalten hat.*

Er küsste das Blatt genau auf die Mitte, wie es Fanny mit ihren Briefen machte, und gab das adressierte, zugeklebte Kuvert dem Kutscher des Theaters mit ordentlichem Trinkgeld mit. Wenn der Postsack unbeschädigt in Westrussland ankam, bestand eine Chance, dass Fanny in den ersten Monaten des neuen Jahres von ihm las. Noch immer hatte keiner von ihnen Nachricht aus der Heimat bekommen, auch die Insassen des Lagers nichts. Die Gehälter der registrierten Offiziere unter den Kriegsgefangenen waren nicht mehr ausbezahlt worden. Alles Ersparte war aufgebraucht, vor dem östlichen Lagerzaun würden, wenn das Tauwetter einsetzte, neben den zwölf alten Gräbern viele neue ausgehoben werden; die Leichen der Verhungerten und derer, die aufgegeben hatten, stapelten sich bereits. Wie mochte es den Männern in Chabarowsk ergehen? Eduard hatte versucht herauszufinden, ob es überhaupt noch Rückführungstransporte gab. Angeblich waren westlich des Kaukasus Lager geleert worden, aber ob die Züge die Grenzen Russlands passiert hatten, wusste niemand.

In der Weihnachtsnacht versammelten sich alle vierundneunzig Männer um ein Feuer auf dem Platz zwischen den Baracken. Es hatte seit mehreren Tagen nicht mehr geschneit, der Schnee war fest zusammengetreten. Im Licht der Flammen wirkten die Gesichter hohl, obwohl sie alle besser genährt waren als die Menschen drüben im Lager. Sie hatten sich in Decken gehüllt, Fetzen um ihre Köpfe und Hände gewickelt, eine Menge von traurigen Gestalten, die sich auf die Extraration Wodka freuten und darauf warteten, dass die Musiker ein Lied anstimmten. Ludwig hatte mit einem Trompeter, einem Flötisten und einem Mann geübt, der im Herbst aus Port Arthur eine Art Trommel mitgebracht hatte, die er mit unterschiedlichen Schlegeln bearbeitete. Noch im Warmen hatte Ludwig sein letztes Doppelrohrblatt ausgepackt.

Nun kamen sie mit ihren angewärmten Instrumenten zum Feuer, die anderen rückten beiseite, Dampf stieg von ihren Nasen und Mündern hoch, die Hunde starrten neugierig von außen auf den dicht geschlossenen Kreis. Sie spielten *Es ist ein Ros entsprungen,* und die Männer begannen zu summen. Dann kam ein russisches Lied, das sie in den letzten Jahren immer gehört hatten, *Im Walde steht ein Tannenbaum.* Ein paar Männer sangen die ersten zwei Strophen auf Russisch mit. Während die drei Bläser ihre Instrumente kurz in vorgewärmte Decken wickelten, begann der Trommler einen Rhythmus zu schlagen, der ihnen allen fremd war. Nur Imre und ein anderer Ungar hoben den Kopf. Die Trompete setzte ein, die Oboe folgte, eine liebliche Oberstimme kam von der Holzflöte. »Mennyből az angyal«, Engel kamen vom Himmel, sang der Ungar laut mit, während Imre stumm Ludwig anstarrte und

Tränen über seine Wangen flossen. Nach zwei Strophen setzten sie die Instrumente ab und rückten noch näher zum Feuer. Eduard räusperte sich und schrie, so laut er konnte: »Weihnachten 1918 wünschen wir uns alle, dass wir nächstes Jahr daheim mit unseren Lieben feiern dürfen, dass uns nichts Böses überrascht und dass der Frieden endlich in Russland und überall einkehrt. Was Schöneres kann ich mir für uns alle nicht vorstellen!«

Die Musiker spielten *Stille Nacht, heilige Nacht.* Diesmal sangen sie alle, egal, ob sie dabei weinten, schluchzten oder zu lächeln versuchten. Sie legten die Arme umeinander, sie küssten sich auf die salznassen Wangen, während die dritte Strophe verklang und die Hunde zu bellen begannen. Später, als sie in ihre Baracken zurückgekehrt und das Feuer erloschen war, bettelten die Tiere um Einlass, und ein paar Männer schauten sich draußen um, ob keiner der Betrunkenen im Freien eingeschlafen war oder ob sich noch einer fand, der ruhelos dem tief stehenden Mond zuschauen wollte, wie er, eine blasse Sichel, im schwarzen Firmament Richtung Westen trieb. Die wenigen Kirchenglocken von Irkutsk, die nicht eingeschmolzen worden waren, schwiegen. Der Frost schnürte jeden Laut ab, die Sterne blinkten und blitzten, scharfen Glaskanten gleich, über dem verschneiten Land.

Karl sortierte Fannys Briefe nach Lieblingsstücken, eine Ordnung, die er jeden Tag umstieß, hingerissen von einer Szene, die ihn weinen oder stöhnen oder lachen ließ, je nach Verfassung. Manchmal fragte Viktor ihn, wie er sich das Leben nach der Heimkehr vorstellte, was er arbeiten würde, weil er doch nie wieder Soldat sein wollte, wie er mit Fanny leben würde, wie es wohl sein würde, Max aufwachsen zu sehen. Karl antwortete gewissenhaft und wusste doch, dass Viktor von einer bestimmten Frau träumte. Dass er sich einen Alltag wünschte, der von Liebe bestimmt war, wo jede einzelne Tätigkeit von Freude erfüllt war, weil man nicht alleine lebte, sondern mit dem Menschen, der alles Denken und Fühlen erfüllte. Die Mütter vermissten sie wohl alle. Aber der Gedanke an Liebe durchtränkte Tage und Nächte.

Im Februar kamen die Sowjets mit ihrem Schlitten zurück. Sie begutachteten die Lokomotive, die zwei Wagons, an denen gearbeitet wurde, ließen sich die Liste mit den vierundneunzig Namen vorlegen. Wenn die Plennys, die Kriegsgefangenen, helfen würden beim Brückenbau, wäre das ein extra Pluspunkt. Ob sie außer einem Künstler, der fürs Theater arbeiten konnte, auch einen Ingenieur hätten, der für die Eisenbahn eine sicher tragende Konstruktion berechnen könnte?

So erfuhren die Männer, dass die Tschechische Legion Irkutsk bereits vor Wochen verlassen hatte, nicht ohne zuvor noch die Brücke zu beschädigen. Die Roten versuchten nun, die Infrastruktur Sibiriens wieder zu restaurieren, sodass Dörfer und ihre Bauernräte eingebunden wurden in die Pläne der Komitees. Ein weiteres Hungerjahr würde nicht mehr zu verkraften sein.

»Helft uns, dann helfen wir euch«, sagten die Rotgardisten. Nur so würden die Freunde unbeschadet weiterreisen können.

Die nächsten Wochen arbeiteten sie mit, um die Pontonbrücke stabil zu halten, solange der Eisstoß noch nicht begonnen hatte. Sie bereiteten Stützbalken vor, halfen den russischen Schmieden, die plötzlich auftauchten, alte Gleise als Ersatz für die auf der Brücke zerstörten vorzubereiten, und prüften alle zehn Tage, wie weit der Fluss noch gefesselt war.

Der März verging, und mit kolossalem Donnern brach das Eis. Von jetzt an begleitete sein Lärm den Alltag. Ein Knirschen und Stöhnen, Knallen, Pochen, Brechen setzte ein, jede Nacht von Zischen, Knistern unterbrochen, wenn die Ränder der übereinandergeschobenen Platten wieder aneinander festfroren. Dann ging es erschreckend schnell. Mit irrem Poltern stürzten die Schollen unter dem Sonnenlicht ins plötzlich aufpeitschende Schmelzwasser, die Angara trat über die Ufer, riss Boote von der Böschung, zerrte die Pontons auseinander. Es dauerte eine Woche, bis der Fluss sich so weit beruhigt hatte, dass die Reparaturarbeit begonnen werden konnte. Es war Frühling geworden, und plötzlich sah alles so aus wie vor genau einem Jahr, als sie mit der Transsibirischen vom Baikalsee gekommen waren. Zwölf Monate an einem Ort festgehalten! Das hätten sie sich nie träumen lassen.

»Wir haben noch Glück gehabt«, sagte Josef, als sie beim abendlichen Eintopf zusammensaßen. »Wir sind unverletzt, keiner von uns hat ein Hungerödem. Keiner hat Zehen oder Finger an den Frost verloren, keiner liegt unter einem Kreuz wie die drüben im Lager. Über neunzig Mann haben wir zusätzlich wegen Karls Zeichnungen aufnehmen und verköstigen können, während drüben in den fünf Wintermonaten an die sechshundert Gefangene verreckt sind.«

Viktor lachte. »Das sollte unser Vater hören. Beim Militär kannst du alles werden, und fesch bist außerdem, hat er dem Karli gesagt. Als brotloser Künstler bist ein Verlierer von vornherein!«

»Das Zeichnen hebst dir für die Sonntagnachmittage auf, hat er gesagt, als ich ihn um die Erlaubnis gebeten habe, mich zur Aufnahmeprüfung an die Kunstakademie gehen zu lassen«, fügte Karl lächelnd hinzu.

»Pack dir einen extra Ranzen voll mit Papier und Stiften«, riet ihm Eduard. »Wer weiß, wozu es gut ist und wo wir das nächste Mal stranden.«

»In der Freiheit!«, rief Imre, und sie stießen mit dem letzten Wodka an.

Zwei Tage später bekamen sie die Erlaubnis, ihre Wagons an die Lokomotive zu hängen, den Tender mit Kohle zu füllen und die Namensliste der Passagiere zum Vergleich mit der Arbeiterliste im Parteibüro zu hinterlegen. Es dauerte noch, bis sie Werkzeuge und Maschinen zurückgegeben hatten, das Reisegepäck überprüft worden war, die Papiere vom Lagerkommandanten bewilligt und mit allen Stempeln versehen waren. Bis zur Abfahrt zweifelten sie am guten Willen der Kommunisten, sie tatsächlich abfahren zu lassen. Als sie über die Angara rollten, winkten sie johlend den Bewohnern Irkutsks zu. Selbst Viktor lachte wieder von Herzen. Seit er erfahren hatte, dass Deborah den Sohn eines Familienfreundes heiraten würde, war der Gedanke an den Aufbruch zur Besessenheit geworden, die nun Erlösung fand.

Was für eine schöne Stadt, dachte Karl. Und dann lachten sie alle, weil sich der Sack unter Imres Sitzplatz bewegte, bis der Ungar die Schlaufen löste und einer der halbwilden Hunde aus dem Lager zum Vorschein kam.

»Das ist Kutya«, sagte Imre, »das heißt Hund. Sie ist ganz ruhig.« Er streichelte das Tier, das ihn unverwandt ansah. »Sie mag keine Uniformen. Wenn Soldaten kommen, versteckt sie sich.«

»Das könnte uns allen Schwierigkeiten ersparen«, sagte Eduard, dem sofort klar war, dass ihre Mitreisende vermutlich das beste Medikament für Imre sein würde. Ihm machte eher Sorgen, ob der Lokomotivführer sie wirklich sicher an ihr

nächstes Ziel bringen würde. Ein Zug, der in keinem Plan ver-
zeichnet war, auf einer Strecke, die nur laut Hörensagen frei
sein sollte und die oft eingleisig geführt wurde, konnte sich
leicht in eine Todesfalle verwandeln.

Die letzten Häuser und Jurten blieben hinter ihnen zurück, die blühende Taiga wellte sich zu beiden Seiten der Gleise, das Gebirge im Süden verschwand langsam am Horizont.
Sie waren wieder Richtung Westen unterwegs.

III

April 1919

IM DORF DER
MENNONITEN

Die Liebe für unser Kind und dich, die ist in jede meiner Poren und Zellen gedrungen, sodass ich ohne sie gar nicht existieren könnte. Sie lässt mich weiter atmen, weiterleben. Sie macht mich aus, egal, was ich gerade denke, was ich tue. aus Fannys Brief vom 1.3.1918

Der Zug kroch vorwärts, ruckelte, blieb stehen. Wieder stiegen sie aus, versammelten sich vor der Lokomotive, sahen die schnurgeraden Gleise entlang. Etwas Dunkles lag da vorne. Viktor, Reinhold und Josef machten sich auf den Weg. Eine Handvoll Männer schloss sich ihnen an. Manche hatten kleine Schnitzmesser, aber keiner von ihnen verfügte über eine richtige Waffe. Vermutlich war es ein verrotteter Wagon oder ein überfahrenes Tier wie schon einmal. Hauptsache, sie konnten es entweder mit der Lokomotive beiseiteschieben oder gar essen, Hauptsache, Schwellen und Schienen waren nicht in den Morast des schmelzenden Bodens gesunken.

Sie waren später aufgebrochen als im Jahr zuvor von Chabarowsk. Immer wieder fielen ihnen Fuhrwerke auf, die tief im Schlamm festsaßen. Manchmal versuchten Männer mit Ochsengespannen, die Wagen freizubekommen, aber manche der Fahrzeuge steckten wohl schon mehrere Jahre zerbrochen im Erdboden. Man hatte einfach Schwellen und Ersatzschienen rund um das Strandgut neu verlegt.

So idyllisch das Flussland wirkte, so verlassen war es auch. Die wenigen Dörfer hinter den Bahnstationen erzählten von Armut und Vernachlässigung. Die Männer sahen kaum eine Menschenseele. Die Langsamkeit, mit der der Fahrer ihren Zug lenkte, war ihnen mittlerweile nur recht. Alles, was ihnen half, erfolgreich auf den Schienen zu bleiben, war gut.

Manchmal mussten sie ein paar Stunden auf einem Ausweichgleis hinter einem Bahnhof warten, weil ein Gegenzug angekündigt worden war. Dann wussten sie, dass zumindest die nächste Teilstrecke befahrbar war. An guten Tagen legten sie fünfzig Kilometer zurück. Angeblich würde es ab Krasnojarsk besser werden. Aber hier war das Land ein von Flüssen und Bächen durchzogenes Netzwerk, vom Frühling aufgequollen, überall sprießendes Grün, das den Sumpf bedeckte, die armseligen Äcker an den Dorfrändern in blühenden Matsch verwandelte, an Fundamenten nagte, die Grabsteine in den winzigen Friedhöfen bewegte, bis sie windschief aneinanderlehnten oder im Gras versanken.

Die Lokomotive setzte sich langsam in Bewegung, holte die Männer ein, das Quietschen der Bremsen vermischte sich mit dem Gezwitscher der Vögel. Ein Rind steckte mit gebrochenem Bein zwischen Schwellen und Gleis fest, es lag, versuchte immer wieder, auf die Vorderbeine zu kommen, zitterte bereits stumm vor Entkräftung. Der Rest der Herde war nirgendwo zu sehen. Krähen flatterten hoch, kreisten und krächzten ungehalten.

»Wir müssen sie töten, aber unsere Messer sind zu kurz«, sagte Josef.

Ratlos standen sie um die Kuh, als der Lokführer mit seinem Spaten ausstieg, ihn wortlos hob und die Kante der Schaufel auf das Nasenbein aufprallen ließ. Ein klägliches Muhen, der Schädel fiel zur Seite. Ein zweiter Kantenhieb auf das Stirnbein, der Spaten fiel, und der Mann zog ein Messer aus der bestickten Scheide an seinem Gürtel. Die Klinge blitzte kurz über dem Hals des bewusstlosen Tieres, dann spritzte Blut.

»Dawei, dawei!«, rief er, aber keiner von ihnen hatte etwas zum Auffangen dabei. Die wartenden Krähen erhoben sich aufgeregt, die Männer schlugen mit den Armen um sich, Karl sah immer mehr Messer, als die Männer das Tier schlachteten und zerlegten.

Viktor gesellte sich zu seinem Bruder, der am Rand der Böschung nach ungiftigen Zwiebeln, wildem Knoblauch und Kräutern suchte.

»Aufs Kochen und Essen freu ich mich ja«, sagte er, »aber ich kann da einfach nicht zuschauen. Sie hacken und fuhrwerken herum, keiner von denen weiß, wie man das Vieh richtig zerlegt. Ich ja auch nicht.«

»Vielleicht hat doch einer eine Ahnung. Es täte mich wundern, wenn da kein früherer Jäger darunter wäre«, antwortete Karl. »Erinnerst du dich an Mutters Rehragout?«

»Mit Rotwein.«

»Oder Buttermilchbeize.«

Sie blieben stehen, das Wasser im Mund, in der Nase einen ersehnten Geruch aus der mütterlichen Küche, zwei verlorene Männer im gurgelnden Moor, auf ihren Gesichtern der Anflug von verzücktem Strahlen.

Mit prallen Bäuchen und spätnachts erreichten die Männer den nächsten Bahnhof, ein windschiefes, verlassenes Gebäude. Am nächsten Morgen kochten sie über offenen Feuern

alles Fleisch, das sie noch aus dem Kadaver hatten säbeln können, und legten sich dann in die Sonne auf dem warmen Perron. Der Lokführer murrte nur kurz über den Ruhetag. Er war
genauso unerwartet satt wie die anderen, sie teilten friedlich
ihre Zigaretten.

Morgen würden sie Kansk erreichen, eine der alten sibirischen Städte, die schon vor dem Bau der Transsibirischen ein
Handelsstandort gewesen war, weil die einzige einigermaßen
passierbare Straße von Moskau ins östliche Sibirien hier
durchführte. Sie würden wieder auf Menschen treffen, die
nicht in so unglaublicher Armut lebten wie die Russen, die sie
seit Irkutsk gesehen hatten. Sie würden bald keine Mongolen
mehr treffen, dafür Kirgisen und Ukrainer. Die Landschaft
würde hügeliger und waldiger werden, nur im Süden würden
noch immer die weißen Gipfel der mongolischen Riesenge-
birge, die Wächter des Himalaya, schimmern. Ihre Reisege-
schwindigkeit würde wachsen. Nach Westen, nach Westen
dachten sie alle. Ungefähr dreihundert Kilometer noch bis
Krasnojarsk, hatte Eduard gesagt.

Liebster, hatte Fanny am 29.7.1917 geschrieben, *heute war
ich mit Max an der Donau bei Klosterneuburg, ich hatte
ihm schon lange einen Badetag versprochen. Die Schwestern
fuhren mit ihren Kindern mit; was für eine schöne Auszeit
mit planschenden Kleinen und gelösten Gesprächen unter uns
Erwachsenen. Natürlich wird dir auch sofort der Tag einfallen, als du und ich am Flussufer hier in der Nähe saßen;
du hast gezeichnet (einen Reiher, den Max übrigens jetzt
aus deiner Mappe genommen und in seinem Eck überm Bett
aufgehängt hat), und du wusstest, etwas bedrückte mich.
Aber mir wollte nicht einfallen, wie ich es dir erzählen konn-*

te. Dann legtest du deinen Block weg, nahmst mich in die
Arme und sagtest, es gäbe nichts, was dich von mir entfernen
könnte. So erfuhrst du von deinem Kind. Niemand dachte
1912 an Krieg. Wir wussten beide, was das schlampige Ver-
hältnis für uns bedeutete. Doch von diesem Tag an wussten
wir auch, dass nichts uns auseinanderbringen würde. Weit
gefehlt, könnte ich jetzt rufen, nach Jahren der Trennung.
Alles zerfällt. An einem so schönen Tag wie heute erscheint
mir das als gutes Zeichen für die Zukunft. Ich bin deine Frau
für immer, auch ohne Papier. Es wird weiter Wasser die Do-
nau hinunterfließen, und, den Steinen im Fluss ähnlich,
werde ich geduldig warten und die Sehnsucht nach dir in
mir bewahren.

Seitdem es die Eisenbahnbrücke über den Jenissei gab, war der
Bahnhof der Stadt gewachsen. Selbst im Krieg waren weitere
Gleisanlagen gebaut worden. Karl und Eduard standen bei der
Einfahrt nach Krasnojarsk am Fenster, erinnerten sich an den
Transport nach Chabarowsk. Diesmal gab es kein Geschützfeuer, keine Uniformierten in Krasnojarsk. Es erwartete sie
auch kein Empfangskomitee wie in Irkutsk. Sie wurden einfach auf ein Nebengleis gelenkt, wo die Lokomotive pfauchend stehen blieb.

Der Lokführer verabschiedete sich von ihnen und riet ihnen noch, sich bei der Direktion zu melden. Dann könnten
sie vermutlich in den nächsten Tagen in ihren Wagons wohnen bleiben. In der Stadt herrschte Hunger. Wenn sich also
keine Institution für sie zuständig erklärte, sollten sie so
schnell wie möglich verschwinden. Allerdings war die Lokomotive jetzt registriert und stand ihnen offiziell nicht mehr
zur Verfügung.

Eduard bat alle Männer zu einem kurzen Treffen. Von den vierundneunzig, die mit dem Zug angekommen waren, kamen knapp fünfzig. Die anderen waren sofort abgesprungen und untergetaucht. Einhellig beschlossen sie, eine kleine Delegation unter Eduards Führung und mit Josef als Dolmetscher zur Direktion zu schicken, eine Gruppe würde derweil versuchen, an frisches Wasser und Essbares zu kommen, ein paar gingen Feuerholz auftreiben, und die anderen sollten das Gelände erkunden, mit Einheimischen ins Gespräch kommen, Neuigkeiten erfragen.

Viktor schloss sich Reinhold an, dessen Findertalent ihn faszinierte. Karl, Ludwig und Imre wanderten mit vier deutschen Männern aus ihrem Wagon zwischen den letzten Schuppen hinaus in die Steppe. Kutya lief neben ihnen her, die Nase auf dem Boden. Sie waren nicht die Einzigen, die sich auf der Suche nach Nahrung herumtrieben. Doch niemand grüßte, jede Gruppe blieb für sich, das Misstrauen konnte man geradezu schmecken. Sie querten eine Wiese, erreichten blühende Büsche. Nirgendwo hingen noch Beeren vom letzten Jahr. Was die Vögel nicht geholt hatten, war von den Menschen gerupft worden. Karl sah Schlehdorn und Berberitzen in voller Blüte, Bienen und Wespen taumelten um die Büsche, Schmetterlinge tanzten Pirouetten. Sie kamen auf eine weitere Wiese, die sich in sanften Buckeln vor ihnen ausbreitete. Mittendrin standen Zirkuswagen mit leeren Fensterhöhlen und vernagelten Türen.

Sie blieben stehen. Die anderen Sammler waren hinter ihnen, hin und wieder hörten sie Kinder rufen. Etwas war seltsam schön an diesem Feld vor ihnen. Der Boden wirkte wie bewegtes grünes Wasser, unruhig, aufgelockert. Riesige Flecken von rotem Klatschmohn erinnerten Karl an die Bilder

der modernen Maler, aus der Wiener Sezession, denen er im Jahr vor der Kriegserklärung zum ersten Mal begegnet war und die ihn zutiefst aufgewühlt hatten.

Imre sprang mitten in das duftende Gewoge, breitete die Arme aus, rannte los. Der Hund folgte ihm nicht, stand da, als sähe er etwas, das ihnen allen verborgen blieb.

»Kutya!«, rief Imre, sich im Laufen nach ihnen umdrehend, und stolperte, fiel. Und dann schrie er. Ein gellender Schrei, ein Klagen, das durch die Luft schnitt, voll Grauen und einem Schrecken, der den Männern die Haare aufstellte. Sie liefen los, sahen, wie Imre hochkam, taumelte, etwas fallen ließ und vorwärts rannte, weg von ihnen, immer noch schreiend, über eine Buckelwelle zur nächsten, und sein Gebrüll hörte nicht auf. Der Hund überholte die Männer, preschte los, sein Bellen vermischte sich mit Imres Kreischen. Die Männer stockten auf dem unebenen Boden, Ludwigs linkes Bein verhakte sich, er fing sich mit den Händen ab, starrte auf die Erde.

»Karl!«

Karl schaute, schaute genauer hin, verstand. Ein Leichenfeld! Viel zu seicht bestattet hoben sich Knochen und verrottete Gliedmaßen da und dort, ein Schädel mit leeren Augenhöhlen lag im Schatten sich wiegender Glockenblumen. Das war keine Grablegung, das war ein von Eile und Not diktiertes Verscharren, ein Totenacker.

Während die vier Deutschen langsamer wurden, beschleunigten Ludwig und Karl, um den Ungarn einzuholen. Und dann veränderte sich das Hundegebell, hinter einem der Zirkuswagen trat ein Mann hervor, das Gewehr im Anschlag.

»Nein!«, schrien sie beide und fuchtelten wild mit den Armen.

»Njet!«

Sie hörten den Schuss, und Imre schwieg, brach zusammen.

Der Knall verhallte in einer plötzlichen Stille, dann setzten die Vögel wieder ein. Kutya leckte über Imres verzerrtes Gesicht, winselte. Ein roter Fleck wuchs auf dem leinenen Hemd. Karl fiel auf die Knie, schob den Hund zur Seite, nahm Imres Kopf zwischen die Hände. Er sah die Augen ohne Licht, den immer noch aufgerissenen Mund, der nun verstummt war. Wenigstens war die Angst jetzt in seinem Freund erloschen, dachte er, sah hoch zu Ludwig. Sie weinten beide, ein haltloses, unbeherrschbares Schluchzen. So viele Jahre hatten sie gemeinsam überlebt, so viel hatte Imre überlebt, so viel umsonst.

Sie hoben den Körper hoch, die vier anderen waren nun bei ihnen, halfen mit, der Hund winselte mit eingezogenem Schwanz. Sie trugen Imre zurück. Karl war erleichtert, dass keiner den Schützen jagen ging.

Es war ein stiller Weg zurück zu ihrem Lager. Der Tod war kein tröstlicher Kompagnon. Karl weinte schon wieder und rieb sich die rinnende Nase in seinen Hemdsärmel, während der linke Oberschenkel des Toten auf seiner Schulter ruhte. Der Hund lief nebenher, stieß manchmal ein eigenartiges Bellen hervor. Achtunddreißig Jahre war Imre alt geworden, und sie wussten von ihm viel zu wenig. Gestorben etwas mehr als viertausend Kilometer von Moskau, viertausend Kilometer von Chabarowsk entfernt, mitten im trostlosen Nirgendwo.

»Reiß dich zusammen«, flüsterte ihm Eduard ins Ohr, und da wurde Karl klar, dass sie angekommen waren und er immer noch weinte.

Sie begruben Imre Nemeth am Bahnhofsgelände von Krasnojarsk unter einem Kreuz, befestigten ein Schild mit Namen, Rang und Daten auf dem Querbalken, legten Steine auf sein Grab, meldeten ihn in der Zentrale der kommunistischen Partei, sodass der Name ihres Freundes nicht verloren gehen konnte. Eduard behielt seine Kennnummer und einen zerknitterten Brief von Imres Mutter in einem Kuvert, auf dem ihre vollständige Budapester Adresse stand. Ludwig Fatzinek spielte einen langsamen Marsch und dann einen der ungarischen Tänze von Brahms, bevor er seine Oboe wieder verpackte und unwirsch bemerkte: »Und das Blattl ist jetzt auch schon mehr hinüber als sonst was.«

Karl streckte die Hand danach aus, bekam das Mundstück und wusste, dass Ludwig die Lust am Musizieren vergangen war. Er weinte schon wieder, obwohl er gerne aufgehört hätte. Aber es floss einfach aus ihm heraus, als ob Imres Tod die Schleusen für alle Traurigkeit der letzten Jahre geöffnet hätte. In der Nacht legte sich der Hund kurz zu ihm und dann später zu Eduard, bei dem er blieb.

Etwa eine Woche später machte ein neues Gerücht die Runde. Kriegsgefangenen, die bei den Brückenreparaturen helfen würden, könnten mit Unterstützung der lokalen Behörden rechnen. Allerdings müsste man dafür nach Omsk fahren. In Omsk war man zwar näher am Westen, aber dafür auch mitten in einem Unruheherd. Von den ehemaligen Insassen des Zuges waren wieder welche verschwunden, hatten sich anderen Gruppen angeschlossen, neue Seilschaften gebildet. Manche waren mit Lastwagenkonvois Richtung Westen gerollt, hatten ihr letztes Geld für einen Platz auf einer Ladefläche gezahlt. Selbst Reinhold Richter hatte sich vor zwei Tagen von ihnen verabschiedet. Das Massengrab der Fleckfiebertoten und Imres Ende hatten allen die Zuversicht geraubt. Hunger und Not in Krasnojarsk schienen sie allmählich zu ersticken.

»Alles ist besser, als noch längerhierzubleiben«, sagte Eduard. »Omsk wird zwar umkämpft, die Roten sind im Umland, aber angeblich funktioniert die Stadt, was man von Krasnojarsk nicht behaupten kann. Und ich denke, wir haben es satt, von Grassuppe zu leben.«

Sie legten ihre Rubel zusammen, um an einen Lokführer und Kohle zu kommen. Es war lächerlich wenig, aber in Krasnojarsk trieben sich viele hungrige und arbeitslose Männer herum. Innerhalb weniger Stunden hatten sie alles, was sie brauchten. Mehrere Kriegsgefangene, die wie sie aus Lagern im Osten geflüchtet und hier gestrandet waren, schlossen sich ihnen an.

Omsk lag über tausendfünfhundert Kilometer weiter im Westen. Diesmal war es anders als vor einem Jahr, als sie voll Hoffnung und mit so wenig Schwierigkeiten aufgebrochen waren. Viktor überlegte laut, ob Reinholds Variante, mit Lastwagen zu fahren, nicht besser gewesen wäre. Josef wiederum regte sich fürchterlich darüber auf; schließlich wären sie dann der Willkür eines Fahrers ausgeliefert, oder die Milizen unterschiedlicher Couleur, die die einzige einigermaßen befestigte Straße benutzten, würden ihnen den Garaus machen. Der Zug rollte aufreibend langsam, und sie spürten das Ruckeln und Absinken, wenn der Boden stärker nachgab und die Gleise sich unter dem Gewicht der Lokomotive bogen. Sie hörten das Glucksen des Wassers unter den Bohlen ihres Wagons. Wenn sie den Ausläufer der letzten Hügel querten, wurde die Fahrt ruhiger, um in der nächsten Senke wieder Ängste zu wecken. Keiner wollte an einen Fußmarsch denken. Der Hunger rumorte in ihren Eingeweiden, und Eduard war als Erstem klar, dass die Männer, die sich ihnen angeschlossen hatten, Imres Hund mit anderen Augen betrachteten als er.

Nach drei Tagen erreichten sie Atschinsk, ein winziges Städtchen direkt an der Brücke über den Tschulym. Es war ein verschlafenes Nest, im Barock von den Kosaken gegründet und Jahrhunderte später vom Bau der Transsibirischen aus dem Dornröschenschlaf geweckt. Trotzdem gab es nicht mehr als eine Handvoll Straßen und eine Kirche, die kleiner war als der Bahnhof. Aber Atschinsk rettete dem Hund das Leben, denn ein Bauer stand auf dem Perron mit selbst gefangenem Fisch, frisch und geräuchert. Während sie um den Preis feilschten, den Samowar frisch befüllten, sich im Waschraum mit eiskaltem Wasser wuschen, wurde der Wassertank der Lokomotive aufgefüllt und aus der schwindenden Gemeinschaftskasse Kohle bezahlt und in den Tender geleert.

Vom Bahnhofsvorstand, einem Mann mit zahnlosem Oberkiefer, erfuhren sie, dass die nächsten Brücken befahrbar und auch die Flüsse nun alle eisfrei und schiffbar waren, falls irgendwer lieber auf ein Boot umsteigen wollte. Wie lange die Gleise halten würden, wüsste er nicht. Es gäbe zwar Trupps, die an der Strecke patrouillierten, um den Betrieb der Transsibirischen aufrechtzuerhalten, aber sie hätten ja gesehen, wie vollgesogen der Boden vom Schmelzwasser war. Ein überlaufender Schwamm. Bis das trocknete, würde es noch dauern.

Am nächsten Morgen drängte sich nur noch eine Handvoll Männer zu den Österreichern in den Zug. Der Rest hatte beschlossen, mit einem Schiffer über den Tschulym zum Ob zu fahren und sich von dort per Passagierfracht weiter durchzuschlagen. Sie hatten genug von den Überschwemmungen, sie wollten das Wasser nutzen, anstatt davon aufgehalten zu werden. Außerdem gab es auf dem Fluss genügend zu essen. Der Ob war doch bekannt für seinen Fischreichtum.

»Ich wette, der Kapitän des Kahns ist ein Verwandter des Bahnhofsvorstands«, sagte Josef.

Nun waren sie zwanzig Mann und ein Hund, die hofften, dass ihnen Fahrer und Heizer nicht auch abhandenkamen. Sie passierten Mariinsk, die Gleise wandten sich nach Südwesten, langsam stieg der Boden an, Wald bedeckte Hügelkuppen, dazwischen lagen winzige Bauernsiedlungen. Wieder bezahlten sie für Wasser, Kohle, Fladenbrot und geräucherten Fisch, kamen mit hohlwangigen Einheimischen ins Gespräch.

»Es geht ihnen allen nicht gut«, sagte Viktor, »aber ich verstehe trotzdem nicht, warum man es uns so leicht macht, Richtung Westen zu fahren.«

»Sei froh um jeden dieser ruhigen Tage. Gestern haben wir über fünfzig Kilometer geschafft!« Karl trug die Distanz auf seinem zerknitterten handgezeichneten Plan von Sibirien ein. »Schau, bald haben wir die Hälfte hinter uns!«

»Wir sind seit über einem Jahr auf der Flucht.«

»Und leben noch.«

»Wir haben geglaubt, jetzt schon daheim zu sein.«

»Gehofft haben wirs. Und uns eingeredet. Recht erfolgreich, wie ich mich erinnere.« Karl lachte.

Viktor fand es nicht komisch.

Zwei Abende später erreichten sie Nowonikolajewsk. Der Wald gab den Blick frei auf ein Meer von Häusern, auf Kuppeltürme mit Kreuzen, die wie goldene Nester über den Dächern leuchteten, auf den mächtigen Ob, die Brücke, die ihn überspannte, die Schiffswerft, deren Kräne im tief stehenden Licht wie ein Scherenschnitt wirkten. Der Heizer hatte sie vorgewarnt; sie würden so schnell wie möglich laden, was nötig war, und den Fluss überqueren, hoffen, dass sie kein Interesse bei Ämtern oder Militär erweckten, denn die Stadt bereitete sich auf eine Schlacht vor.

Überall sahen sie Uniformierte. Vermutlich war ein derart kurzer Zug wie der ihre genau das Richtige, um kein Aufsehen zu erregen. Keine Lasten, kein Personenverkehr. Wer von der Bahnhofsverwaltung und vor allem von den Weißen würde glauben, dass knappe zwei Dutzend Kriegsgefangene in diesem Zug saßen?

Als sie die Stadt und die Brücke hinter sich gelassen hatten, brausten sie im Abendlicht durch ein von Fichten bewachsenes Tal den nächsten sanften Hang hinauf. Es war das erste Mal, dass der Zug die Nacht durchfuhr, langsam zwar, aber stetig, als gälte es, einen Albtraum, einen unerkannten Schrecken hinter sich zu lassen.

Liebste Fanny, schrieb Karl, *wir betreten den Westen Sibiriens. Hinter den Gebirgen im Süden liegt zwar immer noch China, aber bald, bald werden dort die innermongolischen Völker leben, die nicht von Chinesen beherrscht werden. Und im Gebirge, das die Afghanen bewohnen, sind wiederum andere politische Verhältnisse. Die muslimischen Völker, die Marco Polo in seinen Memoiren beschrieben hat, treiben Handel bis hinunter nach Indien und hinüber in den persischen Raum. Ich stelle mir die gefährlichen Routen über die Gebirgspässe vor, frage mich, ob der Kayberpass tatsächlich das Nadelöhr nicht nur nach Kabul ist, ob Indien als britisches Kronland uns sofort gefangen nehmen würde oder ob das Kriegsende (es ist doch endlich richtig vorbei, oder?) auch die anderen Kontinente befriedet. Ich zeichne und schreibe auf, damit ich dir und Max später wahrheitsgetreu von unserer Reise berichten kann.*

Im Morgengrauen bog die Lokomotive auf ein Rangiergleis hinter einem Bahnhofsgebäude, ein Mann in der verschlissenen Uniform eines Vorstands schob sich seine Kappe auf den Kopf, knöpfte die Hose zu und empfing sie.

Weit und breit war nichts als Wald. Trotzdem sah der Mann aufmerksam nach links und rechts. Von ihm erfuhren sie, dass der erwartete Angriff der Rotarmisten auf Nowonikolajewsk laut Funk um Mitternacht erfolgt war, dass heftig um die Brücke und das Stadtzentrum gekämpft worden war. Außerdem wollte er wissen, ob sie von der Cholera gehört hätten. Die Leute in den letzten zwei Zügen, die durchgekommen wären, hätten von vereinzelten Fällen gesprochen, auch von Typhus. Sollten die Kämpfe andauern, würde das in einer Epidemie enden.

Entgeistert starrten ihn die Österreicher an. Mit welchem Glück sie gesegnet waren!

Noch vor wenigen Tagen waren hier Rote Truppen durchgekommen, um sich mit anderen Verbänden am Ufer des Ob zu sammeln. Die Transsibirische Eisenbahn hatte es seit Wochen nicht mehr geschafft, hielt angeblich in Omsk und fuhr von dort aus Richtung Westen. Da würden sie sicher angehalten, denn der Verkehr mit unregistrierten Zügen wäre ab dort nicht mehr möglich.

»Aber ihr solltet euch trotzdem nicht auf die Bürokratie verlassen. Und traut keinen Versprechungen. Ihr müsst euch beim Sowjet melden, anders geht es nicht«, sagte der Mann.

»Das mussten wir in Irkutsk und Krasnojarsk auch.«

»Organisiert euch Arbeit. Sie sammeln die Heimatlosen in

Omsk und verteilen sie auf Baustellen und in Bergwerken. Wenn ihr zusammenbleiben wollt, müsst ihr selbst etwas finden.«

»Wir wollen nicht bleiben. Wir wollen weiter!«, rief Ludwig.

»Viel Glück dabei. Falls es euch nicht klar ist: Wir haben Bürgerkrieg. Ihr solltet euch heraushalten.«

Dann half er bei der Befüllung mit Wasser und Kohle, steckte die zerfledderten Rubelrollen ein, die Eduard und Karl noch anbieten konnten, stellte das Signal auf Weiterfahrt und lief winkend nebenher, bis sie auf dem Hauptgleis waren und Fahrt aufnahmen.

Sie diskutierten hitzig; die meisten wollten untertauchen und sich nicht melden. Schon die Vorstellung, es könnte wieder so wie in Irkutsk enden, trieb den Österreichern den Schweiß auf die Stirn. Die anderen waren noch nicht so lange wie sie unterwegs, hatten jedoch zum Teil schreckliche Lagererfahrungen bei Großbaustellen hinter sich und waren bereit, auch Monate zu Fuß quer durchs Land zu laufen. Was für Verzweiflung, dachte Karl nur. Der Bahnhofsvorsteher hatte recht; sie mussten beisammenbleiben, um eine Chance zu haben. Omsk lehrte eine neue Variation von Flüchtlingsdasein.

Es war Mai. Ihr Wagon stand ohne Lokomotive am Rande des Rangiergeländes zwischen anderen abgestellten Wagons, in denen ebenfalls Kriegsgefangene und vertriebene Russen hausten. Alle waren in Listen erfasst worden. Die Stadt wurde bereits sowjetisch regiert, offensichtlich steckte hinter jeder Aktion, jeder Verordnung ein Plan. Man nahm ihnen nichts von ihren persönlichen Schätzen weg. Ihre Namen, Dienstgrade und Herkunftsorte waren aufgeschrieben; nun hieß es warten.

Am ersten Tag setzten sie sich zu anderen Flüchtigen auf einen hohen Erdwall, der einen guten Blick über das ganze Gelände, die Bahnhofsstation, die Dächer der Stadt bot. Weit im Süden sahen sie die blauen Berge des Sajangebirges, von dessen Ausläufern sie gerade gekommen waren. Es wirkte so friedlich, und doch hörten sie sofort von den blutigen Kämpfen in Nowonikolajewsk.

In einer Armeeküche durften sie Fladenbrot und Suppe abholen. Ukrainer luden sie in ihr Heim ein. Eduard und Ludwig blieben im Zug, passten auf den Hund auf, als könnten sie wirklich Hungrige davon abhalten, das Tier zu schlachten. Karl, Viktor und Josef marschierten mit den Ukrainern an schwelenden Feuern vorbei, die den stinkenden Unrat vernichten sollten, an riesigen Haufen von rostenden Maschinenteilen, an Müll, in dem Kinder stocherten, deren Gesichter vom Hunger gezeichnet waren. Ob Max wohl ähnlich aussah wie hier die blutarmen Kleinen mit violetten Augenschatten und weißen Mündern?

Da öffnete sich plötzlich vor ihnen die Erde, gab den Blick auf fast senkrechte Lehmwände in die Tiefe frei. Schwarze Löcher unterbrachen das Ockergelb. Aus manchen sahen Menschen zu ihnen herauf, in manchen verschwanden Leute. Leitern lehnten überall. Die Ukrainer nickten lächelnd. Ja, dies war ihr Zuhause, hier hatten sie den Winter nach ihrer Vertreibung verbracht. Es war wärmer, leichter zu heizen, wenn man sich in Erdhöhlen verkroch. Früher war der Lehm für ein Ziegelwerk abgebaut worden, jetzt war er das Zuhause mehrerer Hundert Menschen. Sogar Kinder waren schon zur Welt gekommen. Das Problem war die Wasserschlepperei, sagte ein Mann, und dass es die Frauen erledigten.

Fassungslos stiegen sie hinunter. Karl skizzierte dabei, so

schnell er konnte. Die Menschen, an denen sie vorbeikamen, waren rot vom Lehmstaub, selbst die blonden Haare glichen bronzenen Helmen. Einem Kind lief der Rotz aus der Nase und hinterließ eine dunkelfeuchte Spur.

Frauen! So viele Frauen! Sie trugen lange Röcke und weite Blusen, deren Ärmel aufgekrempelt waren. Sie wirkten rund und weich, obwohl sie sicher nicht genug zu essen hatten. Dann ging ihm auf, dass es an ihm lag. Er hatte seit Monaten kaum mehr Frauen gesehen. Karl lächelte und zog seine Kappe vom Kopf, grüßte formvollendet, als befände er sich im Jahre 1913 auf der prächtigen Ringstraße in Wien. Das Misstrauen in manchen Gesichtern schwand, die Ukrainer lächelten.

Sie wurden zu einer Leiter begleitet, kletterten auf ein Sims, das sich mehrere Meter an der Wand entlangschlängelte. Vor einer großen Öffnung standen zwei beeindruckende ältere Männer, genauso staubverkrustet wie die anderen. Sie baten die Österreicher in eine Lehmhöhle, die sich zu einer Art Saal erweiterte. An den Wänden waren breite Sitzflächen herausgehauen, auf denen Decken und Polster lagen. In Nischen stapelten sich Geschirr und Lederbeutel. In der Mitte diente ein großer Lehmwürfel als Tisch. Kerzen flackerten. Ein schmaler Durchbruch führte in einen weiteren Raum mit Fensterloch, in dem eine Feuerstelle gemauert war. Volle Eisenkessel hingen über den Flammen.

Die zwei Männer stellten sich vor, der eine war eine Art Bürgermeister, der andere ein orthodoxer Priester, dessen Ornat in den Wirrnissen der letzten Zeit verloren gegangen war. Man hatte sie vor etwa drei Jahren vertrieben, das gesamte Dorf war dem Erdboden gleichgemacht worden. Sie sollten in Sibirien mit anderen Ukrainern angesiedelt werden, eine zerstörte Region dort wieder aufbauen und kultivieren. Dann waren sie in Omsk gestrandet, ihre Wachen waren in den Bürgerkrieg gezogen, niemand hatte sich für sie zuständig gefühlt. Dies war ihr neues Zuhause aus der Not heraus. Im ersten Winter waren viele erfroren. Aber seitdem sie die Grube besetzt und zu einer Siedlung geformt hatten, ginge es wieder. Sogar Felder hätten sie im Vorjahr angelegt und erfolgreich bewirtschaftet.

»Und jetzt?«, fragte Josef, während sie Tee aus Keramikbechern tranken.

Sie wollten wissen, was die Österreicher erlebt hatten, und die Männer tauschten Geschichten, dazwischen bekamen sie einen Eintopf, der nicht nur den Magen füllte, sondern schmeckte. Karl zeichnete unablässig weiter. Beim Aufbruch riss er sorgfältig ein Blatt aus seinem Skizzenbuch, reichte es dem Bürgermeister. Es zeigte ihn und den Priester, die Gesichter offen und neugierig, dahinter schemenhaft weitere Männer, ein kleines Kind krabbelnd im Vordergrund.

Als sie aus der Grube hinaufstiegen, hatten sie in den Taschen frisch gebackenes Brot für die Kameraden und waren eindrücklich gewarnt, sich so schnell wie möglich abzusetzen, sich freiwillig für den Erntehilfsdienst bei Bauern zu melden, damit man ihre Gruppe nicht trennte. Denn sämtliche Kriegsgefangene sollten im Land als Arbeiter und Helfer genutzt werden, bevor man sie vor dem Winter wieder in einem Lager versammelte. Mit dieser Nachricht und den Leckerbissen überraschten sie Ludwig und Eduard im Zug.

»Wir haben kein Geld mehr«, sagte Eduard.

»Nichts?«

»Nichts. Die letzten Rubel gingen an den Lokführer und den Heizer, wie versprochen. Wir haben auch nichts zu verkaufen. Und das Sowjetbüro hier ist wohl im Moment nicht an Bühnenbildern interessiert.«

»Spielzeug?«

»In Omsk passiert gerade ein geordneter Umbruch. Wer kauft Spielzeug, wenn er nicht weiß, ob er in den nächsten Tagen zwangsenteignet wird oder zusätzliche Bewohner aufnehmen muss?«

»Außerdem müssen sie so schnell wie möglich die zerstörten Straßen und Brücken reparieren«, sagte Ludwig. »Sie reden von großen Lagern weiter draußen, der Inbetriebnahme von Betonfabriken und Ziegeleien, die in den letzten Jahren brach lagen. Jede Menge Arbeit.«

»Wir könnten uns als Erntearbeiter verdingen, alle fünf zusammen«, schlug Josef vor.

»Dann sind wir den ganzen Sommer irgendwo in der Steppe und müssen den Winter vermutlich auch dort verbringen!«

»Aber wir werden nicht von den Sowjets in Lager gebracht«, mischte sich Eduard ein. »Die wollen die Flüchtlingsströme unter Kontrolle bringen. Wir sollen beim Wiederaufbau helfen. Die Kriegsbewegungen haben uns bisher vielleicht geholfen, aber wenn das neue System erstarkt, sind wir Störfaktoren, die man nutzbringender verwenden könnte. Ich sehe das ganz pragmatisch.«

»Also?«

»Wir gehen zu Bauern. Aber wir suchen sie uns selbst aus.«

»Wie willst du das …«

»Deutsche Mennoniten!«

»Was?«

»Im Südosten gibt es Dörfer von ihnen. Bei denen könnten wir unterschlüpfen. Mitsamt Imres Kutya.«

»Wir haben keine Ahnung von Feldarbeit.«

»Dann lernen wir es. Wir hatten auch keine Ahnung von Bühnenbild und Spielzeug. Glaubst du, Ludwig, wir bleiben später daheim in Österreich Offiziere? Du hast es gut, du bist Musiker. Deine Ausbildung wird in Friedenszeiten auch gebraucht werden. Viktor ist Lehrer, Josef war in einer Versicherung und Übersetzer. Nur Karl und ich haben nichts anderes gelernt. Wenn ich ehrlich bin, ich will auch kein Oberst mehr sein, aber was wird mir übrig bleiben?«

»Und wenn sie uns nicht wollen?«

»Dann sehen wir weiter. Hauptsache, wir bleiben zusammen. Oder?«

Sie waren einander Familie, Brüder, Freunde, Vertraute geworden. Karls Fanny, Ludwigs Schwester Käthe, der Viktor seit Neuestem aus reiner Verzweiflung ebenfalls schrieb, Josefs abhanden gekommene Lotti und selbst Kusine Grete waren ihnen alle fixe Anker, ähnlich den Marterln an Wegkreuzungen oder Kapellen als Orientierungshilfen daheim im Wald, auf den Feldern, im Gebirge.

Die Frauen beherrschten ihr Denken. Auf der einen Seite die Mütter und Tanten, grauhaarig oder mit weißem Knoten, hochgeschlossenen Kleidern, deren weiße Krägen nach Stärke rochen. Sie dufteten nach Rose und guter Seife, in den Haaren hing manchmal warmer Küchengeruch, eine Ahnung von Gulasch, Apfelstrudel oder Stephaniebraten. Sie besaßen böhmischen Granatschmuck für das Festtagsdirndl, eine geflochtene Halskette aus Gold, eine Kameenbrosche. Und auf der anderen Seite waren die jungen Frauen, in die sie einmal oder immer noch verliebt waren; sie blieben gleich jung mit faltenloser Haut, festem Fleisch. Über sie zu reden, war ein Vergnügen, das sie in ihrer kleinen Runde manchmal zelebrierten; ein sanfter Schmerz, der ihnen in ihrer Sehnsucht seltsam tröstlich vorkam. Diese Sehnsucht schmiedete die fünf zusammen, verband sie in einer neuen Art von Vertrautheit, der sie das Wort Liebe nicht zu geben wagten.

Zeitig am nächsten Morgen brachen sie auf. Sie sprangen auf einen Wagon der Zweigbahn von Omsk nach Slavgorod Richtung Kasachstan. Erst Wochen später würden sie erfahren, dass gewalttätige Umsiedlungen und Gefangennahmen in großem Stil das riesige Bahnhofsgelände von Omsk innerhalb von Tagen leerten, dass sämtliche Flüchtlinge in den Osten und Norden Sibiriens transportiert worden waren.

Dreihundert Kilometer betrug die Strecke, für die sie nur drei Tage brauchten und die sie wieder weiter von Österreich entfernte. Es gab keine Uniformierten im Zug, niemanden, den interessierte, warum sie in einem offenen Güterwagen hockten. Die Luft schwirrte über der Steppe, in der Ferne leuchteten Weizenfelder in beginnendem Gold. Der Bahnhof lag weit außerhalb der Stadt. Sie sprangen ab, suchten in der Station nach jemandem, der informiert war über Erntearbeiter. Sie sollten der Straße folgen, sich von Haus zu Haus durchfragen, hieß es. Manche Bauern der Umgebung hätten ein kleines Stadtdomizil, in kurzer Zeit würde die Ernte losgehen, da gäbe es genügend zu tun für hungrige Fremde.

Die Straße war breit wie ein Boulevard, unbefestigt und staubig zwischen den Vorgärten zu beiden Seiten. Es gab keine Bäume, keinen Schatten. Sie hörten Lärm und Stimmen, bogen in eine Straße mit weiteren niedrigen Holzhäusern, brachliegenden Baustellen, auf denen der Klatschmohn blühte, zugewachsene Grundstücke. Dahinter trafen sie auf Männer, die Holzplanken von einem Fuhrwerk luden, und ein halbfertiges Gebäude, das eingeschossig und in der Form eines langgezogenen Ls eine Art Hof umschloss. Im kürzeren Flügel gab es bereits Glasfenster, eine offen stehende Tür, die den Blick auf einen Tisch und mehrere Sessel frei gab. Die Männer, die sich nicht stören ließen, trugen schwarze Hosen, deren Beine von Staub graurot verfärbt waren, verschwitzte weiße Hemden und Strohhüte. Ihr Haar war lang und ihre Bärte gepflegt. Nirgendwo waren Wodkaflaschen zu sehen.

Eine Frau kam aus dem Haus. Aus ihrem schwarzen knöchellangen Kleid leuchtete oben ein runder weißer Kragen, die flachsblonden Haare lugten verknotet unter einer gestärkten Kappe hervor, und ihre weiße Schürze war von einer Reinheit, die Karl an frisch gefallenen Schnee erinnerte. Wie auf ein Kommando rissen sich die Österreicher die Mützen vom Kopf und brüllten im Chor »Grüß Gott!«.

Die Männer in Schwarz ließen ihr Werkzeug sinken.

So lernten sie die Hebamme Gertrud Vollrat kennen, deren Geburtsstation und gynäkologisches Spital gerade gebaut wurde und deren Cousin David Spanner in Halbstadt nordöstlich von Slavgorod ganz sicher Erntearbeiter brauchen konnte.

Aber erst einmal packten sie hier mit an. Abends würden sie von einem Fuhrwerk zu ihrer neuen Station gebracht werden. Außerdem bot Gertrud frisch gebackenes Brot an, das so köstlich schmeckte, dass Josef in Tränen ausbrach. Selbst der Hund bekam seinen Teil. Die Leute sprachen ein Deutsch, dessen Melodie etwas Rheinländisches hatte, verwendeten altertümliche Wortgebilde oder benutzten Formulierungen, die die Österreicher nur aus der Bibel kannten. Aus der Zeit gefallen, dachte Karl, wie sie selbst.

Als sie aufbrachen, gab Gertrud ihnen einen Leinenbeutel mit Medizin für Davids Frau Susanna und einen Korb Kirschen mit, die für Susannas Marmeladenkocherei bestimmt waren und von denen sie nicht kosten sollten, damit ihnen nach der Mangelernährung nicht schlecht werden würde. Es klang, als wären sie verfressene Buben auf Besuch, und sie fühlten sich so wohl wie schon lange nicht mehr.

Die Straße führte eine Zeit lang in Sichtweite der Gleise, die Schatten wurden länger, ein milchfarbener Mond schwamm über der Steppe. Karl drückte gegen seinen pochenden linken Oberschenkel. Er hatte sich beim Absteigen vom Wagon an einem hervorstehenden Nagel aufgerissen, die Hose hatte nun ein blutgetränktes Loch, denn er hatte ordentlich gequetscht, damit genug floss und den Dreck herausspülte. Er würde im Dorf um ein sauberes Tuch bitten, dann sollte es bald verheilt sein.

Wie wunderschön es hier war. Kaum zu glauben, dass die vielen winzigen Weiler zwischen den Feldern alle erst vor acht oder zehn Jahren gegründet worden waren, als die Leute aus den deutschen Wiedertäufersiedlungen westlich des Ural gekommen waren. Franz, ihr Kutscher, der die schweren Ackergäule in Trab hielt, erzählte von den Auswandererwellen. Barnaul, das die Russen Slavgorod nannten, sei von Lutheranern, Katholiken und Mennoniten aus der Ukraine gegründet worden, aber es gäbe auch Siedlungen von Glaubensbrüdern aus dem Schwarzmeergebiet. Der Boden hier war vielversprechend für Weizen, kein Wunder, dass die Deutschen langsam überhandnahmen. Er lachte.

»Und im Krieg?«, fragte Viktor.

»Der begann bei uns mit einer Pockenepidemie. Wir hatten keine Ärzte, keine Hilfe außer unsere Hebammen. Als es vorbei war, nach zwei guten Ernten, mussten wir einrücken. Aus Glaubensgründen durften wir Sanitäter werden. Das hat nicht alle unsere Söhne gerettet, aber unser Seelenheil blieb gewahrt. Im Bürgerkrieg wurde es schlimmer. Da haben uns alle Seiten rekrutieren wollen.«

»Und?«

»Die mennonitischen Verweigerer wurden wie die anderen erschossen. Wie das jetzt weitergehen wird, wissen wir nicht. Die Roten werden ganz Sibirien übernehmen. Auch die brauchen Getreide, aber sie fangen an, uns Kulaken zu rufen, vermögende Bauern. Das verspricht nichts Gutes.«

Halbstadt war ein Dorf aus neuen Holzhäusern mit Vorgärten, in denen die Stauden trotz der Hitze noch blühten. Sie rollten die Hauptstraße entlang, bogen hinter einem Haus mit steilem Giebel ab und blieben wenige Minuten später vor einem Bauernhof mit Stall, Schuppen, Scheune und Wohnhaus stehen. Die Pferde waren von selbst immer langsamer geworden, Hunde bellten, die Tür ging auf, Licht fiel in breitem Strahl heraus, ein Mann mit unglaublich breiten Schultern hob grüßend die Hand. Das war David Spanner.

Sie fielen in duftendes Heu, auf saubere Laken und Decken. Einmal schreckte Karl hoch, rundherum schliefen die Freunde, keiner stöhnte, keiner wälzte sich herum. Selbst Kutya lag schnarchend zu Eduards Füßen. Karl dachte an Fanny, wünschte sich, von ihr zu träumen in dieser friedlichen Ruhe.

Er konnte Fanny auswendig zeichnen, die breite Stirn, die schwungvolle Kontur der böhmischen Wangenknochen, das Grübchenkinn, das Lockennest, aus dem sich allzu oft eine Strähne löste. Wie sie dem Kind ein Märchen erzählte, als läge ein unsichtbares Buch auf ihrem Schoß, die Hände auf den Schenkeln, ein aufrechter Körper in sich ruhend, während ihre Mimik lebhaft ihre Worte unterstrich. Wenn Karl über Nacht blieb, erschlossen sich ihm die unterschiedlichen Welten der Fanny Rosin allein durch die Beobachtung ihrer Körperspannung. Als Max da war, war sie unter der Woche bereits im Morgengrauen mit dem Säugling auf dem Blumenmarkt gewesen, um eine Chance auf die beste Ware zu haben, Bündel, Sträuße und Töpfe auf ihrem Handkarren in das schäbige Loch, das sie für ihren Verkauf gemietet hatte, zu zerren. Später fand sie den Laden am Ulrichsplatzl; ein befreundeter Einkäufer kam auf dem Weg zu den großen Geschäften auf der Ringstraße bei ihr vorbei, lieferte frische Ware und ermöglichte Fanny, das Kind bei sich zu behalten.

Fanny hatte eine interessierte Freundlichkeit an sich. Sie merkte sich Lieblingswünsche ihrer Stammkunden, brachte sie zum Plaudern, während ihre Finger nie stillhielten. Sie wusste eine Menge über Pflanzen, und manche der Damen aus den Beletagen verließen sich bei der Zusammenstellung ihrer Tischdekorationen vollständig auf sie.

Als Karl einmal früher vom Dienst kam – es war heiß, die Wohnungstür in den Laden stand offen, Max verfolgte interessiert eine Kette bunter Kugeln, die ihm sein Vater über die Wiege hielt –, hörte Karl, wie selbstsicher Fanny klang, lateinische Namen aneinander reihte wie ein botanisches Gedicht. Da verstand er, warum man ihr schon Geschäftsbeteiligungen im Ersten Bezirk angeboten hatte. Karl hatte sein glucksendes Kind hochgenommen, in dem winzigen »Salon«, wie sie ihr Kabinett im Spaß nannten, herumgetragen, hatte Max Blätter gezeigt und seine Milchhaut geküsst.

Der Schlaf überrollte Karl, während er noch im Glanz der Erinnerung lächelte und der Duft des frischen Heus ihn umhüllte.

Nach der ersten Nacht im Schober wurden sie im Morgengrauen von einem Jungen geweckt, der sie zum Brunnen führte. Auf einer Bank lagen zerfranste Baumwolltücher, mit denen sie sich waschen und trocknen konnten. An der hofseitigen Hauswand standen Bänke und Tische, auf denen sich bereits Jausenbrettl und dickbauchige Tassen stapelten. Zwei Mädchen mit geflochtenen Zöpfen trugen Brot, Butter, eine Schüssel mit Topfen und einen Teller mit Käse und gekochten Eiern heraus. Die Männer schauten ihnen mit offenen Mündern nach. Eine Frau brachte dampfenden Tee und Honig, ein Junge trug vorsichtig eine Schüssel mit roter Marmelade, eine andere Frau erschien mit einem Reindl voll Brei und Löffeln, die sie wie einen Blumenstrauß hielt. Milch, Mettwurst, eingelegte Gurken, ein Kranz Dürre samt scharfem Messer gesellten sich zu den Schätzen. Mit jedem Erwachsenen erschien mindestens ein weiteres Kind.

»Kommt!«, rief David Spanner, und sie setzten sich gemeinsam an die Tafel, während zwei Hunde und eine Katze sich hinter ihnen niederließen und Kutya mit eingezogenem Schwanz unter Eduard kauerte, bereit, die Flucht zu ergreifen.

Noch bevor sie richtig Platz genommen hatten, schlugen die Hausleute das Kreuzzeichen, falteten die Hände und hörten mit gesenkten Köpfen zu, wie David Spanner den Segen sprach.

»Lasst es euch gut schmecken, liebe Brüder«, wandte er sich dann an die Österreicher. Er verwendete sehr viele E-s, es klang wie »leiwe Breeda«, dann meinte er noch, sie sollten nicht zu gierig sein vor Hunger, damit Gottes Geschenk in ihnen verbliebe.

Karl war sprachlos, während die Kinder schon mit ihren Holzlöffelchen Brei in sich hineinschaufelten und eine Frau exakt gleich dicke Scheiben vom Brotlaib schnitt. Neben ihm seufzte Viktor tief auf, Ludwig fing einfach zu weinen an, und Eduard verlor in seiner Dankesrede gleich beim ersten Wort die Stimme.

Liebste Fanny, schrieb Karl später, *der Himmel reißt auf, wenn man vergessen hat, wie sich Trost anfühlt. Wir haben nie länger als zwei, drei Wochen richtig gehungert, es ergab sich immer etwas, oder ein gütiger Mensch hatte genug, um zu teilen. Aber das hier ist anders. Wir erleben zum ersten Mal seit sechs Jahren eine Familie, wir sitzen am Tisch wie Brüder. Wir weinen wegen Nichtigkeiten, weil die Erinnerung an das verlorene Zuhause übermächtig wird. Wir sind überglücklich, und zugleich ist es schier nicht auszuhalten, weil es nicht unsere eigene Familie ist.*

Jeden Morgen fuhren sie nach dem gemeinsamen Frühstück hinaus zu den nahen Gemüsefeldern und Obstgärten. Mittags versammelten sie sich im Schatten, aßen Brot und Zwiebeln oder frischen Kohlrabi und ein Stück Käse. Sie ernteten Erbsen, Hafer und Hirse, während sich das Getreide von Tag zu Tag goldener färbte. Eduard beobachtete, wie sich Kutya den Hofhunden unterwürfig näherte. Karl jedoch blieb im Hof und versank im Fieber.

Obwohl er versucht hatte, die Wunde, die der Nagel gerissen hatte, zu reinigen, musste das Eisen verdreckt oder verrostet gewesen sein. Es half nicht, dass er die Verletzung mit dem in der Flamme erhitzten Messer vergrößerte, um Blut fließen zu lassen. Sein Bein wollte nicht heilen, die Entzündung fraß sich ins Fleisch. Als er spürte, wie das Fieber kam, unaufhaltsam stieg, und als er den dunklen Streifen erblickte, der auf seinem blassen Oberschenkel wuchs, rief er um Hilfe. Das war am dritten Morgen in Halbstadt, und es war gerade noch rechtzeitig genug.

Er wurde weggebracht in ein weiß ausgemaltes Zimmerchen, in ein richtiges Bett gelegt, und er merkte noch, dass eine alte Frau mit grauem Haarknoten ihn entkleidete, ihm ein Nachthemd überzog, den verkrusteten Verband aus Stoffstreifen entfernte. Sie tat es mit einem wilden Ruck, der ihn aufschreien ließ. Er spürte etwas Weiches, Nasses, hörte, wie sie einen Lappen auswrang und dazu unentwegt nuschelte. Die Tür öffnete sich, eine junge Frau kam mit einer Schüssel herein.

Hinter ihr folgten Eduard und Susanna Spanner. Eduard sah ihm nicht in die Augen, sondern stellte sich ans Kopfende, beugte sich herab, nahm Karls Arme, verschränkte sie auf dem Polster und hielt sie eisern fest. Susanna hielt sein verwundetes Bein, die alte Frau das rechte. Die junge Frau setzte sich neben Karl aufs Bett, er sah nur mehr ihren Rücken, das dunkelblaue Karomuster ihres Kleides, die weiße Schleife ihrer Schürze. Er roch Kräuter und etwas, das ihn an zerstampftes frisches Gras erinnerte, scharf wie Rettich manchmal oder frisch angerührter Senf. Er erwartete den Schmerz, aber als er kam, war er so überwältigend, dass ihm schwarz vor Augen wurde.

Viel später weckte ihn ein Ziehen und Brennen. Sein Bein war ein heißer Klotz, fühlte sich an wie in der Sonne glühender Granit. Die alte Frau lächelte, als sie seine offenen Augen bemerkte, er hob den Oberkörper. Sie gab ihm zu trinken. Es war bitterer lauwarmer Tee. Sie stellte sich als Sara vor, wechselte ein feuchtes Tuch auf seinen Füßen, das wunderbar kalt war. Während seiner Wachphasen erzählte sie ihm aus ihrem Leben als Hebamme und aus der Gemeinde, die ihn und seine

Freunde hier aufgenommen hatte. Wie er vielleicht schon gemerkt hatte, lebten auf einem Hof oft drei Generationen, alleinstehende Verwandte wie sie, manchmal auch verheiratete Kinder mit ihren Kleinen mit. Sie war Susannas älteste Schwester. Im Haus nebenan wohnte Susannas erster Sohn, Jakob, ein viel versprechender Landwirt, mit seiner wachsenden Familie; der zweite, Ulrich, würde bald das nötige Bauholz beisammenhaben für seinen Anbau. Der Zusammenhalt war wichtig, besonders für eine Minderheit wie die Mennoniten.

Dann erneuerte sie den Kräuterbrei auf seiner Wunde, verband sie und half ihm hoch. Er hätte kein Fieber mehr, stellte sie einige Tage später fest, er dürfe draußen im Schatten sitzen, die Hunde zeichnen oder die Blumen, denn das sei doch sein Metier, oder? Das wäre für die Gesundung mindestens genauso gut wie Rebekkas Heilmischungen, sagte sie.

»Die Männer sind diese Woche im Holz. Man fährt fast zwei Tage zu den Wäldern, wo sie schlagen. Deine Freunde helfen derweil den Frauen mit dem Gemüse und Obst. Die Holzarbeit würden sie nicht schaffen, sind noch zu schwach. Aber das Getreide ist bald so weit. Da kannst du dann auch mitarbeiten.«

»Welche ist Rebekka?«

»Die Älteste der Spanners, rötliches Haar und eine Stimme wie eine Silberflöte. Sie hat die Hebammenausbildung, und ich bringe ihr bei, wie man Knochen richtet und was ein Feldscher können muss. Wir warten seit Jahren auf einen richtigen Arzt. Im Spital in Barnaul soll bald einer ankommen, hat die dortige Hebamme gesagt.«

»Gertrud, nicht wahr? Die hat uns zu euch geschickt.«

»Und Rebekka hat dir das Bein operiert. Kräuterwissen ist ihre Gabe, sie hat sich schon als Kind dafür interessiert.«

»Von ihr hat mir Eduard erzählt, als ich wieder aufgewacht bin.«

»Der Große?«

»Ja.«

»Was für einer ist er?«

Da erzählte ihr Karl von den Jahren im Dreck und Elend. Wie Eduard ein Gefüge in ihrer Gruppe erhalten hatte, in dem das Menschsein möglich blieb. Er erzählte von den Goethegedichten aus dem zerfledderten Band, von der Tabatiere, die Eduard von seinen Eltern geschenkt bekommen hatte und die er, wenn er Tabak ergattert hatte, immer für seine kleine Truppe öffnete. Er erzählte von der Fähigkeit des Freundes, einem Streit die Wucht zu nehmen. Er erzählte von der Einsamkeit, weil es nach dem Tod der Mutter keine Frau mehr gegeben hatte, die Eduard halten konnte. Dabei war er so ein guter Anführer, so ein guter Mann, bedacht, vernünftig, hörte zu und wägte ab, hielt nichts von überhasteten Entscheidungen. Im Kampfgeschehen selbst hätten sie beide nichts Heroisches gefunden, nichts von dem entdeckt, worüber die Heldensagen erzählten.

Während Sara ihn hinausführte, ihm Skizzenbuch und Grafitstift und einen dieser unvermeidlichen Tees brachte, fragte sie weiter. Und plötzlich hörte Karl, wie er mit der alten Frau über Fanny sprach, über das Glück, das sie ihm bedeutete, über die Schande, in die er sie gebracht und die er noch nicht hatte wiedergutmachen können, über die Tapferkeit, mit der sie, vom eigenen Vater ignoriert, ihren Sohn erzog und ihr Blumengeschäft führte, über die zwei Schwestern, die ihr halfen und das Gerede der Leute strikt überhörten. Und dass er, wenn er je nach Hause käme, sein Leben lang auf sie achten würde.

»Versteig dich nicht in deiner Sehnsucht, unser aller Motor ist Gott, und deine Fanny pflegt einen Funkenflug davon, weil sie die wahre Liebe in sich trägt. Verstehst du jetzt, nach deinen Kriegserfahrungen, warum ich und meine Brüder und Schwestern, diese vielen Tausend Mennoniten sich weigern, einen Menschen zu töten? Mord ist nie vereinbar mit Liebe. Auch nicht, wenn es die Regierung befiehlt, auch nicht, wenn der Feind vor dem Tor steht«, sagte Sara. Dann lachte sie, denn eigentlich hätte sie nicht vor, ihn zu missionieren. Aber die vielen, die ins Gefängnis geworfen und erschossen worden waren, weil sie den Kriegsdienst verweigerten, die lägen ihr am Herzen. Zwei Offiziere, die nie wieder in den Beruf zurückkehren wollten, täten ihr schon gefallen.

Am Abend wollte Karl Eduard fragen, was er von den Mennoniten hielt, aber das Gespräch ergab sich nicht, weil Susanna Spanner ihn beiseitenahm und um einen Gefallen bat. Mennoniten vermieden alles, was Tand oder Überfluss sei; deshalb das praktische Gewand, Möbel ohne Zierrat, vielleicht ein Bild der Eltern, aber kein Wandschmuck. Klare Linien, sagte sie.

»Aber?«, fragte Karl vorsichtig lächelnd.

»Wo wir in der Ukraine lebten, war es anders. Es gab Hügel, weiße Gipfel in der Ferne, Wälder, die Felder und Wiesen umrahmten.«

»Und was willst du jetzt von mir?«

»Ich kann mich an ein Buch über Michelangelo erinnern. Ja, schau nicht so erstaunt! Wir pflegen die Schönen Künste, Musik, Theater, Literatur, sowohl auf Russisch als auch auf Schriftdeutsch und Plautdietsch. Wir Mennoniten waren hoch angesehen unter den Zaren. Wie es mit den Roten weitergehen wird, werden wir sehen. In der Ukraine haben einige unserer Gemeinden in den Monaten nach der Übernahme durch die Kommunisten revoltiert, richtig mit Waffen, einfach schrecklich. Da geht es drunter und drüber, ich hoffe, es wird bei uns nicht ähnlich.«

»Was wünschst du dir also?«

»Du bist doch Maler, oder? Und du hast geschickte Hände und ein gutes Auge.«

»Woher weißt du das?«

»Wir haben dein Skizzenbuch durchgeblättert. Dein Bruder hat es uns erlaubt. Er hat uns auch erzählt, dass du Bühnenbilder entworfen und damit mehr als neunzig Männer durch den Winter gebracht hast.«

»Wir haben das gemeinsam …«

»Kannst du ein Bild direkt an die Wand malen? Könntest du uns unsere Heimat abbilden? Im großen Raum, den wir für Feste und Versammlungen nutzen?«

»Hast du Bilder von dort?«

»Ja. Der Himmel ist fast so wie hier, aber freundlicher. Das sibirische Blau über der Steppe ertränkt einen ja, so gewaltig spannt es sich. Die Hügel sind sanft, das wirst du sicher von zu Hause kennen. Male keine Menschen, nur Gottes Wunder, das uns umgeben hat, und die Alten werden ruhiger der Zukunft entgegensehen.«

»Ich zeige dir einen Entwurf, und du sagst mir dann, ob es so ist, wie du es dir vorgestellt hast.«

»Das freut mich, Karl. Kann Eduard auch zeichnen?«

»Nein. Aber er …«

»Nicht so wichtig. Ich danke dir.«

Das war die zweite Frau, die etwas über Eduard von ihm wissen wollte. Zufall oder redeten Frauen gern über die Männer? Er versuchte, sich an die Nachmittage mit Fanny und den Schwestern zu erinnern, während Susanna ihm die Tür öffnete, die in den Saal führte. Drei lange Tische, robust, aber schön getischlert. Bänke an den Wänden, Sessel an den Innenseiten, an zwei Wänden je drei Fenster, ein schlichtes Kreuz über der Tür. Strahlend geweißelte Mauern, ein wenig uneben, er sah einen Haarriss, vermutlich durch den Frost des letzten Winters.

»Hast du einen Meterstab?«, fragte er, während sie schon nickte und verschwand.

Worüber hatte er mit Fanny gesprochen, wenn er am Wochenende aus der Kaserne gekommen war? Sie hatten sich über die Tage dazwischen ausgetauscht, über das Geschäft und den Blumenmarkt.

Er erinnerte sich an das tschirpende Geplapper beim Kaffee, wenn die Schwestern zusammensaßen und ihm lächelnd entgegensahen, sich nach wenigen Minuten erhoben und dem Paar das winzige Zimmer der Hinterhofwohnung überließen, in der Fanny lebte. Er konnte sich an Heurigenbesuche mit den Schwestern und ihren Männern erinnern, der eine Schwager, Amalias Fredi, besaß ein gut gehendes Weißwarengeschäft, der andere, Wilhelm, arbeitete in einer Notariatskanzlei und trug auch in der Freizeit das dunkle Gilet eines Anzugs, das über seinem Bauch spannte. Es waren nette Männer, freundliche Frauen. Wein hatte Karl immer über die Befangenheit der ersten Stunde geholfen, er war nie ein Plauderer gewesen, nie so charmant wie Viktor, so versiert im Umgang wie Ludwig. Die Männer hatten über Arbeit geredet, über andere Männer, mit denen sie bei der Arbeit zu tun hatten, konnten sich über Leitartikel echauffieren und über die Steuern sowieso. Die Frauen hatten zu Beginn zugehört und dann leise ihre eigenen Themen eröffnet. Er hatte ihnen gern zugehört, weil sie Geschichten und Anekdoten erzählten, die nichts mit seinem Garnisonalltag zu tun hatten. Die Schwestern waren schon Mütter von Schulkindern, als Fanny das Missgeschick mit der Schwangerschaft passierte, das ihm nun so großes Glück bedeutete.

Susanna tauchte auf und drückte ihm den Meterstab in die Hand. Karl begann, die Wand zu vermessen, die Höhe, in der er es für sinnvoll erhielt, mit dem Bild zu beginnen, schön über den Köpfen der Sitzenden, damit man von jedem Platz an der u-förmigen Tafel freien Blick darauf hatte. Während er die Zahlen in sein Skizzenbuch eintrug, dachte er daran, wie Fanny ihm vom Besuch bei einer Hebamme erzählt hatte. Für einen Arzt hatte sie weder Geld, noch wollte sie, dass ihr ein fremder Mann zwischen den Beinen herumpiekte, wo sie doch nicht verheiratet war. Es war schon schlimm genug, sich vorzustellen, was die Kunden sagen würden. Frauen, dachte Karl, führten ein Parallelleben, das noch mehr von der sogenannten Schicklichkeit bestimmt wurde als das der Männer. Und wieder fühlte er den Schmerz, weil er kein Geld für die Kaution angespart, es nicht einmal versucht hatte.

Abends vergaß er Eduard zu befragen, aber er beobachtete ihn und bemerkte verstohlene Blicke zwischen dem Freund und Rebekka.

Liebste Fanny, schrieb Karl, *unser Gefüge schwankt, und diesmal ist es keine Katastrophe, keine Willkür, kein Tod. Eduard interessiert sich für eine Frau, die aus einer anderen Welt kommt, staunend sehe ich, wie er aus sich heraustritt, als gäbe eine verpuppte Raupe ein neues Wesen frei, das ich nicht kenne, das sich selbst noch fremd ist.*

Während Karl an seinem Entwurf arbeitete, besprach er mit Jakob, dem ältesten Sohn der Spanners, seine Liste von Pigmenten, Pinseln, Schwämmen. Das Problem war, an geeignete Farben heranzukommen, die er in Trockenmanier auftragen konnte. Jakob wusste Rat, und Karl staunte über das Netzwerk der Mennoniten und die umfassenden Beziehungen, die das Ergebnis jahrhundertealter Handelswege und Kulturzentren waren. Ein Lehrer kannte also hier einen Prediger von dort, der wiederum Verbindungen zu einem Händler hatte, der in den Süden über das Tannu-ola-Gebirge weit in den nichtrussischen Raum hinein Männer kannte, die wussten, was Al-Secco-Malerei war, weil in den buddhistischen Klöstern seit Jahrtausenden Felswände und von Menschen errichtete Mauern mit dieser Technik bebildert worden waren.

Es würde dauern, sagte Jakob einmal. Da konnte Karl sein Bein schon wieder belasten. Als ihm aufging, dass auf diese Weise auch Briefe weitergegeben werden konnten, die den Himalaya überquerten und auf verschlungenen Wegen aus Vorderasien über den Orient vielleicht nach Wien finden würden, packte er vor Erregung Jakob, der gar nicht verstand, warum sich der mittlerweile lieb gewonnene Gast so aufregte.

»Darf ich dir noch eine Nachricht an meine Frau mitgeben? Vikki an die Mutter? Josef und Ludwig auch?«

Jakob lachte. »Das ist in Ordnung. Ich weiß nur nicht, ob es nach Süden besser funktioniert. Unsere Briefe in die Ukraine landen über die sowjetische Post nicht immer. Du hast in deiner Aufzählung Eduard vergessen.«

»Der hat niemanden, dem er wirklich schreiben will, nur eine Kusine, die daheimsitzt und sich vor der Welt fürchtet.«

Darauf antwortete Jakob nicht, sammelte jedoch von allen

die Briefe ein, bevor er für mehrere Tage zu seinem Geschäfts-
partner an der Grenze verschwand.

Karls Bein erholte sich zusehends, nur die Narbe mit den winzigen Nahtstellen zu beiden Seiten würde bleiben. In Halbstadt tauchten zwei Funktionäre auf, die ihre Listen der Feldarbeiter vervollständigten, die von Omsk aus verteilt worden
waren. Warum waren diese fünf österreichischen Offiziere
nicht mit den anderen Kriegsgefangenen Richtung Norden
und Osten zu den neuen Baustellen verschickt worden? David
Spanner erklärte sie zu Facharbeitern, die das Wegenetz reparierten, Gebäude verbesserten, Maschinen entwickelten, die
den Frauen Arbeitsgänge erleichterten. Jetzt, wo die Getreide-
ernte begann, brauchten sie hier jede zusätzliche Hand. Er
hatte nicht gelogen, Josef hatte einen Entsafter entwickelt,
Eduard hatte mit Viktor und Ludwig den Weg zum nächstge-
legenen Teich repariert und einen Steg für die Kinder gebaut,
sodass sie nun leichter ins Wasser springen konnten, während
die Wildenten hochstiegen.

Aus weiter westlich liegenden Gemeinden hatte sich währenddessen die Nachricht verbreitet, dass bestimmte Weizen-
kontingente ohne Bezahlung requiriert werden sollten, um
eine drohende Hungersnot in Russland und vor allem in Moskau abzuwenden. Sie würden Verstecke anlegen, beschloss der
Rat in Halbstadt.

Liebste Fanny, schrieb Karl, *du wirst es vielleicht als Verrat
empfinden, dass wir uns hier so wohl- und angstfrei fühlen.
Nein, du wirst es bestimmt verstehen. Aber unsere Mütter
werden glauben, wir richteten uns hier gemütlich ein, während ihr daheim in einem ruinierten Land Schwerarbeit*

verrichtet. Wir können uns nicht vorstellen, wie es für euch Frauen ist. Glaube mir, wir neiden allen, die es nach Hause geschafft haben, dass sie dort sind, dass sie ein neues Leben beginnen, dass sie ihre Kinder sehen, ihre Frauen umarmen können. Wir erleben gerade, wie das ist, wenn Familien nicht auseinandergerissen sind. Obwohl hier auf den zehn Jahre alten Friedhöfen schon genügend Tote liegen, erfreuen sich rund um uns Menschen an den ihrigen. Das ist natürlich nicht nur bei den Mennoniten so, das haben wir bei den Russen und Mongolen und asiatischen Stämmen auch gesehen. Aber da waren wir noch im Lager, sichtbar, fühlbar getrennt von der Normalität, so schwer sie für die Einheimischen auch gewesen sein mag. Auf unserer Flucht mit der Eisenbahn haben wir Zerstörung gesehen und aufgegebene Dörfer, verlassene Fabriken, Brandruinen und immer wieder riesige Gräberfelder. Wir jedoch gehören nirgends hin. Wir sind fremd und bleiben fremd.

Das neue System benutzt uns als Zwangsarbeiter. Wer die Zustände nicht überlebt, wird Teil des Bodens, auf dem er zuletzt existiert hat, und aus den Listen gestrichen. Ein Posten weniger für die Verwaltung. Wir sind Schatten, das ist uns jetzt so sehr bewusst, weil wir umgeben von Familien, von Fürsorge sind. Mein Herz schmerzt vor Sehnsucht nach dir und unserem Kind.

Mitten aus der Weizenernte wurde Karl von einem Fuhrwerk ins Dorf zurückgeholt, als die Lieferung über die Pässe der Südgebirge eintraf.

Das Auspacken war ein Erlebnis besonderer Art. Nicht zu vergleichen mit den Mengen von Farbtöpfen, Pigmenten und Leimen, die in Irkutsk aus der Theaterwerkstatt in ihr Lager

gelangt waren, da ging es um große Flächen, um schnelles Be-
schmieren, eine durchsichtige Illusion erschaffen, die nützlich
sein sollte. Hier hatte er etwas, das für sich stehen sollte, ein
Werk, das einer Familie, einer großen Menschengruppe etwas
bedeuten sollte, etwas Einmaliges, noch dazu in einer Technik, die er nicht beherrschte und über die er nur gelesen und
gehört hatte. Etwas ganz Neues.

Er legte alte Zeitungen aus, bekam von Sara Fetzen, von Jakob altes Gewand für die Arbeit. Sie rückten Bank und Tisch
von der Wand, brachten Eimer, die sie entbehren konnten, sahen zu, wie er seine Schablonen aufrollte, mit Bruchstücken
von Ziegeln und Holz beschwerte. Dann gingen sie auf Ze-
henspitzen aus dem Raum, um ihn in Ruhe werken zu lassen.
Karl wischte sich die schweißnassen Hände an der ramponier-
ten Jakobhose ab. Jetzt begann sein Sprung ins kalte Wasser.

Seit der Schulzeit hatte er davon geträumt, als Künstler arbeiten zu dürfen, auf der Militärakademie hatte er darauf geachtet, dass niemand ihm auf die Schliche kam und seine geheime Leidenschaft entdeckte. Die Privatstunden, die er sich
später geleistet hatte, die vielen Museumsbesuche gehörten
seinem Parallelleben. Wissen durfte davon zuerst nur Viktor,
später dann natürlich Fanny. Der Vater, der ihn entmutigt
hatte, liebte es trotzdem weiterhin, zu seinem Geburtstag eine
Zeichnung zu bekommen, und verstand nicht, dass das Hob-
by des Kindes längst zu einer verschwiegenen Passion geworden war.

Nun wollten die Mennoniten ein Wandbild von ihm! Er
hatte ihren Betraum gesehen, nur ein paar Bänke und eine
zentrale Kanzel. Draußen in den Dörfern versammelten sie
sich zur Andacht in einem Privathaus, bauten gar keine Kirchen. Ihr Heimweh nach diesem wunderbaren Ort, den er

malte, musste genauso groß sein wie sein eigenes und das seiner Freunde. Er hob einen leeren Eimer auf und ging hinaus auf den Hof zum Brunnen. Es war an der Zeit, sein Bestes zu geben.

In den kommenden Tagen lebte Karl isoliert und doch nicht allein. Die Unsicherheit der ersten Stunden hatte sich gelegt, er entwickelte Arbeitsroutine. Hatte ihn zuerst die Unberührtheit der Wand geängstigt, waren es bald Fragen der Tiefe, eine winzige Änderung der Perspektive, die Idee, vielleicht doch zwei Menschen in diese Landschaft zu stellen. Er hatte auf ein Dorf im Vordergrund verzichtet, sie hatten sicher viel präzisere Erinnerungen in ihrem Kopf. Er dachte an das Voralpenland daheim, den Schneeberg, den Ötscher, drüben in Oberösterreich den Großen Pril, die ihre weißen Gipfel bis lange in den Mai hinein behielten. Karl war sicher, wenn er sich voller Heimweh den Farben und Formen seines Kontinents widmete, würde der Funke überspringen, und die Mennoniten würden ihr Zuhause in seinem eigenen Traum wiedererkennen.

Er hatte lange an die letzten Ausstellungen gedacht, die er 1913 in Wien gesehen hatte, an Künstler, die ihm besonders gut gefallen hatten. Über deren Bilder schoben sich immer wieder die Erfahrungen der letzten Jahre, die schwarzen Mückenwolken über den Sumpfspiegeln, die dichten Wälder am Amur, die gleißende Weite der Dezembersteppe, wenn der Atem schon in der Nase gefror – und hinter allem die Schreckensstudien, die er nicht hervorholen wollte, die zerfetzten Körper, die aufgetriebenen Leichenbäuche in den Gräben, die platzten, wenn man vom Druck einer Detonation von den Beinen gerissen wurde und auf einem Toten landete, der mit leeren Augenhöhlen seit Langem verweste.

In letzter Zeit hatte er viel über Gemälde nachgedacht, die ihm von Ausstellungen vor der Mobilmachung im Gedächtnis geblieben waren. Da hatte er mit den exotischen Holzschnitten geliebäugelt, vor allem, wie sie die Franzosen, dieser wilde Gauguin oder auch Van Gogh in ihrer Malerei umgesetzt hatten. Er kannte kein Original, nur seltene Fotos in sepiabraun, grau, schwarz und mit grellen Lichtinseln.

In Chabarowsk hatte er zum ersten Mal chinesische Drucke bei einem Händler gesehen und war verblüfft gewesen über die ihm fremde Art, Dreidimensionalität darzustellen. Die Illusion gab gar nicht vor, der Wirklichkeit zu folgen. War es das, was die aufregendsten Künstler der Stunde mit ihren Abstraktionen verfolgten? Abgegrenzte Farbflächen, nicht dieses schimmernde Verfließen im impressionistischen Licht, harte Kanten, unterschiedliche dicke Striche; oh, wenn er doch wüsste, was sich gerade in Europa tat! Der fürchterliche Krieg musste alles und alle Sichtweisen verändert haben.

Einen halben Tag saß Karl fast bewegungslos vor der weißen Wand, schaute nicht mehr auf seine Schablonen und Entwürfe, dachte bloß an das, was ihm Sara und Susanna erzählt hatten, an den Klang ihrer Stimmen, die Melodien ihrer Sätze. Er erinnerte sich an bestimmte Ecken seiner Heimat, versetzte sie in die Weite Sibiriens, hörte den Vögeln zu, die anders sangen als daheim, ließ alles zu, was sein Gehirn an Ideen verband, schaute nach innen, verwarf, prüfte, entnahm. Langsam baute er aus Formen und Figuren das, was ihm Heimat war.

Am zweiten Tag begann er mit der Malerei, dem Grundieren, den Schichten, den Tönen, die aus dem Untergrund durchschimmern und der Oberfläche Leben verleihen sollten. Nach vier oder fünf Tagen wusste er, dass es die Umrisse eines Paars geben würde, das unter einem Baum saß, Schatten im

Schatten in liebender Umarmung. Es gab Weizenfelder, Wind, der durch das Gelbgold strich, Dächer in einer Senke, einen Wald, der Lichtungen auf den Hügeln schützte, einen See, Schwalben, deren Flug das Sommersirren der Mittagsluft hörbar machte, und weit hinten ein Hochgebirge, das wie ein funkelndes Diamantband den Horizont schmückte. Wild sah Karls Gemälde aus, und trotzdem war es ein Kaleidoskop sanfter Bilder, wie eine Einladung zu einer langen Wanderung, wie etwas, das man mit Freunden erkunden mochte.

Als Karl fertig war, putzte er die Pinsel, verschloss die Behälter mit den Pigmenten, wusch die Eimer aus, reinigte den Boden, brachte die verschmutzten Fetzen mit allem anderen Material zurück in den Stall, in dem sie nun schon das dritte Mal frische Heulager unter ihre Laken bekommen hatten, wusch sich anschließend am Brunnen den verschwitzten Oberkörper, die schmerzenden Schultermuskeln, trank und wankte zurück zu seiner Schlafstätte, erst jetzt bemerkend, wie schrecklich müde er war.

Er verschlief, wie sich die Familie und ihre Nachbarn vor der offen stehenden Tür des Saales versammelten, und auch, wie sie alle miteinander langsam den Raum betraten, wie sie dastanden, still zuerst und dann flüsternd, wie sie einander auf Dinge aufmerksam machten, einen Ochsen auf der Wiese, Heuschober, die sie zum Lächeln brachten, Teich und Wald, Flecken, die sie zuordneten, benannten, in Besitz nahmen. Dann fanden sie das Paar, sahen ihm beim Sitzen und Schäkern zu, und es war, als hätten sie alles gefunden, was Großeltern und Eltern schon immer erzählt hatten. Nur war der Kummer ausgespart, und es gab keinen Schmerz, keine Lücken, keine Trauer, keine Sehnsucht. Es war so, wie das Leben sein sollte, wenn der Mensch tatsächlich als Gottes Ebenbild agierte, reine Vollkommenheit.

Noch bevor sie Karl für das Bild danken konnten, tauchten zeitig in der Früh Lastwagen mit Rotarmisten auf, und jedem Bauern wurde das Weizenkontingent verkündet, das er in den nächsten zwei Tagen im Bahnhof von Slavgorod abzuliefern hatte. Draußen auf den weit entfernten Feldern erschienen Funktionäre, die die Mengen des geschnittenen Korns schätzten und beim Dreschen zusahen.

Nun lernte Karl als letzter der Österreicher diesen Teil der Bauernarbeit kennen. Der stete Wind trieb die Spreu hoch; obwohl sie Tücher vor Mund und Nase gebunden hatten, die Hüte tief in die Stirn gezogen, tränten bald die Augen. Es war hart verdientes Brot. Trotz der Pausen konnte Karl abends seine Arme und Schultern kaum bewegen. Blutblasen bedeckten seine Handteller.

»Wände bemalen schmerzt anders«, sagte Eduard und strich ihm eine Paste über die Wunden, verband die Finger, während Viktor ihn fütterte. Jetzt erst erfuhr Karl, wie hingerissen die Familie und die Nachbarn der Spanners von seinem Bild waren, wie dankbar für dieses »Abbild der Schöpfung des Herrn«. So hätte es Rebekka genannt, sagte Eduard, und Karl hörte wieder diesen neuen Ton in der Stimme des Freundes.

Am zweiten Tag begleiteten die Funktionäre die gefüllten Wagen auf dem Weg zum Bahnhof. Die anderen warteten untätig, bis sich der Staub gelegt und die Karawane tatsächlich verschwunden war. Dann brachen sie auf, zogen in Richtung der Dörfer, blieben an einem Rain zwischen bereits abgeernteten Feldern stehen. In den Büschen sangen die letzten Vögel, bevor die Mittagshitze sie zum Verstummen bringen würde. Erst als Karl genauer hinsah, fiel ihm auf, wie unnatürlich eben die Erde war. Da griffen die Männer schon zu, zogen an vergrabenen Seilen, hoben die Planen, Staub stieg auf. Vor ihnen lag eine lange Grube voller frisch gemähter Weizenhalme.

»Die Roten lassen uns genug bis zum Jahresende, aber dann müssten wir das Saatgut essen, und was ernährt uns nächstes Jahr?«, erklärte Dietrich, Jakobs ältester Sohn. »So wie wir hier haben schon unsere Eltern und Großeltern unter den Zaren ihr Saatgut gerettet. In den Städten herrscht Hunger, aber Mundraub ist nicht dasselbe wie teilen. Die neuen Mächtigen werden merken, dass Bauern genauso wichtig wie Arbeiter sind.«

»Sie werden aus euch lauter Feldarbeiter machen und das Land verstaatlichen.«

»Vielleicht machen sie das im westlichen Russland, aber Sibirien ist zu groß dafür. Außerdem haben sie uns ja extra zur Urbarmachung hergeschickt.«

Aber bevor sie sich in eine politische Diskussion verstricken konnten, nahmen die Männer die Dreschflegel in die Hände und schlugen die goldenen Körner aus den Halmen.

Nachts, bevor sie einschliefen, versuchte Karl, die richtigen Worte zu finden, um mit Eduard über Rebekka zu reden. Eduard hatte sich verändert, eine neue Ernsthaftigkeit durchdrang ihn, und man konnte ihn strahlen sehen. Aber Wiedertäufer! Was konnte das außer Schwierigkeiten bedeuten?

Und doch. Was wusste er schon von richtigem Eheleben? Mit Fanny hatte er immer nur freie Tage, zweimal einen Urlaub verbracht, einmal, als sie schwanger war und er mit ihr in der steirischen Waldheimat wandern war, einmal mit dem Baby Max bei seinen Eltern, die das Großelterndasein sichtlich genossen. Aber nie war er über Wochen hinweg nach der Arbeit zu ihr heimgekomen, nie über längere Zeit morgens neben ihr aufgewacht. Ihr Alltag war ihm fremd.

Fanny musste sich in den letzten Jahren verändert haben. Sie tat, was sonst Männer taten, sie sorgte für ihr Kind, für das Überleben, für ein gutes Miteinander unter den Nachbarn, sie behielt die Finanzen im Auge, pflegte Max, wenn er krank wurde, schleppte die Kohlekübel, kümmerte sich um die Vorräte, um Reparaturen. Sie hatte ihn nie um Rat gefragt. Vielleicht hatte sie sogar daran gezweifelt, dass er über Praktisches Bescheid wusste. Das erledigte doch sein Bursche, der die winzige Wohnung auf dem Kasernengelände in Schuss hielt. Sie war ein selbstständiger Mensch, sie brauchte ihn zum Überleben nicht.

Karl war nun nicht nur auf ihre Kunden eifersüchtig, er fürchtete auch, dass die Soldaten, die von den unterschiedlichen Kriegsplätzen zurückkehrten, die Gunst der Stunde nutzten und sich nach der richtigen Frau umsahen. Fanny würde eine große Auswahl haben.

Er hingegen hatte vor, das Militär zu verlassen. Einen zivilen Beruf hatte er nie gelernt; vielleicht half ihm die Übung, die er im Planzeichnen und den Berechnungen von Winkeln und Perspektiven hatte, aber würde er eine Familie ernähren können? Würde Fanny ihn lieben, wenn sie ihn sah, gealtert, kraftlos, von schrecklichen Erinnerungen gepeinigt? Würde sich Max an den unbekannten Vater gewöhnen? Wäre er nicht ein Fremder, ein Eindringling in der trauten Zweisamkeit von Fanny und Max, eine Zumutung, eine Last?

Was konnte er Eduard raten, den ein Landleben im Schutz einer großen Familie erwartete, ein Miteinander mit der Frau, die er liebte? Eduard war ein Glückspilz, ganz und gar. Karl hingegen war ein unbeschriebenes Blatt als Ehemann und richtiger Vater, von Sehnsucht getrieben, von Liebe erfüllt, die sich noch nie im Alltag hatte beweisen müssen.

Nach einer Woche auf dem Feld kehrten sie zurück nach Halbstadt. Die Funktionäre waren verschwunden, fast die gesamte Ernte war in die Züge verladen worden, ohne bezahlt zu werden. Trotzdem wurde das Ende des Dreschens gefeiert. Man versammelte sich in der Kirche, die Österreicher in frisch gewaschenen Gewändern mittendrin. Karl entging nicht der Eifer, mit dem Eduard betete.

An einer langen Tafel saßen sie nach dem Gottesdienst unter den abgeernteten Frühapfelbäumen beisammen, aßen, plauderten und sangen. Den Österreichern wurde gedankt, für ihr selbstverständliches Schweigen den Funktionären gegenüber, die Reparaturen an Maschinen, Häusern und Ställen, das Holzspielzeug, das nebenher abends für die Kinder geschnitzt worden war, für das unglaubliche Bild der verlorenen Heimat, das Karl für sie gemalt hatte. Als Ludwig dann noch sein Mundstück von Karl zurückerhielt und aus seiner Oboe einen kurzen Landler von Haydn hervorzauberte, war das Fest perfekt.

Nur die Nachrichten aus Omsk drückten den Österreichern aufs Gemüt. Die Flüchtlinge und Heimatvertriebenen waren verschwunden, die einsatzbereiten Lokomotiven wurden verwendet, um Züge voll Weizen zu den hungernden Großstädten des Westens zu transportieren. Es gab Gerüchte über neue Lager, in denen die ehemaligen Kriegsgefangenen schuften mussten, über Lager, in denen die Gegner des neuen Regimes verschwanden. Würden sie wirklich noch ein weiteres Jahr hier ausharren müssen, bevor sie weiterfahren konnten?

Im August revoltierten die Bauern gegen die Erntediebstähle der neuen Regierung. Kommissare und Funktionäre wurden erschlagen. Die Antwort war blutig und vernichtend. Die Regierung zog Milizen aus den letzten Bürgerkriegsscharmützeln östlich des Ural ab und schickte sie gegen die Landwirte ins Feld. Dörfer brannten. Fliehende Bauern krochen bei den Mennoniten unter, die Krankenschwestern und Hebammen hatten zu tun. Sara und Rebekka fuhren von Dorf zu Dorf, um zu helfen.

Während Karl bei den Teichen vergeblich nach Schilfrohr für Ludwigs Oboe suchte, badende Kinder zeichnete, die die letzten warmen Tage genoss, Briefe an Fanny schrieb und mit Viktor die wilden Steppenkräuter abbildete, beschäftigte sich Eduard mit der Heiligen Schrift, den Regeln der Mennoniten, den Gesetzen ihrer Gemeinden.

»Es ist ein Sprung ins kalte Wasser«, fand Karl.

»Vermutlich ist es das für jeden, der sich als Erwachsener taufen lässt und ein Leben beginnt, das nicht dem der Mehrheit entspricht«, antwortete Eduard.

»Als ich dich kennengelernt habe, wolltest du mit Gott nichts zu tun haben.«

»Ich hatte nicht nur Schreckliches gesehen, sondern auch Schreckliches getan. Du etwa nicht?«

»Jeder Albtraum erinnert mich daran.«

»Dass wir so früh gefangen genommen wurden, hat uns vor schlimmerem Tun bewahrt. Es gibt keine Entschuldigung für das, was wir alle, egal, auf welcher Seite wir kämpften, verbrochen haben. Kein Mann in diesem Krieg blieb unschuldig, außer vielleicht diejenigen, die sich verweigerten.«

»Ich möchte einfach glauben, dass ich irgendwann einmal ruhig schlafen kann und beim Aufwachen meine liebsten

Menschen um mich sind. Das wäre ein Zeichen, dass Vergebung möglich ist.«

Eduard lächelte. »Du glaubst doch an Gott!«

»Wenn du es sagst.«

»Du weißt, dass ich hierbleiben werde, oder?«

»Du wirst also Bauer werden?«

»Nein, ich werde konstruieren und bauen. Ich habe ja ein wenig Ahnung vom Ingenieurswesen.«

»Und was wird aus uns?«

»Ihr zieht im Winter weiter. Die Mennoniten planen bereits eure Strecke. Bvor der Winter vorbei ist, werdet ihr schon in Europa sein. Dafür erlebt ihr noch meine Taufe und unsere Hochzeit. Und für Ludwigs Mundstück habe ich auch eine Idee. Sara besitzt eine alte Peitsche. So etwas, wie die Reiter der Steppe bei ihren Schaukämpfen verwenden. Der Griff ist aus Fischbein, das früher für unterschiedliche Instrumente genutzt wurde, sowohl bei den Kasachen, Usbeken, drüben im Kaschmir und nördlich der Mongolei.«

»Dann könnte Ludwig ja auf deiner Hochzeit spielen!«

Anfang September war der Bauernaufstand niedergeschlagen. Die Österreicher stellten Heizmaterial aus trockenem Kuhmist her, um das Dorf für den Winter vorzubereiten. Dabei wurde der Dung, den Kinder und Frauen auf den Weiden und in den Ställen eingesammelt hatten, ausgebreitet, Stroh darüber gestreut; dann traten die Männer mit bloßen Füßen den Mist ins Stroh, während die Frauen alles immer wieder mit Wasser besprengten und weiteres Stroh hinzufügten. Aus dieser Masse wurden Ziegel geformt und auf der Wiese gestapelt. Die letzten Sonnentage brannten alles trocken, bis es als Brennvorrat für den Winter gelagert werden konnte.

Die Tage wurden kürzer. Abends wurde es zur Gewohnheit, Geschichten zu erzählen, aus Eduards Goetheband oder Viktors illustrierter Literaturgeschichte vorzulesen. Der Höhepunkt war jedoch, wenn Ludwig und Susanna Spanner eines der Grimm'schen Märchen erzählten oder Jakob und Rebekka Geschichten teilten, die sie von Fahrenden oder Patienten gehört hatten.

Karl verbrachte Tage damit, Illustrationen zu diesen Erzählungen zu zeichnen. Er erschuf Bilder aus einem fantastischen Orient, aus den Gästehäusern der Seidenstraße, aus einem Indien, das seiner Fantasie entsprang und vermutlich nichts mit der Wirklichkeit des Subkontinents zu tun hatte. Wenn ihn das Heimweh erdrückte, malte er Wien, den gotischen Stephansdom, umgeben von den steilen Dächern der Innenstadt, den hübschen barocken Ulrichsplatz nahe der Josefstadt, die Farbenpracht des Naschmarktes mit einer Fülle ans Lebensmitteln, die es sicher seit Jahren dort nicht mehr gegeben hatte. In jedem dieser Bilder waren ein spielender Junge, eine geschäftig wirkende junge Frau zu sehen. Nur Viktor wusste, dass sie Max und Fanny darstellten, wie sie vor dem Kriegsausbruch ausgesehen hatten oder wie sich Karl seinen Sohn nun vorstellte.

Später ließ Jakob Spanner die Blätter, die ihm Karl zu Weihnachten überließ, binden, einen festen Einband machen und auf den roten Deckel in schwarzen Lettern schreiben:

KARL FINDEISENS ILLUSTRIERTE BEILAGE
ZU MÄRCHEN, KLASSIKERN UND IMAGINIERTEN WELTEN,
HERGESTELLT IM WINTER 1919/20 FÜR
EDUARD UND REBEKKA NOLTING.

Kurz bevor es richtig kühl wurde und die ersten Regenstürme einsetzten, unternahmen die ältesten Söhne der Spanners, Jakob und Ulrich, einen Ausflug mit den Österreichern. David ließ die Männer samt ihren vollgepackten Rucksäcken auf seinen Wagen klettern, die zwei alten Gäule, die ihnen verblieben waren, fielen in Trab. Noch in der Finsternis zockelten sie los, passierten Dörfer und Felder, die sich aus dem Morgendunst schälten. Karls Bein war endgültig geheilt und der Muskel trotz der großen Narbe kräftig geworden. Schließlich hielt der Wagen, sie sprangen ab, marschierten auf einer Piste los, während David wendete und verschwand. Silbergrau wucherten ringsum Wermutstauden aus dem Ockersand, über ihnen spannte sich die blaugraue Seidenfahne des Himmels. Ihr Ziel waren die Salzseen, von denen ihnen schon so viel erzählt worden war. Ziesel verschwanden in ihren Löchern, ein Adlerpaar kreiste hoch über der Ebene. Im Sommer kamen hier Nomadenhirten durch, doch die waren mittlerweile schon längst mit ihren Herden auf dem Weg ins Winterquartier. Plötzlich sahen sie vor sich die gläsern schimmernden Seen mit den weißen Flecken und Brocken, die wie Wolken auf dem blauen Wasser schwammen. Sie rannten los und blieben erst am Ufer eines Teichs stehen. Das Wasser war klar, jeder einzelne Kiesel bis hinunter ins Sandbett war zu sehen, kein Fisch, keine Ente. Es war zu verlockend.

Sie sprangen splitternackt hinein, wollten untertauchen, aber trieben wie Korken auf der Salzlake. Kindern gleich tobten sie, bis nicht nur die Augen und der Mund brannten, sondern auch ihre Haut vom Salz zu jucken begann, die Haare dick verkrustet steif in alle Richtungen standen. Jakob und Ulrich gruben eine Kuhle im Sand, die sich mit Grundwasser füllte und zur Badewanne für alle wurde.

Später schauten sie über die endlose Ebene. Am Horizont entdeckten sie Rauchfahnen und Jurten, winzige Pferde und Kamele. Die Sonne stand schon tief, als sie aßen und ihr Schlaflager herrichteten.

Liebste Fanny, schrieb Karl, *die Sterne kommen einem so nahe, fast scheinen sie in einem unaufhörlichen Regen auf mich zuzurauschen, ein Wasserfall aus Licht. In dieser stillen Ewigkeit kann ich es fast nicht glauben, dass ich immer noch am Leben und trotz aller Katastrophen von guten Menschen umgeben bin.*

Als sie am nächsten Nachmittag wieder zurückkehrten, erfuhren sie, dass Eduard zum Erntedankfest sein Taufgelübde sprechen würde. Karl wusste, dass Ludwig und Viktor diese Liebesgeschichte beschäftigte. Die jungen Frauen rundherum weckten ihr Begehren. Gleichzeitig waren Affären unmöglich; selbst die Russinnen auf der anderen Seite von Halbstadt ließen keinen Zweifel daran, nur an Heirat interessiert zu sein. Viktor hatte Karl einmal erzählt, wie einsam er und Ludwig sich fühlten. Keine Familie, zu der sie heimkommen würden, und nun vor ihnen ein verliebtes Paar, dessen Glück offensichtlich war. Sie litten unter Eifersucht, sie litten an ihrem Verlangen. Sie verabscheuten auch ihre aufflammende Scham und baten um mehr schweißtreibende Arbeit. Wenn Karl hörte, wie das Hackbeil auf den Stock fiel, wusste er wie alle anderen, was den Bruder und Ludwig verfolgte.

Am Tag der Taufe erhielten die Österreicher neues Gewand, nichts Aufwendiges, aber es gab für jeden Unterwäsche, Socken und lange Stutzen aus Wolle für den Winter, zwei Hosen in braun und dunkelgrau, zwei Hemden, geschnitten wie die russischen, eine Jacke aus gefilzter Wolle und das größte Wunder überhaupt, ein Paar feste hohe Schuhe vom Schuster in Slavgorod. Das war der Lohn für die Arbeit, ein Gegengeschenk für die vielen Holzspielzeuge, die sie abends für alle Kinder geschnitzt hatten. »Deine Kunst können wir sowieso nicht bezahlen. Die wird uns noch lange Freude schenken«, sagte Sara zu Karl.

»Bist du dir sicher, dass du nie mehr zurück nach Österreich willst?«, fragte Karl Eduard leise.

»Karl, ich bin dreiundvierzig. Niemand wartet auf mich. Ich hab meiner Kusine schon geschrieben, dass ich übergetreten bin und heiraten werde. Das wird sie mir nie verzeihen. Hier braucht man mich.«

»Du bleibst lieber in einem Land, das seine kaiserliche Familie massakriert hat, als nach Hause zu kommen?«

»Ich bleibe hier, weil ich Rebekka liebe. Außerdem sind hier alle Pazifisten, Kriegsverweigerer. Das ist für mich wie ein Paradies. Ich hab genug von Waffen und Gewalt.«

»Du hast damals, als zum letzten Mal Post wegging, schon deiner Kusine geschrieben, dass du konvertieren und heiraten wirst?«

»Bei Rebekka und mir ist es Liebe. So wie bei dir.«

Mitte Oktober wirbelten weiße Flocken über welkes Gras und Stoppelfelder. Bald würden sie wieder eingesperrt hinter Wänden warten und fühlen, wie die Zeit sie festhielt.

Karl hatte mit Ludwigs Hilfe Saras Peitschengriff aus Walbarten zerlegt. Gemeinsam hatten sie passende Stücke zurechtgeschnitten, ausgehöhlt und die vollkommensten Paare gebunden, sodass kurze Rohre entstanden. Ludwig hatte ihm eine ausgereifte Wickeltechnik mit den besten Fäden, die er auftreiben konnte, gezeigt. Stundenlang waren sie beisammengesessen. Wie die neuen Doppelrohrklappen auf Kälte und Trockenheit reagieren würden, wusste Ludwig noch nicht, aber da der Peitschengriff mindestens hundert Jahre überdauert hatte, war er optimistisch. Bis sie in Österreich landeten, würden sie halten. Und er begann wieder, voller Freude zu üben und für die Hochzeit zu proben.

> *Liebste Fanny*, schrieb Karl, *die Musik ist eine Zaubermacht. Unser Ludwig hängt einigermaßen entspannt an seiner Oboe und bringt uns alle zum Lächeln und Träumen. Er ist ein lieber Kerl, aber ein Luftikus, ein wunderbarer Freund für Vikki, dem ich zu schwermütig bin. Und Ludwig hat recht: Wo immer musiziert wird, passiert etwas in den Menschen, wir erheben uns und möchten einander umarmen.*

Mit der letzten Passquerung vor dem einsetzenden Winter kamen Händler über das Altaigebirge hinunter in die Tiefebenen und brachten ein Wunder. Neben den bestellten Waren kam ein Brief der Eltern an Viktor und Karl, Ludwig erhielt Post von seinen Eltern und der Schwester, Josef von seiner Mutter, die erwähnte, dass Lotti sich immer noch »mit dem dir bekannten Halunken« herumtrieb. Charlotte selbst hingegen hatte erfreut eine Botschaft gesandt, die Josef wider Vernunft hoffen ließ. Fanny hatte eine Karte geschickt, die mit vielen Küssen den Erhalt seines wunderbaren Briefes bestätigte, und ein dickes Kuvert voller eng beschriebener Zettel und einem Blatt mit einer Zeichnung von Max, die Karl hilflos glücklich strahlen ließ. Es fand sich sogar eine schmachtende Botschaft Käthes an Viktor.

Die Erleichterung aller Familien, nach einem Jahr des

Schweigens ein Lebenszeichen erhalten zu haben, war überwältigend. Die Post war in jede Richtung über zwei Monate unterwegs gewesen. Selbst Eduard, dem die tatsächlich erzürnte Grete nicht geantwortet hatte, war nicht zu erschüttern. Der Jubel der Freunde steigerte seine Hochzeitsstimmung nur mehr und verstärkte die Gewissheit, die richtige Entscheidung getroffen zu haben, die alte Heimat gegen eine neue zu tauschen, alles dafür zu tun, um als Fremder einheimisch zu werden. Sie alle warteten voller Freude auf die Hochzeit. Selbst Josef sah über Charlottes Untreue hinweg und holte bei den Russen einen kleinen Wodkavorrat für Katholiken und Orthodoxe.

Wieder nagte an Karl das schlechte Gewissen. Er hätte mehr sparen sollen oder notfalls etwas leihen, mit ihrem Vater reden müssen. All seine Liebesschwüre hatten Fanny vielleicht getröstet, geholfen hatten sie nicht. Darin lag auch der Grund für seine nie versiegende Angst, sie könnte ihn verlassen; die vielen Jahre der Einsamkeit mussten zehren, selbst wenn sie ein Lebenszeichen von ihm in der Hand hatte.

Er sah das Leuchten auf Rebekkas Gesicht. Ihr Mann hatte alles für sie aufgegeben und sich mit ganzem Herzen für sie entschieden. Er hingegen? Wog seine Liebe schwer genug?

In der Nacht saß er draußen, dick eingehüllt in eine Decke, und sah den nackten Zweigen der Obstbäume zu, deren letzte Blätter bald fallen würden. Während Eduard Rebekka die Treue schwor, erkannte Karl voll Bitterkeit, dass er den Mut, neu anzufangen, für Fanny nie aufgebracht hatte und alle Hoffnung, von ihr noch einmal die Chance für eine solche Entscheidung zu bekommen, von Monat zu Monat geringer wurde. Und bald würden die Österreicher wieder unterwegs sein, weitergereicht von einer Gemeinde an die andere, gelotst durch die Steppe, bis Omsk weiträumig umgangen war und die dortigen Lager in sicherer Entfernung lagen. Mit Kutschen und in Pelzen durch die eisige Ebene, den Ob queren, bis zu dem Dorf fast am Fuß des Ural, nahe Jekaterinburg, wo die Tickets für das Teilstück der Transsibirischen auf sie warteten, wo das letzte Mal mennonitische Brüder ihre Reise beobachten und über sie wachen würden. Danach wären sie wieder auf sich gestellt, drüben, auf der europäischen Seite, von wo aus es dann nur noch wenige Wochen bis Petrograd dauern würde. Im Frühling, spätestens im Sommer 1920 würden sie zu Hause sein.

IV

April 1920

IM HUNGERTURM

*Wie liebe ich das Photo von euch vieren, der Ludwig mit
der Zigarette, Eduard mit dem Teeglas, Vikki redet gerade,
und du spielst mit deinen Fingern. Hinter euch an der
Wand die selbst gebauten Regale mit Werkzeug und deinen Malsachen. Und das Bild, von dem du mir erzählt
hast, das Wasser des Amur, der Ufersand, das Dickicht
vor der Felsenterrasse, auch wenn ich es nur in Schwarz-
Weiß sehe: Ein wildes Grünsilbergelb voller Feuer, voll
Versprechen.* aus Fannys Brief vom 6.7.1917

Wie Pakete wurden sie durch das verzweigte Netzwerk
der Mennoniten geschleust, vermummt in Pelzen auf
Ochsenkarren von Hof zu Hof, ernährt von Bäuerinnen,
manchmal zwischengelagert in Verschlägen über wiederkäu-
endem Vieh oder auf Dachböden von Gemeindehäusern. Jeder Kutscher, der sie weiterbrachte, wusste den nächsten Namen, den nächsten Ort und nicht mehr. In weitem Bogen
ging es durch die winterliche Steppe an Omsk vorbei, manchmal parallel zu den Gleisen der Transsibirischen, manchmal
Haken schlagend auf Wegen, die zwischen Schneewehen auftauchten. Immer wieder tastete Karl nach Fannys neuem
Brief, als wäre es nicht nur ein Talisman, sondern ein Schutz-
schild für ihn, für sie alle. Er vermisste Eduard unglaublich.

Tage verbanden sich zu dunklen Wochen, eiskalten Fahrten, die einander in ihrer gefährlichen Monotonie glichen. Nie hätten sie diese Winterflucht auf sich allein gestellt überlebt.

Zu Beginn hatten sie noch weihnachtliche Spuren in den Häusern ihrer Gastgeber entdeckt, später wurden die Suppen dünner, der Belag für die Brote karger. Alles Kinderspielzeug, dessen Produktion ihnen David Spanner in den letzten Monaten als taugliche Währung aufgetragen hatte, wurde gegen Kost und Logis bei ihren Gastgebern getauscht. Jeder schien zu wissen, dass einer der Österreicher zu ihrem Glauben gefunden hatte. Wenn sie in diesem Hungerwinter, der allen in Russland zusetzte, je heil drüben auf der Westseite des Urals ankommen sollten, dann verdankten sie das auch Eduard. Er war nicht nur Glaubensbruder, sondern Einheimischer mit allen Konsequenzen geworden. Für die vier ehemaligen Gefangenen war das der rettende Passierschein.

Dann kam der Tag, an dem die Steppe sich in langweiliges Hügelland verwandelte und am westlichen Horizont im Licht der tief stehenden Sonne das Gebirge auftauchte. Gewaltige Schneefelder leuchteten über der blendenden Ebene, ein Gipfel ragte neben dem anderen wie eine gigantische Mauer in den Winterhimmel. Karl dachte an die Flucht auf Schiern, über die sie einmal nachgedacht hatten, an die tödlichen Stürme, an die weithin sichtbaren Spuren, an ihre Unkenntnis der geografischen Gegebenheiten und die Lager, die man während des Krieges für die gefangenen Soldaten entlang der Transsibirischen erbaut hatte und die immer noch bestanden.

Es gab die letzte Übergabe an einen unbekannten Kutscher, es erfolgte die letzte Einfahrt in einen Hof am Rande eines namenlosen Dorfes, das letzte Mal ging eine Tür auf, und ein Mennonit hieß sie freundlich willkommen. Als ihnen die

Gastfamilie am nächsten Tag ein zusammengefaltetes Papier mit den Bahnkarten in die Hand drückte, wurde ihnen klar, dass sie Asien wirklich bald hinter sich lassen würden, dass sie Sibirien nach zwei Jahren erfolgreich gequert hatten.

Der Zug war voll. Sie setzten sich auf ihre Plätze in der billigsten Klasse, es war wie in Chabarowsk, Bauern und Familien, verschnürte Pakete und Taschen, ein gut gefüllter Samowar, leise Gespräche, Schnarchen. Nur zwei Stunden nach Jekaterinburg lag der Kamm hinter ihnen, und sie fuhren auf sorgsam geräumten Gleisen in der winzigen Industriestadt Wassiljewskow-Schaitanski ein. Europa hatte sie wieder. Noch lagen knappe tausendachthundert Kilometer bis Moskau vor ihnen, und es war April.

Der Zug fuhr nicht schneller als die Züge im letzten Jahr. Es gab unerwartete Aufenthalte, Warten im Nirgendwo, sie vertraten sich die Beine an den Gleisen entlang, rauchten. Die Österreicher tauschten das Salz, das sie in der Kulundasteppe am See eingeschaufelt und einigermaßen von Sand und Halmen gereinigt hatten, gegen Essen und Tabak. Jakob Spanner hatte ihnen den Tipp bei ihrem letzten Ausflug gegeben, Salz war die beständigste Währung, wenn es um Tauschgeschäfte mit Bauern ging. Am dritten Tag entdeckten sie andere Kriegsgefangene im Zug, vier Hessen, die aus einem Lager nördlich von Omsk geflohen waren und die Strecke zum Teil zu Fuß, sonst mithilfe von Bauern in fünf grausamen Monaten zurückgelegt hatten. Beim Aufbruch waren sie sechzehn Mann gewesen.

Diese vier blieben nicht die letzten Flüchtigen auf der langen Strecke durch die verschneiten Vorberge und Hügelausläufer. Wenigstens die Hälfte der blinden Passagiere starb entkräftet während der Fahrt. In der nächsten Station wurden die

Toten ausgeladen. Manche trugen noch ihre Erkennungsmarken, aber den Überlebenden war klar, dass irgendeine Sammelgrube im Frühling ihre letzte Ruhestätte sein würde, bald erobert von weiteren Fichtenschösslingen und vergessen von der Welt.

Viktor hatte es sich zur Aufgabe gemacht, Namen und Regiment eines jeden Flüchtlings in seinem Notizbuch aufzulisten. Daheim, erklärte er seinen Freunden, würde er die Familien der Toten ausfindig machen und ihnen erzählen, wo ihre Kinder und Männer lagen, wie weit sie es geschafft hatten. Er würde auch Nachricht geben von denen, die sie getroffen und wieder aus den Augen verloren hatten, damit es leichter für Eltern wurde, zu hoffen oder loszulassen. Er würde nach Reinhold Richter Ausschau halten, denn dass dieser schlaue Fuchs die Flucht geschafft hatte, stand für ihn fest, obwohl niemand, den er nach ihm fragte, Auskunft geben konnte.

Sie alle kämpften mit Eduards Entscheidung, mit ihrem Neid auf ihn, weil seine Flucht voller Glücksverheißung zu Ende war. Eduard hatte plötzlich eine Familie, einen neuen Beruf, Menschen um sich, während sie warteten, hungerten und sich ängstigen. Sie rückten nun noch enger zusammen. Viktor und Ludwig wurden unzertrennliche Freunde, Josef und Karl vereinte die Sehnsucht nach ihren Familien.

In der Nacht träumte Karl. Er lief über verbrannte Erde und sah, wie sich seine Schuhe auflösten, wie er in Socken weiterlief. Die Luft war erfüllt von Klagegeschrei, obwohl er niemanden sah. Vor ihm tauchte eine Senke auf, in der Menschen lagen, verrenkt, zuckend, gefesselt und verschnürt. Manchen fehlten Glieder, und das Blut pulsierte hell aus ihnen heraus, während andere in schwarz geronnenem aneinanderklebten. Doch seine Aufmerksamkeit galt einem winzigen Kind, das nackt dastand, den Bauch vorgewölbt über einer verdreckten Stoffwindel, die ihm festgeknotet an den Hüften hing. Ein Daumen steckte im Mund, das Kind war still, es starrte an Karl vorbei, als gäbe es ihn gar nicht.

»Max«, brachte Karl mit brüchiger Stimme heraus, »Max! Ich bin's, dein Papa.«

Das Kind reagierte nicht. Er ging in die Knie, streckte die Arme aus, berührte den Knaben, zog ihn an sich, presste ihn an die Brust, weinend vor Kummer, während das Kind ihn prüfend ansah und dann desinteressiert den Blick abwandte.

»Karl!« Viktor schüttelte ihn, fuhr ihm übers Haar. »Karl! Du weckst noch alle im Zug! Du träumst bloß. Max geht's gut. Die Fanny ist doch bei ihm. Beruhig dich!«

Nach dem Traum konnte Karl nicht mehr einschlafen. War er ein Omen?

Liebster, hatte Fanny in ihrem zerknitterten Brief vom 19.3.1917 geschrieben, *hier siehst du unseren vierjährigen Max, wie er beim Photographen auf einem Schaukelpferd spielt. Er liebt Geschichten über Ritter und Drachen und erzählte auch während der Porträtaufnahme von Ritter Georg mit dem unsichtbaren Schwert, der es nicht nur mit gewaltigem Gewürm aufnimmt, sondern mit allerlei anderen wilden Tieren (er sagt »Lowe«, »Slange«, »Sbatsch« für Spatz, und ich sehe, wie seine Zunge versucht, die schwierigen Wörter zu bilden). Ich muss mir dabei immer die Augen tupfen, auch weil ich weiß, wie schnell er fehlerfrei reden wird. Ich muss dir das erzählen, Liebster, selbst wenn es dich noch trauriger stimmt, denn du musst wissen, dass unser Sohn ein überwältigend großartiges Kind ist.*
Dem Photographen schilderte er den Papa, der in froststarren

Welten voller Riesen und Eiszapfen kämpft. Ich flüsterte nur
»Sibirien«, als der Mann mich fragend ansah, bevor er wie-
der hinter seinem Tuch und Objektiv verschwand. Er ver-
langte einen sehr freundlichen Preis, und ich versprach ihm,
mit Max im nächsten Frühjahr wiederzukommen, solltest
du dann noch immer nicht bei uns daheim sein.
Am nächsten Tag ging ich nach der Arbeit nochmals hin,
Josefin hatte den Kleinen in ihrer Obhut, ich hatte, wie du
siehst, das schöne Wintersonntagskleid angezogen. Ich habe
ein wenig abgenommen, aber sorge dich nicht. Der Photo-
graph war wieder sehr zuvorkommend, nahm sich Zeit,
erklärte mir seine Art des Ausleuchtens. Ich hoffe, du magst
mich und das Bild trotz der Veränderungen des letzten Jah-
res. Man sieht es nicht auf dem Porträt, aber ich habe eine
winzige Falte auf der Stirn, die dem Alter geschuldet ist.
Nicht den Sorgen, Liebster! Ich habe dich auf meiner Seite,
auch wenn die halbe Welt zwischen uns liegt. Solange ich
weiß, dass du lebst, Viktor bei dir ist und ihr Freunde aufein-
ander achtet, bleibe ich ruhig. Nachts, wenn Maxl neben
mir schläft, das süße Kindergesicht völlig entspannt, tauche
ich in den Schlaf und komme im Traum zu dir.

Im Mai erreichten sie die Tiefebene. Die Fichten verschwanden, machten Buchen Platz. Sie drangen weiter vor Richtung
Nordwesten, die Birken Westsibiriens verschwanden, machten Eichen und Kiefern Platz. Die Welt war ein kaltes Gemälde aus Grau-Weiß und schwarz, wie eine Zeichnung mit struk-
turierten Stämmen vor einer farblosen Wand, unterbrochen
von zaghaften frühlingsgrünen Punkten.

Immer weniger Bauern boten in den Stationen Essen an,
der Mangel machte sich bemerkbar. Die Wartezeiten auf den

Rangiergleisen wurden länger, Lastenzüge mit Getreide und Maschinen hatten Vorrang. Längst hatten sie trotz ihrer Karten aus der Transsibirischen in kleine Lokalbahnen wechseln müssen. Mittlerweile saßen alle Flüchtlinge beisammen in der Holzklasse. Irgendetwas musste ihnen einfallen, damit sie ungehindert durch Moskau kamen, damit man sie nicht ins nächste Arbeitslager karrte, um marode Straßen und Brücken zu reparieren.

Josef und Karl besprachen sich mit zwei deutschen Oberstleutnants, von denen einer vor seiner Gefangennahme sowohl in Moskau als auch in Nischni Nowgorod gewesen war und die vor ihnen liegenden Bahnhöfe in Erinnerung hatte. Rund vierhundert Kilometer lagen zwischen den zwei Städten. Josef hatte eine Idee, wusste jedoch nicht, ob sie zu verwirklichen war. Alles würde von den Bedingungen in Nischni Nowgorod abhängen, aber es war so wunderbar verrückt, dass es klappen konnte.

Schon als sie in Nischni Nowgorod einfuhren, erkannten sie ihre Einzigartigkeit. Auf der Anhöhe über dem Zusammenfluss von Oka und Wolga thronte der riesige Kreml mit seinen massigen Türmen und Mauern. Die Altstadt war gekrönt von den Kuppeln der Kirchen und voller Paläste und Handelshäuser.

»Die vermutlich reichste Stadt Russlands«, sagte Josef staunend. »Ein Mekka der Händler und Banken. Ich will mir gar nicht vorstellen, wo die Eigentümer jetzt sind.«

»In Paris vermutlich, in London und an der Riviera, solange ihre Diamanten noch reichen«, sagte Viktor. »Mich interessiert, was die Kommunisten mit dieser Vergangenheit und der Infrastruktur machen, ob sie sie nutzen oder zerstören oder etwas ganz Neues probieren.«

»Also, das mit den Theatervorstellungen für die Bauern in Sibirien hat mir schon gut gefallen.«

»Die Frage ist, wie lange sie sich das leisten können, wenn sie nicht weiter umsonst an Getreide kommen.«

»Schaut, schaut euch diese Kathedralen an! Und dort, habt ihr das gesehen? Eine Straßenbahn! Wie in Wien! Wir sind tatsächlich in Europa! Es ist nicht zu fassen!«

»Seht ihr, was dort gebaut wird? Dort drüben entstehen riesige Hallen. Arbeiter in Massen. Was für eine Stadt!«

»Ob sie uns festhalten werden?«

»Es gab ein Gefangenenlager hier, zumindest noch zu der Zeit, als wir in Chabarowsk interniert waren.«

»In Perm und Krasnojarsk, in Jekaterinburg und Omsk, überall. Denkt an Spasskoje bei Wladiwostok und Simbirsk«, warf ein Hamburger Oberst ein. »Ihr seid genauso wie wir durch ein Land gezogen, das von Lagern überzogen ist. Die Zaren haben es begonnen, die Sowjets werden damit nicht aufhören.«

Ein Land im Land, geheime Orte, die es zu vermeiden galt. Ihr Lokalzug blieb am Rande der Rangiergleise stehen, die ersten Passagiere verließen die Bahn. Die mittlerweile vierunddreißig Flüchtlinge sammelten sich und machten sich auf den Weg zu den Werkstätten. In den Winkeln wuchsen erste Gänseblümchen, die Menschen gingen schnell, in Mänteln und Tüchern vergraben, blickten weder rechts noch links.

Sie betraten eine Remise, Josef und der Hamburger Oberst setzten sich ab. Es war ziemlich laut in der Halle, irgendwo wurde geschweißt, irgendwo schlug ein Hammer gegen Metall. Dicht aneinandergedrängt an einer Wand warteten Karl und die anderen, stumm in ihrer ängstlichen Hoffnung. Manchmal schaute ein Arbeiter zu ihnen, aber niemand sprach sie an. Vor ein paar Jahren noch haben wir uns gegenseitig die Schädel eingeschlagen, dachte Karl.

Als sie schon unruhig wurden, erschien eine Delegation, zwei trugen die Uniform der Rotarmisten, grüßten, fragten, aus welchen Ländern sie kamen, wann sie interniert worden waren, und schrieben ihre Namen in eine Liste. Dann brachten sie die Männer zu einem Schuppen und schickten sie hinein. Es gäbe einen Ofen, Holz, einen Samowar. Sie sollten ruhig bleiben, ihre zwei Offiziere (damit meinten sie Josef und den Hamburger) würden gerade die letzten Vorbereitungen mit russischen Arbeitern treffen. Nichts wäre zu befürchten.

Dass sie lächelten und einfach weggingen, keine Wache stellten, machte die Männer nervös. Es stimmte, der Ofen war beheizbar, der Samowar war gefüllt, an den Wänden standen Bänke, sodass die Hälfte von ihnen sitzen konnte und die anderen sich gegen die Beine der Kameraden lehnten. Hinter der Hütte stank eine Art Abtritt. Alles war komfortabler, als sie befürchtet hatten, aber es erleichterte sie nicht. Die Ersten wollten verschwinden, solange es ging, misstrauten allem.

Karl, Viktor und Ludwig machten sofort klar, dass sie ohne Josef nirgendwohin gehen würden. Sie hatten sich oft genug schnell entscheiden müssen, sie verstanden die Angst, aber sie wollten nicht die letzte Gemeinschaft, die ihnen geblieben war, aufs Spiel setzen. Die Viererbande war seit Eduards Bekehrung ihre Familie, die ihnen Verständnis, Zuneigung, Nähe gab.

Es dauerte drei Stunden, bis ein Zug heranrollte, aus dem Josef und der Oberst sprangen.

Josefs verrückte Idee hatte funktioniert. Wieder war sein Weg, den Behörden vor Ort Scherereien zu ersparen, der beste gewesen. Die Idee, als Sanitätszug des Roten Kreuzes weiterzufahren, kam den Rotarmisten gelegen. Sie hatten zwei zusätzliche Wagen mit Leuten befüllt, die ihnen hier nur die Butter vom Brot fraßen und die sie aus unterschiedlichsten Gründen loswerden wollten. Auf den Dächern und Seiten der Wagons waren Stoffbahnen mit dem Zeichen des roten Kreuzes gemalt, darunter stand auf kyrillisch »Verwundetentransport«. Die Flüchtlinge sollten in den ersten Wagon einsteigen.

Mit Flaschen voll heißem Tee und Wasser rannten sie hinaus. Die Dämmerung ging über in die Nacht, als sie die Lichter Nischni Nowgorods hinter sich ließen. Weit draußen, es war schon spät, blieb der Zug stehen; es war ein langsames Ausrollen mitten in einem schütteren Laubwald, dessen nackte Zweige im Mondlicht ein Schattennetz über den Boden und die dichten Polster der weißen Frühlingsblüher warfen. Josef und der Hamburger wanderten am Tender vorbei nach vorn ins Fahrerhaus.

Der Lokführer war mit einem Passierschein ausgerüstet; dass er den Job nicht ganz freiwillig übernommen hatte, machte er den Gefangenen schnell klar. Er und der Heizer würden ihnen den Weg bis Moskau ebnen, wenn die Österreicher jedoch durch das Schienennetz Richtung Norden nach Petrograd gelotst werden wollten, erwarteten sie einen angemessenen Zusatzverdienst. Zwischen der Hauptstadt und Petrograd, irgendwo an der Strecke, würde er die anderen zwei Wagen abkoppeln, wie es ihm aufgetragen worden war, und er könnte die Flüchtlinge dann weiterfahren, wenn man sich finanziell einigte. Sofort legten die Männer zusammen, und eine Beute aus Salzsäckchen, Rubeln, geräuchertem Fleisch und Tabak wechselte die Besitzer.

»Ich möchte nicht wissen, was für arme Schweine mit uns fahren«, sagte Ludwig.

Abends, wenn sie in einer Station standen, ausstiegen und den angehängten Wagons näher kamen, wurden sie von einem bewaffneten Rotarmisten zurückgepfiffen. Der Soldat schien nicht der Einzige mit einem Gewehr zu sein. Es war unheimlich und machte ihnen Angst.

Die ewig langen Stehzeiten, um Güterzüge und die Transsibirische sicher vorbeiziehen zu lassen, zehrten an den Nerven. Sie warteten auf Ausweichgleisen, standen stunden- und nächtelang in Dörfern, ohne dass sich etwas tat, während Ludwig und Viktor versuchten, rund um die Station Essbares aufzutreiben. Sie alle hungerten. Die Sonne gewann zaghaft an Kraft. Je näher sie Moskau kamen, desto mehr Verwüstung machte sich breit, sie sahen aber auch, wie hart am Aufbau gearbeitet wurde, wie viele Fabriken und Siedlungen in der Nähe der Gleise entstanden und wuchsen. Männer und Frauen arbeiteten unermüdlich. Alles veränderte sich in Russland. Auch Österreich war nicht mehr dasselbe. Wie würden sie sich zu Hause zurechtfinden?

Der Mai neigte sich dem Ende zu, die Sonne wurde stark, die Nächte blieben hell. Der Lokführer wechselte von einem Nebengleis zum nächsten, wich dem Zentrum Moskaus aus. Noch immer trug ihr Zug die Kreuzbemalung und Beschriftung, die ihn als Sanitätsfahrzeug auswies. Aber nun standen sie untertags zwischen ausrangierten Wagons und fuhren nachts. Mittlerweile war ihnen klar, dass die Mannschaft mit dem ausdrücklichen Befehl einer Behörde oder eines Militärs fuhr. Zwei weitere Wagen waren angehängt worden, ebenfalls mit dem Hinweis auf einen Sanitätstransport versehen. Jetzt ging es schneller voran, in großem Bogen schwenkten sie ein Richtung Norden auf die Strecke der Nikolaibahn, die schnurgerade nach Petrograd führte und von der sie das erste Mal in Chabarowsk gehört hatten, als blutige Auseinandersetzungen während der Revolution 1917 die angeblich großartige Zugverbindung für Wochen lahmgelegt hatten.

Birkenhaine wechselten mit Föhrenwäldern, immer wieder querten sie einen Fluss, einen Sumpf. Irgendwo mussten Dörfer versteckt liegen, an manchen Stationen sahen sie Männer stehen, die wie Bauern angezogen waren. Es war schon finster, als die Lokomotive wieder auf ein Nebengleis wechselte und bremste.

Karl wachte auf und kratzte sich ausgiebig. Alle waren unruhig. Sie hatten zwar schon die Wolga hinter sich gelassen, aber nach Petrograd mussten es noch mindestens zweihundert Kilometer sein. Ein Rucken ging durch den Wagon. Draußen brannten Lichter, überall standen Soldaten. Als sie aussteigen wollten, stellten sie fest, dass ihre Türen verriegelt oder blockiert worden waren. Die Lokomotive bewegte sich, ihr Wagen glitt mit. Die Soldaten ignorierten sie.

Josef streckte den Kopf kurz aus dem letzten Fenster, beugte sich weit hinaus. »Wenn ich mich nicht täusche«, berichtete er mit vom Kohlenrauch geschwärztem Gesicht, »ist der Zug jetzt sehr kurz. Es gibt nur noch uns und die Lok. Ich wette, beim nächsten Stopp wird uns der Fahrer wieder schröpfen wollen.«

»Wir haben noch fast zehn Kilo Getreide und etwas Salz. Was habt ihr?«, wandte sich Karl an die Deutschen.

»Tabak.«

In weiter Ferne fielen Schüsse, viele, viele Schüsse.

Der Zug wurde schneller.

Sie schwiegen.

»Ich habe noch meinen Ehering«, räusperte sich der Hamburger Oberst. »Meine Frau hat mich vor drei Jahren verlassen, und ich habe ihn behalten. Er könnte dem Lokführer gefallen.«

Sie schwiegen wieder. Die Bahn schwenkte auf die Hauptstrecke ein und nahm weiter Fahrt auf.

»Wer war in diesen Wagen?«, fragte Viktor, und Karl war sich sicher, dass sie alle an die Transporte vor Jahren dachten, an die brutalen Verschickungen nach Sibirien, die Erschießungen bei den kleinsten Verfehlungen.

»Warum waren sie immer eingesperrt und bewacht?«

»Vielleicht lokale Größen, die sie loswerden mussten.«

»Großgrundbesitzer, Händler, Reiche.«

»Wieso haben sie sie nicht daheim interniert und dann umgebracht?«

»Vielleicht sollte sie niemand sehen, der ihre Gesichter kannte? Ein Verschwinden ohne Spuren.«

»Aber wir wissen davon!«

»Wem wollen wir es erzählen? Die würden uns doch sofort dafür umbringen. Wir wissen von nichts.«

»Wieso lassen sie uns überhaupt leben?«

»Wir stehen in den Listen der Kriegsgefangenen. Wahrscheinlich wollen sie uns einfach loswerden, raus aus dem Land.«

»Aber ...«

»Vergiss es. Wir leben. Mehr gibt es dazu nicht zu sagen.«

Liebste Fanny, schrieb Karl, *ich schäme mich. Und gleichzeitig bin ich froh. Und auch dafür schäme ich mich. Ich frage mich, wie man das aushält, dieses Wissen über die eigene Schuld und Fehlerhaftigkeit. Wie kann man damit leben? Und werde ich mir je vergeben können, was ich überlebt habe?*

Zwei Tage später fuhren sie in endlich in Petrograd ein. Für die Gesamtstrecke von Chabarowsk waren sie zwei Jahre und drei Monate unterwegs gewesen. Der Krieg daheim war seit zwei Jahren vorbei. Es reicht, dachten sie und traten alle gemeinsam vor das Stationsgebäude des Nikolaibahnhofs.

Leute scharten sich um sie. Ob es stimmte, dass sie mit einem Plennyzug gekommen wären, Kriegsgefangene auf dem Weg in die Heimat? Es kämen so viele aus den Ebenen Sibiriens, und die meisten hätten Essen bei sich oder Dinge, die sie verkaufen würden. Verrückt, dachte Karl, sie hatten sich solche Mühe gegeben, als Sanitätszug getarnt die letzten zweitausend Kilometer zurückzulegen, immer hatten sie gewartet und andere Züge vorgelassen. Dabei waren die meisten von denen ebenfalls selbst organisierte Flüchtlingstransporte gewesen, wie ihr eigener Zug mit Lokomotiven, die von den Kriegsgefangenen hergerichtet worden waren und nun von den Kommunisten und der neuen sowjetischen Eisenbahngesellschaft in Empfang genommen wurden.

Nun hatte er nicht aufgepasst, was Josef und der Hamburger mit den Russen ausmachten. Sie mussten sich in Golodaj Ostrow melden, hieß es. Wenn er richtig übersetzte, war das die Hungerinsel. Er sah, dass die allerletzten Säckchen Salz und Mehl die Besitzer wechselten, sogar ihre Töpfe und Becher fanden Abnehmer. Keiner wollte mehr das schwere Zeug schleppen. In der Aufnahmestelle würden sie registriert werden für die Bahnfahrt nach Estland, wo die westeuropäischen Flüchtlingskommissionen sie erwarteten. So war es ihnen vor Jahren vom schwedischen Konsul in Chabarowsk versprochen worden, so wurde es ihnen auch jetzt versichert. Jeden Monat ging angeblich ein Zug.

Es war eine ehemalige Kaserne, zu der die Flüchtlinge nun gemeinsam in einer langen Prozession marschierten. Manche trugen noch einen Originalgürtel oder sogar die Militärstiefel der eigenen Armee, glichen sonst jedoch den Bauern, deren Hemden und Jacken sich in ihren Bortenmustern unterschieden und erzählten, aus welcher Region Sibiriens sie aufgebrochen oder wo sie ein letztes Mal mit Gewand versorgt worden waren.

Übelriechendes Stroh lag fußhoch auf den Böden der leeren Räume. Sie sollten hier eine Nacht verbringen, dann würde man sie zur Registrierungsstelle in der Stadt bringen. Ob Zug oder Schiff sie Richtung Estland bringen würde, konnte ihnen niemand sagen. Ungläubig nahmen sie einen Raum in Besitz. Es gab zwei leere Kübel, es roch streng, war aber sauber im Vergleich zum Irkutsker Gefängnis. Zu essen gab es nichts, aber man brachte ihnen frisches, klares Wasser.

Am nächsten Morgen warteten Rotarmisten auf sie, angeführt von einem konvertierten Kommunisten, einem Reservefähnrich aus Brandenburg. Es ginge um die Namenslisten, damit sie mit den Vermisstenlisten des Internationalen Roten Kreuzes verglichen werden konnten. Deutsche und Österreicher sollten sich aufteilen, denn jetzt warteten die jeweiligen Gesandtschaften auf sie.

Der Weg zur Österreichisch-Ungarischen war nicht weit.

Josef grübelte, während Viktor und Ludwig überlegten, ob sie vor der Abreise nach Estland noch Zeit für einen Stadtbummel haben würden, vom alten Petersburg erzählte man sich Märchendinge. Josef fragte Karl, ob es ihn nicht wunderte, dass es noch eine Gesandtschaft für einen Doppelstaat gab, der gar nicht mehr existierte. Karl I. hatte schließlich sein Land verlassen müssen, lebte jetzt angeblich in der Schweiz und war längst weder Kaiser noch König mehr.

Sie wurden durch ein Tor in einen großen, düsteren Hof geführt. Im Erdgeschoss stand ein Fenster sperrangelweit offen, dahinter saßen mehrere Schreiber an einem langen Tisch mit Stapeln von Papier. Nun wurden die einzelnen Gruppen, die sich auf der Flucht gebildet und ihre Namen am Abend zuvor gemeinsam abgegeben hatten, aufgerufen. Es ging flott und manierlich zu. Immer wieder verließ eine Handvoll Männer den Hof. Manchmal wurde jemand in das Haus gebeten und kam nicht wieder heraus. Es schien kein Muster zu geben.

Die Freunde saßen mit dem Rücken an der Hauswand auf der Sonnenseite und warteten. Karl griff nach seinem fast vollgekritzelten Skizzenblock und begann zu zeichnen. Ludwigs Kopf fiel auf Viktors Schulter, er begann zu schnarchen.

Josef war der Erste, der aufgerufen wurde. Er trat ans Fenster, gab seinen Namen und Rang an, seinen Geburtsort, wurde zum Stiegenaufgang geführt und war weg. Bevor die anderen reagieren konnten, war Karl an der Reihe. Er beantwortete die drei, vier Fragen auf Russisch, wurde ebenfalls zur Treppe gewiesen, hörte hinter sich Viktor rufen, dann schreien.

Im ersten Stock öffnete sich eine Tür in einen hübschen Saal mit Spuren verblasster Wandmalerei. Hier tagte offensichtlich eine weitere Kommission, und Karl dämmerte, dass sie nicht für Österreich arbeitete. Josef saß neben anderen Österreichern mit blassem Gesicht und sah Karl nicht an.

»Was haben Sie im Hof gezeichnet?«, fragte einer der Männer hinter dem Schreibtisch mit wienerischem Akzent.

»Gesichter«, antwortete Karl perplex. »Die Menschen dort sitzen lange und bewegen sich wenig, da konnte ich ein paar schöne Porträts machen.«

»Als Berufsoffizier?«

»Na ja, das war ich einmal, ist lange her. Aber malen und zeichnen tu ich immer.«

»Zeigen Sie her.«

Karl holte das Buch aus seiner Jackentasche, schob es über die Tischplatte. Einer nach dem anderen blätterte durch die Seiten, fragte, welche Zeichnung wo entstanden sei, sprach mit Karl über die Bewohner der Lehmgruben in Omsk, die Skizzen der Berggipfel, die aufgeblähte Kuh auf den Gleisen, Mütter mit ihren Säuglingen in weiten Röcken, Mennoniten bei der Feldarbeit, Frauen im Gemüsegarten, Blütenstudien, Porträts.

»Wo sind die Bilder aus den früheren Jahren?«

Karl öffnete seinen Rucksack, holte ein dünnes Heft heraus, dessen Blätter schon eingerissen waren. »Das ist aus Chabarowsk. Da bekam ich wieder Papier. Vorher hatte ich nichts oder nur lose Bögen.«

»Und in der Armee?«

»Ich hatte ein Notizbuch, aber das wurde mir bei der Gefangennahme 1914 abgenommen.«

Draußen wurde es laut, Stimmen erhoben sich, jemand rannte die Stufen hinauf, andere folgten. Die Tür flog auf, Viktor stürzte herein. »Karl, Karl, sie wollen uns trennen!«

»Es geht um euch«, schrie hinter ihm Ludwig, »weil ihr Berufssoldaten wart und wir Eingezogene.«

»Seid ihr verrückt?«, brüllte der Wiener, »euch so aufzuführen?«

»Aber wir sind Brüder!«

»Ja und?«

»Wir sind seit Jahren zusammen, wir waren gemeinsam in Chabarowsk im Lager.«

»Und?«

»Der Karl und der Josef müssen mit uns heimdürfen!«

»Wer sagt euch denn, dass sie das nicht dürfen? Trottel!«

»Unten der Schreiber hat …«

»Der Schreiber kriegt seine Befehle von mir. Und du bist bloß ein vorlauter verzogener Lümmel. Wir überprüfen die Berufssoldaten extra; man kann ja heutzutage keinem mehr trauen. Sobald alles geklärt ist, darf er heim. Aber wenn euch das nicht recht ist, dann wartet ihr eben gemeinsam und fahrt gemeinsam später heim.« Er schob Karl die Skizzenbücher zu, winkte Josef, blaffte einen kurzen Befehl auf Russisch, und alle vier wurden hinausgeschoben, direkt auf zwei wartende Soldaten zu.

»Das hast du nötig gehabt«, flüsterte Josef. »Ihr zwei hättet sicher im nächsten Monat in Wien sein können.«

»Wir waren immer zusammen.« Ludwig presste die Lippen zusammen.

Aber Karl sah, dass er und Viktor die Tränen kaum zurückhalten konnten.

Sie verließen das Haus durch eine Seitentür, auf der Straße standen wartende Wagen, Bewaffnete überall. Sie wurden in die Petrograder Tscheka gefahren, das Zentralgefängnis. Bei der Durchsuchung wurden ihre letzten Rubel beschlagnahmt, die Taschenmesser, Fotos, Josefs Uhr, Ludwigs Oboe, die Skizzenbücher, alle Briefe. Alles, was ihnen wichtig gewesen war, war weg. Dann durften sie sich wieder anziehen und wurden in einen anderen Trakt in eine Art Sammelzelle gebracht. Die Nacht brach herein. Es gab nichts zu reden. Sie erstickten fast an ihrer Enttäuschung, ihrer Wut.

Ludwig ohne sein Instrument, sie alle ohne Briefe, ohne Bücher. Sie waren auf eine ungeahnte Weise verwundbar. Als sie am nächsten Morgen in eine Halle getrieben wurden, in der sich nichts außer einer Holzkammer befand, vor der sich andere Gefangene gerade auszogen, packte sie die Angst. Es war warm hier, noch wärmer als draußen in der Sonne. Sie mussten sich beeilen, ihr Gewand aufhängen, während sie in Sechsergruppen aufgeteilt wurden. Es stank nach Rauch, es stach in der Nase. Die Tür zur Holzkammer wurde immer wieder geöffnet, neue Gruppen verschwanden darin.

Sie waren an der Reihe. Hinter ihnen wurde die Tür geschlossen. Der nasse Betonboden senkte sich zur Mitte hin zu einem Abflussrohr. Sie standen so dicht gedrängt, dass sie sich berührten, rutschten permanent aus, versuchten, sich gegenseitig zu halten. In einem Eck war ein Brett, auf dem grüne Seifenklumpen lagen. Daneben hingen Strohwische, wie man sie daheim zum Abreiben der Pferde verwendete. In Russland, das wussten sie mittlerweile, scheuerten sich die Bauern in den Dampfbädern damit, bis sie rot leuchteten.

Plötzlich kam das Wasser. Fast kochend heiß schoss es aus groben Sieben auf sie herunter, sie brüllten vor Schreck und Schmerz. Erst, als es kühler wurde, griffen sie nach der Seife, rieben sich gegenseitig ab, weil das auf der rutschigen Schräge besser ging, als wenn jeder versucht hätte, sich selbst einzuseifen. Das Wasser wurde weniger, eiskalt nun, der Strahl brach ab. Bibbernd sahen sie nach oben.

Eine zweite Tür ging auf, sie stolperten in eine Kammer, in der Leinenlumpen auf dem Boden lagen. Ein Russe stand da und bedeutete ihnen, sich etwas auszusuchen. Das eigene Gewand bekämen sie erst am nächsten Tag zurück, das würde gerade entlaust. Keine Handtücher. Sie griffen nach den Fetzen, typischen Bauernhemden, die schrecklich kurz waren. Die saubersten verwendeten sie, um sich abzutrocknen, die längsten suchten sie aus, um sich damit einigermaßen bedecken zu können. Lächerlich sahen sie aus, als sie in einen weiteren, geheizten Raum traten, in dem schon andere auf Holzbänken saßen. Die wenigsten konnten sich das Hemd über den Hintern ziehen. Es war nicht kalt. Dicht unter der niedrigen Decke befanden sich zwei Fenster. Draußen gingen Menschen vorbei, sie sahen Füße. Das Schuhwerk verriet, dass es um die Bevölkerung in Petrograd nicht gut stand: Birkenrinde, alte Lappen, Reste von Reifen, Sohlen, die an Riemen hingen, Schuhe ohne Sohlen, nackte Zehen, verwundete, schwielige Haut. Dazwischen erschienen immer wieder Lederstiefel, wie Soldaten sie trugen.

Abends kamen zwei Russen und brachten ihnen Brot, geräucherte Heringe und Wasser samt genügend Bechern.

»Sie haben für Hygiene und Desinfektion gesorgt, Essen gibt es auch. Das ist das erste Mal in einem russischen Gefängnis oder Lager, dass wir das hatten«, murmelte Viktor.

»Vielleicht dürfen wir ja doch bald heim, und sie wollen uns sauber entlassen.«

»Ihr hättet ja gehen können!«, knurrte Josef.

»Schluss«, keifte Karl. »Schluss!«

Das fehlte noch, dass sie nun zu streiten begannen. Es war doch sowieso nicht mehr zu ändern, und, das gestand er sich ein, er war froh, dass sein Bruder immer noch da war. Und dass Ludwig ebenfalls geblieben war; Freunde fürs Leben. Glück im Unglück. Wie gut und tröstlich, dass er Fannys Briefe auswendig gelernt hatte, dass er ihre Stimme im Kopf hörte, sobald er sich einen Satz ins Gedächtnis rief. Wie gut, dass die Eltern wenigstens vom Überleben ihrer Söhne wussten. Die Unsicherheit, dachte Karl, war für sie alle in diesen Jahren zu zermürbend gewesen. Keiner, der seine Lieben bei sich wusste, konnte sich eine Vorstellung von der zersetzenden Kraft dieser permanenten Befürchtungen, dieses Nichtwissens machen.

Frühmorgens wurden ihnen tatsächlich ihre Kleider zurückgegeben. Sie stanken nach Rauch und Chemie, aber sie waren vollzählig. Das winzige Papier, das sich Karl noch bei den Mennoniten von Rebekka in die Seitennaht hatte einnähen lassen, war unversehrt. Er strich vorsichtig darüber. Es war die letzte Zeile Fannys, ihre letzten winzig gekritzelten Worte aus dem allerletzten Brief an ihn.

… auf Schwingen, sagt die Liebe, und ich vertraue ihr. F.

Er brauchte die Zeile nicht zu sehen, konnte ihre Schrift inzwischen im Schlaf kopieren. Welche Vorahnung hatte ihn geritten, dass er sich diesen Streifen Papier hatte einnähen lassen? Rebekka hatte gelächelt, als er sie um diesen Gefallen gebeten hatte, so schön hatte sie die zierlichen Stiche gesetzt, hatte ihn danach kurz umarmt.

»Glaubst, wird mein Mann mich auch so lieben, werde ich ihm auch so zugetan sein?«, hatte sie geflüstert. Und er hatte es ihr versprochen.

Jetzt, nachdem sie frisch angezogen waren, dachte er daran, dass Eduard in diesem Frühling mitgeholfen hatte, die neuen

Felder der Mennoniten zu bestellen, dass der Sommer bald über dem Land brüten würde, dass die Vögel bereits im Schilf nisteten, die Kirschen schon geerntet waren, Rebekka vielleicht schwanger war. Sobald er daheim wäre, würde er Eduard schreiben, sofort, vielleicht sogar noch von Estland aus, damit die Freunde wussten, dass ihre Hilfe und vielleicht auch ihre Gebete geholfen hatten.

Man brachte sie in einen düsteren Raum, in dem mindestens Hundert andere Häftlinge steckten. Vor der Tür standen zwei Wachen, auf den Stiegen waren ebenfalls Soldaten postiert. Die stickige Luft, ein schneidend säuerliches Gemisch, verleitete zu flachem Atmen. Die Männer schienen allen Klassen anzugehören, manche saßen beieinander, manche schliefen, manche drängten sich zwischen den Gruppen hin und her. Obwohl niemand schrie, war der Lärm beachtlich. Es gab Schachspieler, das Brett war ein bemalter Pappkarton, die Figuren abgegriffen und viel benutzt. Um jedes Paar sammelten sich Zuschauer, die die Züge bewerteten. In der Mitte des riesigen Saales standen Tische und Bänke. Dort fanden die vier Österreicher Platz. Innerhalb kurzer Zeit kam Ludwig mit anderen Gefangenen ins Gespräch.

Ein alter Mann war in einem Blumenladen verhaftet worden, er hatte für die bevorstehende Taufe seines jüngsten Enkels Blumen für die Kindsmutter kaufen wollen und war in eine Razzia geraten. Es gab einen Mann mit manikürten Nägeln, der auftrat wie ein Herr und gleich am nächsten Morgen in ein Lager abtransportiert wurde und verschwand. Es gab einen Händler, der vor wenigen Wochen mitten in der Nacht aus dem Bett gerissen worden war, der oft von seiner Frau besucht wurde, aber von der halbwüchsigen Tochter hatte er nichts mehr gehört. Wie auch Moskau hatte Petrograd im vergangenen Winter schrecklich gehungert. Die Versorgung aus dem Osten schien noch nicht zu funktionieren, zumindest nicht so, wie es versprochen worden war. Die Kommunisten hätten schon einiges bewirkt, hörten die Männer, jedoch klafften Gräben zwischen dem Manifest, den glorreichen Verkündungen und der tatsächlichen Lage.

Ein Franzose mischte sich ein. Ja, tatsächlich, er sei er Franzose, *vraiment, de Paris, un Communiste*. Deshalb sei er nach Russland gereist, um zu lernen, wie man die Revolution vorantrieb. Die Frage, warum er in der Tscheka gelandet war, beantwortete er nicht.

Alle paar Stunden erschien ein Wächter und brüllte Namen in den Tumult. Dann sank der Lärmpegel etwas und zehn, zwanzig Männer versammelten sich bei der Tür und wurden weggebracht.

»Wohin geht es?«, fragte Karl.

»Spalerka, Chresti, Lubljanka, Smolny-Institut. Es gibt Möglichkeiten, und keine wird dir gefallen«, antwortete ein Mithäftling.

Am Spätnachmittag fielen ihre Namen.

Im Hof wurden in einer Ecke die Männer versammelt, in der gegenüberliegenden die Frauen. Bewaffnete unterbanden jede Annäherung, jede Kontaktaufnahme, auch wenn es sich um Eheleute handelte. Zwei Trauerzügen gleich setzten sich die Kolonnen in Bewegung.

Draußen auf den Straßen fiel Karl auf, wie schnell die Bevölkerung verschwand, wenn sich der Gefangenenzug näherte. Er sah die Leute aus halb geöffneten Türen spähen, an den Fenstern stehen, aber niemand sprach sie an, niemand sah ihnen in die Augen. Die Gefangenen schwiegen, man hörte nur das Schlurfen der Schuhe auf dem Pflaster, dazwischen das Klicken der Stiefelabsätze.

Die Spalerka war angeblich das modernste der Petrograder Gefängnisse. Es war ein riesiger für sich stehender Klotz, dessen Stiegen und Gänge in alle Richtungen einsehbar waren, vergitterte Geländer verhinderten, dass man schnell von einem Stockwerk ins andere klettern konnte. Sämtliche Zellen lagen nach innen, und ihre Eingänge konnten von zwei Wachmannschaften eingesehen und überwacht werden.

Dieser Ort hatte nichts mit den dunklen zaristischen Burgverliesen gemein. Hier hatte ein Architekt geplant, der wusste, was seine Auftraggeber brauchten, um möglichst viele Gefangene auf engem Raum zu kasernieren und unter Kontrolle zu halten.

Und doch war das Gefängnis schon überbelegt. In jede der winzigen Einmannzellen wurden drei Mann gesteckt.

Karl und Viktor pressten sich aneinander, Ludwig und Josef packten sich an den Händen. Sie landeten in zwei benachbarten Kammern, in denen jeweils schon ein Russe einquartiert war, der die Pritsche belegte. Egal. Keiner von ihnen war allein, und dicht bei der Gitteröffnung konnten die vier sogar miteinander flüstern. Als alle verstaut waren, ging das Licht in den Zellen aus. Sprechverbot! Karl und Viktor lagen auf dem Betonboden, hielten sich umschlungen. Der Schlaf kam zögernd, wurde bald zu einem Morgen voll Hunger.

In der Früh wurden jedem Gefangenen ein Kanten Brot und ein Stück Würfelzucker zwischen den Gitterstäben gereicht. Kurz darauf rollte ein Kessel mit Kaffee vorbei. Der Russe sprang von seinem Bett, hielt seinen Becher weit hinaus, bekam ihn gefüllt zurück.

»Wir haben kein Geschirr«, sagte Karl.

Der Häftling draußen zuckte mit den Schultern und rollte den Kessel weiter. Nebenan wiederholte sich der Dialog mit Josef, der zu schimpfen und zu fluchen begann. Niemand reagierte darauf. Karl starrte auf das vergitterte Fenster in die Außenwelt. Da alle Zellen auf derselben Seite lagen, war niemand zu sehen. Sie hörten Ludwig pfeifen, es war eine Melodie aus Beethovens Fidelio. Als er aufhörte, klatschten unsichtbare Gefangene und riefen Bravo. Von den Bewachern ließ sich keiner sehen.

Wieder eine Stunde später wurde in Eimern frisches kaltes Wasser gebracht. Karl und Viktor beugten sich schnell genug darüber, um aus den Händen zu trinken, bevor der Russe seinen schmutzigen Becher darin versenken konnte. Sie wuschen sich Gesicht und Hände, putzten sich die Zähne.

Der Lärmpegel nahm zu. Viktor schrie Ludwig etwas zu, der antwortete laut brüllend, bis sie der Durst still werden ließ. Zu Mittag kam der Kaffeehäftling wieder, führte diesmal einen Kessel mit brodelndem Eintopf mit sich. Der Russe ließ sich den Becher füllen, die Österreicher verlangten ein Gefäß, das Essen ging an ihnen vorüber. Der Russe saß schmatzend auf seinem Bett und beobachtete sie. Der Nachmittag glitt vorbei.

»Meine Frau kommt morgen«, sagte der Russe plötzlich.

Karl sah ihn an.

»Sie bringt mir eine Extraration.«

Viktor hob den Kopf.

»Ich könnte sie bitten, etwas für euch zu besorgen.«

»Becher?«

»Zum Beispiel.«

»Aber wir haben kein Geld mehr, nichts.«

»Ihr seid Ausländer. Sie holen euch sicher bald. Irgendetwas habt ihr, das sie brauchen können. Dann wird es euch besser gehen als mir. Und dann bezahlt ihr mich.«

»Wir sind Brüder, Karl und Viktor aus Wien in Österreich.«

»Hm, Plenny.«

»Und du?«

»Vasilij, ich bin seit 1917 da.«

»Weshalb bist du hier?«

»Ich hab jemanden ermordet.«

Karl wusste nicht, wie er reagieren sollte.

»Schwamm drüber. Es war während der Revolution. Deshalb brauche ich nicht lange sitzen.«

»Du sitzt hier schon fast drei Jahre?«

»Ja. Mittwochs dürfen wir im Hof spazieren. Da kann man ein bisschen handeln und tauschen. Manche dürfen jeden Tag hinaus, aber dafür muss es einen Grund geben. Arbeit oder so.«

»Was hast du früher gearbeitet?«

»Waren besorgt und an zwei Händler weiterverkauft.«

»Und?«

»Der eine hat mich dann gestört und musste weg.«

Karl beließ es dabei. Später ließ sich Victor von Vasilij erklären, dass das Gefängnis eigentlich für Schwerverbrecher gedacht war, politische Gefangene aber ebenfalls hier landeten. Kriegsflüchtlinge schien es wenige zu geben, und das, so meinte Vasilij, sollte sie fröhlich stimmen. Abends kam wieder ein Eimer Wasser, und sie löschten ihren Durst. Der Kübel mit den Fäkalien wurde geleert. Dann hüllte die Nacht sie ein.

Am nächsten Tag verschwand Vasilij und wurde hinunter in den Besuchersaal gebracht. Es dauerte Stunden, bis er zurückkehrte. Er brachte eine Schachtel aus Birkenrinde mit, die klein geschnittenes Zeitungspapier und Machorka enthielt; daraus drehte er sich eine Zigarette. Er hatte sichtbar Übung mit dem spröden Papier und dem bröseligen Tabak. Außerdem besaß er Streichhölzer. Den ersten Zug behielt er lange in den Lungen, dann atmete er hörbar aus. Karl machte sich nichts mehr aus Rauchzeug, aber er spürte, wie sich Viktor vorbeugte und das Nikotin sehnsüchtig einsog.

Dann zog der Russe aus seinem Beutel zwei Blechbecher. Sie waren groß genug, um gerade noch zwischen den Gitterstäben durchzupassen, tief genug, um einen knappen halben Liter zu fassen, hatten einen Henkel an jeder Seite, sodass auch die Übergabe möglich war, ohne sich die Finger zu verbrennen.

»Gut?«

Karl bedankte sich überschwänglich. Ab dem nächsten Tag würden sie etwas anderes als Wasser trinken und etwas zu Essen bekommen. Ihre kneifenden Mägen könnten endlich aufhören, von Essen zu träumen.

»Wenn ihr in den Hof kommt«, sagte Vasilij, »kümmert euch sofort um Kontakte. Ohne zusätzliches Essen verhungert ihr hier. Egal, welche Arbeit sie euch geben. Organisiert zuerst Essen.«

Natürlich. Karl und Viktor nickten. Trotz der regelmäßigen Verpflegung in Chabarowsk hatten sie ihre Erfahrung mit Hunger, ausfallenden Zähnen und Bauchschmerzen gemacht. Es würde wieder besser werden, da waren sie sicher.

Nach fünf Tagen war Mittwoch, und alle Gefangenen dieses Stockwerks wurden hinunter in einen Hof geführt. Endlich waren die vier wieder vereint. Josef und Ludwig hatten noch keine Becher, dafür allerdings große Zeitungen zum Zudecken. Die fehlenden Häferl konnten sie während des Spaziergangs organisieren, denn Ludwig hatte in den letzten Tagen gegen Münzen auf Zuruf verlangte Melodien gepfiffen und Lieder gesungen. Das Geld hatte den Musiker durch viele Hände von Zellengitter zu Zellengitter erreicht.

Es gab noch andere Flüchtlinge, alle Berufsoffiziere wie Karl, trotzdem erklärten Viktor und Ludwig nachdrücklich, sie seien froh, die beiden nicht alleine gelassen zu haben. Zu sechst wären sie aufgebrochen, zu viert würden sie heimkehren, Freunde für ein ganzes Leben. Josef begann zu weinen. Er weinte überhaupt viel, verriet Ludwig, er fände sich langsam damit ab, dass seine Frau ihn nicht mehr zurücknehmen würde, dass der andere seinen Platz fix eingenommen hätte. Verständlich wäre es nach so vielen Jahren der Absenz. Karl schaute weg, als hörte er nicht zu. Lass keinen Zweifel aufkommen, dachte er, sie hat dir geschworen, dass sie wartet.

Während Viktor die großformatige Sowjetzeitung von einem Stapel vor einem Mannschaftsklo entwendete, begann Karl auf den leeren Rändern der Zeitungsseiten wieder zu zeichnen, sein Allheilmittel gegen Traurigkeit und Zorn. Es gab so viele interessante Männergesichter rundherum, die meisten schrecklich schmal und hohlwangig, manche mit schlecht verheilten Wunden. Ihm war nicht nach Reden zumute. Im Geist sprach er mit Fanny, skizzierte dabei Männer, die ihre Füße vorsichtig einen vor den anderen setzten, die in der Julisonne saßen und redeten, die ihre Gesichter stumm gegen eine Wand gerichtet hatten und wie Statuen wirkten, die wie Ludwig und Viktor von einer Gruppe zur anderen wechselten, zappelnd wie Hunde, die endlich von der Leine gelassen worden waren. Karl stellte sich vor, Fanny wäre hier und der kleine Max würde in den Lichtflecken spielen.

Als sie zurück in die Zellen mussten, jammerte Viktor über

den kneifenden Hunger, die Faust, die ihm den Magen zusammendrückte, aber er hatte wenigstens ein bisschen Farbe im Gesicht. Außerdem hatte er in Erfahrung gebracht, dass es eine Gefängnisbibliothek gab, die man mit Beständen aus den Lesezimmern der Adeligen bestückt hatte. Er und Ludwig durften mit einem Posten mitgehen und sich jeder drei Bände aussuchen. Es gab neben der russischen Literatur französische, englische, spanische und deutsche Bücher, und Viktor war überglücklich. Er hatte Ibsen und Fontane gefunden, außerdem eine Ausgabe des *Simplizissimus.* Ludwig hatte zu seinen geliebten Märchen gegriffen, eine prächtig illustrierte Ausgabe des *Don Quichotte* wegen der Bilder mitgenommen und für Karl, der sein in Chabarowsk gelerntes Englisch trainieren wollte, eine Shakespeare-Ausgabe, die ihn heillos überforderte. Viktor entdeckte, dass die aufwendig gemachten Bücher entweder ein leeres Deckblatt oder zum Schluss ein oder zwei leere Blätter eingebunden hatten, die er vorsichtig heraustrennte. Vasilij hatte ihm dabei zugesehen, in seinen Strohsack gegriffen, gewühlt und eine Feile zutage gefördert. Damit funktionierte es noch besser.

»Papier für dich«, erklärte Viktor. »Am nächsten Mittwoch zeichnest du die gut Genährten am Hof. Die haben Geld oder Kontakte hinaus, die können dich für ein Bild bezahlen.«

Vasilij fing zu lachen an. »Ich bin der erste Kunde. Du bezahlst die Becher, und wir sind quitt. Meine Frau wird begeistert sein.«

Viktor tauschte Bücher mit Ludwig zwischen den Gitterstäben, an der Mauer vorbei hinüber, wo sich der Freund aus der nächsten Zelle streckte. Sieben Blatt Papier waren die Ausbeute.

Während Karl noch Vasilij zeichnete, erschien ein Bewaffneter, dem der Büchertransfer aufgefallen war. Er ließ sich die Skizzen zeigen, die Karl im Hof angefertigt hatte, sah zu, wie der Russe porträtiert wurde.

»Ich auch.«

»Die Stifte werden bald knapp«, sagte Viktor.

»Egal. Darum kümmere ich mich später. Hör auf mit dem Verbrecher, zeichne mich. Mein Dienst ist in einer Stunde vorbei. Dalli dalli.«

Karl legte Vasilijs Bild beiseite, wählte seinen weichsten Grafit und ließ die Finger spielen. Runde Wangen, ein paar Schatten um die Augen, eine winzige Narbe hin zur Oberlippe, schütterer Bartwuchs, aber schön geformte Brauen, ein Mundwinkel höher gezogen als der andere; Karl verstärkte es um einen Bruchteil, sodass es aussah, als würde der Mann im nächsten Moment lächeln. Das nichtssagende Gesicht bekam dadurch etwas Plastisches, Lebendiges.

Der Posten betrachtete es aufmerksam, rollte es sorgsam zusammen, verschwand ohne ein Wort. Karl zuckte die Schultern und wandte sich wieder Vasilijs Bild zu. Die Nacht brach ohne weitere Vorkommnisse herein. Seit der Suppenausgabe waren zehn Stunden vergangen, bis zum Morgenbrot dauerte es noch. Sie spürten mittlerweile, wie sie schwächer wurden.

Am nächsten Morgen war der übliche Mithäftling mit der Frühstücksausgabe betraut. Vor ihrer Zelle blieb er diesmal jedoch einen Moment länger stehen, griff in eine Schachtel, zauberte zwei kleine Laibe Brot hervor, die er Karl überreichte, legte noch extra Zuckerwürfel dazu und fünf Blatt weißes Papier, alles wortlos und schnell. Einen Laib und den Zucker schob Karl hinüber in die Nachbarzelle zu Ludwig. Wenigstens ein paar Bissen zusätzlich!

»Ich brauche mehr Zeichenmaterial«, sagte Karl, »aber auf

jeden Fall ein Taschenmesser und Lineal, damit ich die Blätter zerschneiden kann. Für ein kleines Porträt reicht die Hälfte. Du musst mir helfen, Vikki.«

»Und bezahlen lässt du dich mit Essen und Zigaretten.«

»Ich werde drauf achten.«

»Ludwig und ich helfen dir, Aufträge zu bekommen. Für den Josef müssen wir uns etwas einfallen lassen, der wird richtig trübsinnig.«

Vasilij meldete sich zu Wort. »Diese Woche ist Wäschetag. Alles, was wir tragen und was dem Gefängnis gehört, wird ausgetauscht. Sie desinfizieren wegen der Wanzen und Läuse. Wir kriegen saubere Sachen. Sie passen vielleicht nicht, sind manchmal löchrig. Aber sie riechen nicht so schlecht.«

»Ist das die kommunistische Verbesserung der Gesellschaft?«

Vasilij hatte kein Gefühl für Sarkasmus. »Ihr lernt neue Leute der Verwaltung kennen. Das ist gut fürs Geschäft.«

Und so war es tatsächlich.

Karl zeichnete Gefangene, deren Gelder noch von ihren Familien draußen verwaltet werden durften, er zeichnete Wachtposten, die ihren Frauen und Müttern ein Geschenk machen wollten. Seine Stifte schwanden, das Papier reichte mit Mühe für die Aufträge. Manchmal bekamen sie eine Extraportion Brühe in einem winzigen Topf, der plötzlich in ihrer Zelle stand. Brot gab es nun jeden Tag doppelt so viel, und der brennende Hunger war für alle vier vorüber.

Am darauffolgenden Mittwoch, während sie alle wieder unten im Hof in der Sonne saßen, wurden zwei Stühle und ein winziger Tisch in die Zelle geschoben. Endlich brauchten sie nicht den ganzen Tag stehen oder auf dem Boden sitzen, konnte Karl bequemer arbeiten. Außerdem hatten sie Vasilij davon überzeugt, dass sie abwechselnd in der Zelle auf und ab gehen sollten. Dazu stellten sie die Stühle auf den Tisch, den Tisch neben die Pritsche, und auf der Pritsche saßen zwei Mann, während der Dritte ging, fünf Schritte vor, umdrehen, fünf Schritte retour. Wegen der Mangelernährung und dem lächerlich kurzen wöchentlichen Hofaufenthalt mussten sie etwas gegen den Muskelschwund tun, etwas, das Körper und Geist zusammenhielt. Es dauerte nicht lange, bis viele aus den Nachbarzellen es ebenso machten, und kurz darauf begannen die Wachmannschaften, Wetten zu setzen, wer wohl am längsten durchhalten würde.

Einmal kam ein Posten mit einem sepiabraunen Foto seiner Familie. Ob Karl eine Vergrößerung zeichnen konnte? Die Köpfe waren gar so klein, weil ja das Haus des Vaters auch drauf sein sollte.

»Das geht nur mit Lupe«, erklärte Viktor schnell. »Lupe, gutes glattes Papier, bessere Stifte.«

»Es gibt keine Geschäfte, wo ich das kaufen kann.«

»Dann lass mich hinaus, ich finde schon eine Quelle.«

Der Posten lachte schallend. Aber am nächsten Tag brachte er das Gewünschte und legte noch einen richtigen, unbenützten Radiergummi obenauf. Karl setzte sich an den Tisch.

Es dauerte Stunden tiefster Konzentration, bis er die wichtigsten Charakteristika der sieben Gesichter in der Vergrößerung herausgearbeitet hatte. Vasilij und Viktor sahen zu, wie das Bild wuchs, wie sich die Linien verbanden, wie Leben in den Porträtierten auftauchte. Am Abend kam der Posten wieder, nahm begeistert seine Zeichnung mit, legte Papier für nächste Arbeiten und drei gekochte Erdäpfel hin.

»Ihr müsst etwas überlegen«, sagte Vasilij mit vollem Mund.

»Ihr werdet bekannt. Das ist gut und gleichzeitig nicht gut. Wir sind im Hungerturm, vergesst das nicht.«

Doch welche Wahl hatten sie?

V

DAS PETROGRADER
GEFÄNGNISATELIER

*Ich habe so viel geweint wegen deiner Gefangennahme
und gleichzeitig Gott gedankt, weil du noch lebst. Ich
hoffe – und ist nicht der Advent dafür die passendste
Zeit? –, dass der Krieg bald beendet ist, dass die Kaiser
des Tötens überdrüssig werden, dass alle Männer heim
zu ihren Frauen kommen.*

aus Fannys Brief vom 10.12.1914

Am Tag darauf erschien der Kommandant des Gefängnisses
vor der Zelle, betrachtete das Mobiliar, die drei Männer,
den kleinen Stapel Papier und das Zeichengerät, die Bücher
auf dem Boden. Er blickte kurz hinüber zu Josef und Ludwig,
die schweigend neben dem Bett ihres russischen Mithäftlings
auf dem Boden saßen, ihre Bücher auf dem Schoß.

»Wer ist der Zeichner?«

Karl stand auf.

»Mitkommen!« Er winkte mit der Hand, der Posten öffnete die Tür, drückte Viktor zurück, zog Karl heraus. Es ging so
schnell! Karl marschierte schon zwischen zwei Bewaffneten
dem Kommandanten hinterher, da hörte er Viktor wieder seinen Namen rufen und wie ein Schluchzen Oberhand gewann.

Seine Blase war voll von dem Frühstückskaffee, vielleicht
war es aber auch nur die Angst. Er bat die Soldaten, austreten

zu dürfen. Sie reagierten nicht. Es ging den langen Gang entlang ums Eck zu einer Treppe, die er noch nicht kannte, einem Gittertor, das sich öffnete, Stiegen hinunter. Er wusste nicht, wie lange er es noch aushalten würde.

»Bitte!«, rief er.

»Was ist?« Der Kommandant drehte sich im Gehen um.

»Bitte um Erlaubnis, austreten zu dürfen.«

Der Kommandant bog in ein Stockwerk mit hölzernen Böden, er musste ein Zeichen gegeben haben, denn die Wachen blieben vor einer Tür stehen und stießen Karl vor. Es war tatsächlich ein Abtritt, richtige Urinale hingen an der Wand! Karl fingerte an der Hose, schaffte es noch, ging erleichtert in die Knie. Die zwei Männer lachten. Er durfte sich die Hände waschen, es gab richtige Seife, ein Stück Leinen zum Trocknen. Mit wackeligen Beinen betrat er danach das Zimmer des Kommandanten.

Das Büro war praktisch eingerichtet mit Aktenschränken, einem Foto von Lenin und einem Gemälde, das ein Scharmützel zeigte, Rotarmisten und Arbeiter gegen berittene zaristische Soldaten, voller Bewegung, starker Licht- und Schattenkontraste, kantiger Kinne und erhobener Fäuste, glitzernden Waffen und einem Jungen im Vordergrund, der eine rote Fahne hob.

»Sozialistischer Realismus«, sagte der Kommandant, der ihn beobachtete. »Warum weinst du?«

Karl griff nach seiner Wange. Er weinte tatsächlich.

»Nun?«

»Ich bin das erste Mal seit vielen Jahren auf einem ordentlich gemauerten Klosett gewesen. Danke. Und das ist das erste Ölbild, das ich seit sieben Jahren sehe.«

»Wie gefällt es dir?«

»Es ist – gewaltig.«

»Wir revolutionieren auch die Kunst.«

»Sieht so aus.«

»Wieso kann ein Berufsoffizier so gut zeichnen?«

»Ich wäre gern auf die Kunstakademie gegangen, aber das Geld war nicht da, und es erschien unvernünftig. Ich bin der Ältere von zwei Brüdern. Der Vater beschloss für mich die Militärlaufbahn, weil ich da eine gute Ausbildung bekommen würde und genügend Freizeit für mein Vergnügen fände. Niemand dachte damals an Krieg.«

Der Mann schob eine vergilbte Fotografie über den Tisch: »Die Familie.«

Eine Riesensippe drängte sich darauf, ein wahres Gebirge von Menschen war offensichtlich auf einem Podium zusammengestellt worden. Im Mittelpunkt saß ein weißbärtiger Russe im langen Leinenkittel, Männer und Frauen, Jugendliche und Kleinkinder um ihn herum, zwei Burschen lagen vor ihm im Gras. Es waren sicher über dreißig Personen.

Der Kommandant deutete auf den Greis. »Mein Großvater, der rechts von ihm ist mein Vater, hinter ihm stehe ich mit meiner Frau, und der Kleine vorne auf dem Boden links, der so lacht, ist mein Sohn. Er ist im Krieg gefallen. Er war sechzehn Jahre alt.«

Karl schwieg.

»Er sah dem Großvater ähnlich, sagt meine Frau, sagen alle.«

»Welche Augenfarbe hatte er?«

»Grün. Wie der Alte. Ein sehr schönes Grün. Abends schimmerte es Grünblau. Er wäre jetzt zwanzig Jahre alt.«

»Und was genau soll ich tun?«

»Du sollst ihn mir malen, wie er jetzt aussähe.«

Er öffnete eine Lade, nahm eine schmale Schachtel heraus, Buntstifte, mindestens ein Dutzend in allen wichtigen Farbtönen. Dazu legte er ein Taschenmesser zum Spitzen. Karl schaute ihm direkt ins Gesicht; Waffen aller Art, auch Nadeln waren in den Zellen verboten.

»Du bist mir dafür verantwortlich.«

»Ich werde besseres Licht brauchen.«

»Du wirst untertags in einem Raum mit Fenster arbeiten. Mit Tisch und Stuhl.«

»Darf mein Bruder mit mir kommen?«

»Nein.«

»Er könnte mir zur Hand gehen. Er versteht etwas vom Zeichnen. Außerdem könnte er mir Dinge bringen, die ich brauche.«

»Du brauchst gar nichts außer dem, was ich dir gebe.«

»Ich möchte ein gutes Porträt schaffen. Wie hieß Ihr Sohn?«

»Ilja.«

Karl nahm das Foto auf, es musste noch vor dem Krieg gemacht worden sein, der Junge sah aus wie zehn, zwölf. Es würde schwer werden, aus dem winzigen Gesicht einen jungen Mann zu zeichnen, der dem alten, das vom Bart halb verdeckt wurde, glich. Aber während er das Bild ansah, fiel ihm Max ein, der nun schon fast so alt war wie dieser Ilja damals gewesen war, und etwas musste sich in seinem Ausdruck verändert haben, denn der Kommandant hatte plötzlich eine belegte Stimme:

»Gut, der Bruder hat Zellenausgang, wenn du ihn brauchst. Und nun nimm alles mit, hier das Papier, versteck das Messer, keiner darf es sehen. Und arbeite schnell und gut.«

Die Posten brachten ihn in einen Trakt, der direkt hinter

der Gittertür zu den Gefangenen lag. Neben Wachstuben lag die Bibliothek, daran schlossen sich drei kleine Räume mit offenen Türen, richtigen Fenstern mit intakten Scheiben und funktionierenden Lampen an, in denen sich jeweils ein großer Tisch mit drei Sesseln befand und ein winziger Ofen, der jetzt im Sommer natürlich nicht geheizt wurde. Auf einem Regal standen Krüge, Teller, Gläser. Eines dieser Zimmer wurde zu Karls Atelier erklärt. Er sagte den Wachen, er bräuchte seinen Bruder sofort, damit er ihm helfe, den Tisch direkt unters Fenster zu schieben, und dass er ihm später den Becher mit dem Mittagseintopf brachte. Während er das sagte, kam es ihm absurd vor, aber die Männer nickten nur und verschwanden.

Karl legte die Stifte zurecht, spielte mit dem Messer in seiner Hosentasche. Ob der Kommandant noch genau wusste, wie sein Kind ausgesehen hatte? Ob seine Frau ein besseres Gedächtnis hatte? Was wusste er von Max, nur so zum Vergleich? Kinder, besonders Knaben, veränderten sich, verloren alles Weiche, entwickelten Muskeln, Gesichtskonturen, die den späteren Mann erahnen ließen. Fanny hatte immer behauptet, dass Max ihm ähnlich sah. Derselbe Schwung der Brauen, die linke ein wenig höher gezogen, die Augen mit dichten Wimpern, die Nase schmal und gerade, ein wenig zu lang, die Unterlippe voller als die Oberlippe, das Kinn hatte ein flaches Grübchen, die Ohren lagen an. Halt, er beschrieb sein Gesicht, das hatte noch nichts mit Max zu tun. Ob es dem Kommandanten ähnlich ging? Wenn dieses Gruppenbild das einzige Foto war, das seinen Sohn zeigte, war seine Erinnerung davon beeinflusst.

Er musste es darauf ankommen lassen. Er würde Skizzen machen, sich dem Buben, dem sich verändernden Knaben annähern, herausfinden, wie er als Bursche, der sich zu den Waffen meldete, ausgesehen hatte, sich vorstellen, wie ihn sich die verwaiste Mutter nun erträumte.

Viktor kam, trug eine Karte, die ihm die Erlaubnis erteilte, sich innerhalb des Gefängnistraktes frei zu bewegen, und hatte auch eine für Karl dabei. Außerdem hatte er mitgedacht und gleich alle Zeichengeräte, die noch in der Zelle waren, eingesammelt.

»Vasilij kann es nicht glauben. Sie haben ihm den kleinen Tisch und die zwei Stühle weggenommen und dafür Strohsäcke für uns auf den Boden gelegt.«

»Was?«

»Ja. Er hat getobt, weil er nun nicht mehr seine österreichischen Gehübungen machen kann. Sie haben gestritten, als ich wegging.«

»Wir werden sehen, was passiert. Jetzt brauch ich dich hier.«

Karl erklärte Viktor den Auftrag und schickte ihn in die Bibliothek. Er sollte nach Kunstbänden suchen, irgendetwas mit guten Zeichnungen und Malerei. Er musste lernen. Das Wandbild für die Spanners, selbst das Kulissenmalen, als er so viele Menschen beschäftigen und ernähren konnte, hatte ihn nicht mit so viel Nervosität erfüllt wie dieses Kinderporträt. Und doch: Die brotlose Kunst würde sie alle retten, noch einmal, wieder und wieder.

Liebste Fanny, schrieb Karl, *als ich dich mit dem Kugelbauch zeichnete, du mit Hohlkreuz, die Hände in den Hüften, weil Max schon so sehr drückte, schautest du mich an, und du sagtest: »Du siehst aus, als erlebtest du etwas Besonderes, und ich kanns ja wohl nicht sein, denn mich kennst du schon einige Jahre lang.«* Du hattest recht. *Ich weiß nicht, was ich damals wirklich antwortete, aber ich hatte gerade die Erkenntnis gehabt, dass es für mich nichts Besseres gab, als mit der zeichnenden Hand der Linie eines Körpers zu folgen, zu entdecken, wie dieser Mensch zu mir spricht, ohne es selbst zu merken, weil jedes Wesen mehr von seinen Gefühlen verrät, als es vielleicht will. Das alles erkannte ich damals und habe mir so sehr gewünscht, die bildende Kunst zum Beruf haben zu dürfen. Was für eine Absurdität, dass die Erfüllung hier erfolgt, in dieser schrecklichen Umgebung, unfrei und mit niemandem neben mir, der Verständnis für diese Zufriedenheit aufbrächte, die dieses Tun in mir hervorruft.*

Abends wartete die nächste Überraschung. Man hatte umquartiert. Der Russe aus der Nebenzelle war nun mit einem eigenen Strohsack bei Vasilij gelandet, Tisch und Stühle waren weg. Dafür waren drei Strohsäcke bei Ludwig und Josef ausgebreitet, dicht an dicht lagen die vier Österreicher in »Wien«, wie die Wachen und Mitgefangenen die Nische nun nannten.

»Ich bin mir sicher«, sagte Karl, »ich habe schon nächste Woche genügend Arbeit, um auch euch zu beschäftigen und untertags aus dem Loch zu kriegen. Ludwig, du wirst Besorgungsmeister. Josef, dich will ich wieder als Schnitzer haben, du hast die Hunde und Katzen so gut hinbekommen in Irkutsk.«

»Ich hab weder Holz noch Messer.«

»Das ist Ludwigs Sache. Und meine. Zerbrich dir darüber nicht den Kopf.«

»Und ich?«

»Du, Vikki, wirst dich wieder an Chabarowsk und an zu

Hause erinnern und Blumen und Bäume zeichnen. Du hast einen Blick dafür und eine ruhige Hand. Ich bin mir sicher, dass botanische Studien den Russen gefallen.«

»Die haben Hunger. So wie wir!«

»Glaub es mir! Die hängen sich Ölgemälde in ihre Büros und Ämter. Aber wer mit dem Kommunismus nicht warm wird, der sucht etwas, das Schönheit und Nutzen vereint. Du hast Blumen immer gesammelt, gepresst, geliebt. Du hast deinen Schülern viel darüber beigebracht. Du porträtierst Blüten auf eine sehr eigene Weise. Glaub mir, das ist deine Stärke. Vielleicht wirst du nach dem Krieg sogar mit Botanikern zusammenarbeiten.«

Viktor schüttelte ungläubig den Kopf.

Für die farbige Zeichnung von Ilja verbrauchte Karl seinen Schatz an leeren Buchseiten, übereinander, durcheinander gingen die Skizzen und Versuche, die Linien zeigten zum Schluss ein Wirrwarr von Nasen, Augen, Wangenknochen, Lippen mit und ohne Bartanflug. Er spürte, wie seine Finger wieder flink und sicher wurden, wie seine Hand sich dem unbekannten Gesicht näherte, es herausschälte aus dem unscharfen Gruppenbild, vergrößerte, an die Umrisse des Großvatergesichts anpasste. Ilja hatte den Fotografen angelacht, sich sicher inmitten seiner Verwandten gefühlt, kein Kind, das brav und eingeschüchtert neben einer Mutter oder einem großen Bruder stand.

Karl legte die Lupe weg, schaute hinaus in das satte Juliblau. Es war derselbe Himmel wie in den Fensterschlitzen weiter oben in den Gefängnisgängen, aber so viel mehr davon.

Wie wunderbar würde es erst wieder sein, wenn er draußen mit dem Blau über sich stand, auf dem Weg zur Bahn, später zur Grenze den Himmel wieder im Blickfeld aus einem

Wagonfenster. Das Firmament war immer da, egal, wie es Karl ging, egal, was in der Stadt passierte. Ob Ilja, bevor er von einer Kugel getroffen oder von einem Bajonett aufgespießt worden war, die endlose Kuppel über sich noch wahrgenommen hatte?

Die Frau des Kommandanten sollte eine Erinnerung an ihr Kind haben, die den Verlust nicht überdeckte, aber linderte. Sie hatte den Sohn als Burschen im Kopf, jetzt wäre er ein Mann, der zu viel für sein Alter gesehen hatte. Ja, Karl würde ihm einen Bart verpassen, einen Oberlippenbart, hübsch gestutzt, der die charakteristische Unterlippe frei ließ und das Problem mit dem Amorbogen, die richtige Distanz zu den Nasenflügeln, den Ansatz der Kerbe löste. Den vorwitzig schiefen Mundwinkel konnte er verstärken, dann würde Ilja seine Eltern immerzu anlächeln, ein wenig nur, als hätten sie gerade über etwas gelacht, von dem nur sie wussten. Karl würde nicht nur den Kopf darstellen. Er musste mit dem Hintergrund etwas anfangen, eine Geschichte erzählen. Ein Brustbild, als stünde der junge Mann wieder vor einem Fotografen, jedoch mitten in diesem Garten, von dem man etwas Grün, eine Baumsilhouette wahrnahm, den Petrograder Himmel darüber und vielleicht im Schatten noch die auseinanderdriftende Familiengesellschaft, als kehrten sie zur Kaffeetafel zurück, wüssten, dass der Sohn gleich folgen würde. Ein friedlicher Sommersonntag. Klar erkennbar Ilja und, im Stil der Impressionisten vage am Rande angeschnitten, jemand, der Mutter, Vater, Tante sein konnte. Das Licht von schräg oben, als stünde die Sonne über der linken Schulter des Betrachters, ohne Ilja zu blenden, weiches Leuchten. Ach, wenn er doch etwas anderes zur Verfügung hätte als Buntstifte!

Nach drei Tagen bat Karl den Posten, den Kommandanten

von der Fertigstellung des Auftrags zu informieren. Dann schickte er Viktor zurück in die Zelle und wartete. Das Bild, ein steifes schweres Blatt mit den Ausmaßen eines Atlanten, das Ilja lebensgroß zeigte, hatte er auf dem Tisch gegen die Wand gelehnt, der Kommandant musste sofort darauf blicken, wenn er durch die Türe trat.

Karl stand und stützte sich auf die Stuhllehne, ihm tat das Kreuz vom langen Sitzen weh, und er versuchte, seine nervöse Neugier zu unterdrücken.

Der Kommandant war in der Mitte des Raumes stehen geblieben und starrte das lichtüberflutete Bild an. Sein Mund öffnete sich, aber er sagte nichts. Er schaute einfach nur. Karl spürte, dass es ihm gefiel. Aber da war noch etwas. Störte ihn der Bildausschnitt? Der Sohn war aus der Mitte gerückt, man sah ihn an, weil er so prominent vorne stand, aber der Blick schweifte hinter ihn, zu den drei, vier Figuren im Grünen, die vielleicht handgroß waren, von denen sich eine umdrehte, als riefe sie etwas. Hatte sich der Vater ein etwas konservativeres Porträt gewünscht, von einer Art Fotografie geträumt?

Er sagte noch immer nichts, trat aber nun näher, sah es sich genau an. Karl hatte einen schmalen weißen Rand stehen gelassen, mit dunkelbraunen Strichen einen Rahmen gezeichnet. Im Bild selbst gab es nur wenige weiß gebliebene Flecken, Blüten und Lichtpunkte; alles andere war bunt. Nicht umsonst waren die Stifte um die Hälfte kürzer geworden, hatte er Schwielen zwischen Mittel- und Zeigefinger.

»Ilja wäre ein schöner Mann geworden. Ich sehe mich, meinen Bruder und meine Frau. Das ist sehr gut. Das gefällt mir.« Der Kommandant nahm das Blatt in seine Hände, zärtlich fast, und ging ohne ein weiteres Wort.

Der Posten, der ihn begleitet hatte, legte ein in die *Prawda* gewickeltes Päckchen auf den Tisch, nickte und verschwand.

Einen Moment lang war Karl verwirrt, dann spürte er große Erleichterung. Und dann roch er etwas. Er packte die Bezahlung aus, griff lachend nach dem Messer in seiner Hosentasche. In der Zeitung lag ein ordentliches Stück Schweinespeck, gut durchwachsen, makellos.

Liebste Fanny, schrieb Karl, *heute haben wir das erste Mal seit sieben Wochen Fleisch gegessen. Wir haben es sehr lange gekaut, weil unsere Zähne locker sitzen und weil es so gut schmeckte. Es reichte für uns vier und wird auch morgen noch unsere Brühe in etwas Himmlisches verwandeln. Sogar Josef schaute glücklich. Jetzt drückt uns der Bauch, weil wir an Fett nicht mehr gewöhnt sind. Ich hätte gern ein Foto von meinem Bild gehabt, damit ich dir zeigen kann, was ich allein in diesen wenigen Tagen gelernt habe und wie sehr mich Fragen der Perspektive, Fragen des Aufbaus, Fragen der Farbgebung beschäftigen. Es ist, als ob die Mauern verschwänden, wenn ich arbeite.*

Am nächsten Tag wurden sie verlegt.

Sie durften die Becher mitnehmen, das zusammengerollte Papier, die Stifte. Das kleine Taschenmesser, gut verschlossen in seinem Holzgriff, schob sich Karl in den After. Ihre Rucksäcke waren leicht ohne die Bücher, die Oboe. Aber wenigstens hatte man ihnen die von den Mennonitinnen gestrickten Pullover nach der Entlausung zurückgegeben. In den Nächten würde es bald kühl werden.

Sie wagten nicht zu hoffen, dass es zur Registrierung für die Ausreise ging. Sie waren nicht die Einzigen, ein Zug von ungefähr fünfzig Gefangenen bewegte sich durch die Stadt, die sommerliche Newa entlang, hin zur Festung mit dem spitzen Nadelturm in der Mitte. Vor einem mächtigen Rohziegelbau hielten sie. Die dunklen Tore öffneten sich.

Sie waren im Chresti, dem Petrograder Zuchthaus, gelandet.

Alles lief hier anders. Es gab keine Leibesvisitation, keine Entlausung, es gab niemanden, der ihnen eine Zelle zuwies. Die Gefangenen bewegten sich auf den Gängen und Stiegen, selbst auf dem Gefängnishof frei. Jeder konnte sich seinen Schlafplatz selbst suchen. In den obersten, wärmeren Stockwerken war allerdings kein Platz leer.

Sie wurden im Erdgeschoss fündig, genau gegenüber dem Hoftor. Im Vergleich zu anderen Räumen war die Luft in ihrer Zelle also frisch, aber im Winter würde es bitterkalt werden.

Andere ehemalige Kriegsgefangene, hauptsächlich Ungarn, vermuteten, dass die politische Lage daheim und das Schicksal der russischen Kriegsgefangenen dort etwas damit zu tun hatte, wie man sie hier behandelte. In der Zelle gab es ein an der Wand befestigtes herunterklappbares Eisenbett und ein Holzregal. Keine Eimer. Jedes Stockwerk hatte einen eigenen Sanitärbereich, der allerdings nachts mit einem Gitter verschlossen wurde. Karl verschwand dort und holte sich das Messer aus dem Körper.

Das Chresti bestand aus Haupt- und Nebengebäuden. Der massive Ziegelbau war in Kreuzform angelegt, die Gänge liefen auf den Mittelpunkt zu, ein offenes Oktogon, in dem sich Stiegen und Wachstuben befanden. Nachts wurden die Gitter geschlossen, und die Bewohner der Gänge blieben sich selbst überlassen. In der Früh und am Abend wurde auf den Plattformen des Oktogons in großen Kesseln über offenen Feuerstellen Brühen gekocht, die Kaffee hießen und ähnlich dem Gebräu in der Spalerka schmeckten. Es gab auch eine Frauenabteilung, deren Gitter zu den Männern natürlich nie aufgingen. Ständig drängten sich dort auseinandergerissene Ehepaare und Liebende, die gemeinsam verhaftet worden waren.

Ludwig und Viktor verschwanden, um Strohsäcke und Decken zu organisieren. Das Problem war, dass sie nichts mehr zu tauschen hatten und sie hier niemand kannte. Josef ging mit Karl vor der Zelle auf und ab. Sie blieben stumm, Josef, weil der Trübsinn an ihm fraß, Karl, weil er nicht wusste, worüber er reden sollte. Niemand hatte sie nach ihrem Namen gefragt, niemand hatte sie registriert. Wer wusste nun, dass sie hier gelandet waren?

Nach einer schlaflosen Nacht tranken sie gerade im Stehen den heißen Kaffee, als die Tür aufflog und ein Mann in der Zelle stand.

»Jurjev! Ich bin der Kommandant von Chresti.« Er lachte, als wäre das ein Witz, und einen Augenblick lang dachte Karl genau das. Dann sah er zwei Bewaffnete im Gang stehen, die offensichtlich zu dem Mann gehörten.

»Ich habe gehört, ihr seid Maler.«

»Was?«

»Stimmt das nicht?«

»Doch! Doch, wir alle vier. Aber wer …«

»Das Gerücht kam aus der Spalerka.«

»Und deshalb sind wir hier?«

»Ich habe gehört, ihr könnt etwas. Und ich brauche etwas. Ganz einfach.«

»Was denn?«, fragte Karl und dachte an das wenige Material, über das sie noch verfügten.

»Ein Ölbild. In doppelter Lebensgröße. Ich stehe am Ufer der Newa in meiner Uniform, mein Kriegsschiff hinter mir. Dafür bekommt ihr jeden Tag richtiges Essen, das Essen, das auch für mich gekocht wird.«

»Das reicht nicht«, sagte Karl ganz ruhig.

Jurjev starrte ihn an.

»Was?«

»Wir brauchen dafür die Materialien. Wir haben nichts. Und wir brauchen einen hellen Raum, den man lüften und heizen kann, sonst wird das Bild nicht trocken. Und Holz für den Rahmen. Holz für eine Staffelei. Stühle, Tische.«

»Nitschewo!«

Karl glaubte, sich verhört zu haben. Das machte nichts? »Und Werkzeug natürlich.«

»Bist du der Chef?«

»Ja. Ich leite die Werkstatt.«

»Welcher bist du?« Jurjev winkte einen der Posten heran, der die Namensliste hielt.

»Karl Findeisen. Künstler. Das ist mein Bruder Viktor, Zeichner. Der dort ist Josef Rohleder, Holzschnitzer und Bildhauer. Unser Jüngster ist Ludwig Fatzinek, Präparator von Leinwänden und Firnissen. Ungemein wichtig für Öl. Und für dieses Bild werden wir Öl brauchen. Öl mit allem, was dazugehört, absolute Spitzenqualität.«

Jurjev lächelte, drehte sich um, gab Anweisungen.

Sie sollten zu viert unter Bewachung in die Stadt gehen. Es gäbe da einen Ort, wo sie alles fänden, was sie brauchten. Tragen müssten sie es selbst. Den Einwand, eine Staffelei für ein derart großes Bild, wie es der Kommandant wünschte, wäre viel zu schwer, wischte er beiseite. Ein weiterer Posten würde mit einem Handwagen mitkommen. In der Zwischenzeit würde der richtige Raum für sie auf dem Gefängnisareal gesucht. Sie müssten alles heute noch herrichten. Ab morgen stünde er jeden Tag zwei Stunden Modell, eine Woche lang.

»Dawei, dawei!«

»Du hast ziemlich gut russisch gelernt«, sagte Josef, »und verhandeln. Man könnte meinen, du wärst entweder General oder Kaufmann gewesen.« Er grinste zum ersten Mal seit langer Zeit wieder.

Sie schnallten die Rucksäcke um, liefen hinter dem Wachtposten her. Vor dem Tor standen drei Soldaten mit einem Leiterwagen, ein ausgemergelter Esel davorgespannt. Verrückt, dachte Karl. Ein kommunistischer Marineoffizier konnte als Gefängnisleiter so etwas in Minuten verwirklichen, nur, weil er sich ein protziges Gemälde wünschte, wie es die Adeligen früher besaßen? Und niemand stoppte ihn? In welchen surrealen Traum waren sie getappt?

»Schaut euch um«, sagte Josef ernst. »Wir müssen so viel wie möglich von Petersburg sehen. Wir müssen bei jedem Freigang etwas nicht finden, das wir dringend brauchen, damit wir am nächsten Tag wieder rauskommen. Wir müssen zu Kräften kommen. Wir werden fliehen. Und wenn es im tiefsten Winter sein sollte.«

Die zwei Jungen lachten. Hinter dem nächsten Hauseck drosselten sie die Geschwindigkeit, denn keiner von ihnen konnte mit den Soldaten mithalten. Vor einem prächtigen Wohnhaus in einer schnurgeraden Straße zwischen dem neuen Admiralitätsgebäude und dem prächtigen Alexandergarten blieben sie stehen. Das Tor stand weit offen, drinnen im Hof bückte sich eine Frau gerade nach einem Stück Holz, das sie zu Feuerholz zu zerhacken versuchte. Sie war so offensichtlich ungeschickt, dass Ludwig ihr die Axt wegnahm und, so schnell er konnte, handliche Scheiter schlug, die Viktor bündelte und mit einem bereitgelegten Fetzen verschnürte.

»Kochst du damit?«, fragte er die Frau, die kaum wagte, ein Nicken anzudeuten.

»Und im Winter heizt du damit?«

Wieder nickte sie.

»Wo kommt das Holz her?«

Sie zuckte mit den Schultern.

»Wird es hier bald kalt?«

Sie nickte.

»Kannst du nicht sprechen?«

»Doch«, flüsterte sie mit gesenktem Kopf.

Die Soldaten lehnten am Leiterwagen, schauten zu, überreichten Karl einen Schlüssel und wiesen zu dem Stiegenaufgang, den die Österreicher nehmen sollten, in der Beletage die Tür links. Viktor trug der Frau die Holzbündel hinterher zu einem Keller; sie hatte es plötzlich eilig, wegzukommen, er keuchte mit dem sonnenwarmen Holz hinterher.

Die anderen drei versammelten sich um die schöne Wohnungstür, die kein Schild aufwies. Der Schlüssel passte, vor ihnen erstreckte sich ein breiter Flur mit einem Tischchen, einer Kommode. An den Haken der Garderobe hingen Mäntel und Pelzmützen. Alles war etwas staubig, aber unbeschädigt. Viktor platzte herein, schloss die Tür sorgsam hinter sich.

»Ihr glaubt es nicht, das hier gehörte einem Mann aus dem ehemaligen Wirtschaftsministerium, hat Tatjana erzählt, die Frau im Hof. Sobald die Soldaten nicht mehr zu sehen waren, hat sie zu reden begonnen. Ein Admiral hat die Wohnung akquiriert. Sie wollte wissen, warum wir mit Militärbegleitung aufgetaucht sind. Dass es noch immer Kriegsgefangene in Russland gibt, wollte sie gar nicht glauben.«

»Das hat sie dir in der kurzen Zeit erzählt?«

»Wie ein Wasserfall. Die meisten Wohnungen sind für mehrere Familien, es gibt sogar Zimmer, die mit Leintüchern geteilt werden, und Küche und Bad werden gemeinschaftlich genutzt.«

»Dann schauen wir, was in dieser herrschaftlichen Adresse so interessant für uns ist. Ein Riesending, das leer steht!«

Mindestens sieben Zimmer mit Teppichen, Geschirr- und Glasvitrinen, Himmelbetten, Chaiselonguen, Bücherwänden, Kaffeetischchen mit filigranen Polstersesseln, Bildern und Fotografien an den Wänden, Lustern, deren Glasgehänge trotz der unübersehbaren Staubschicht immer noch funkelten, ein Speisezimmer mit einer Tafel und Stühlen für vierzehn Personen reihten sich aneinander. In der Bibliothek fanden sie eine unverschlossene Schatulle mit Zigarren und bedienten sich. Die Küche lag zum Innenhof hin, Josef inspizierte sofort die Vorratsschränke, kam mit Mehl, Salz, Zucker und echtem Kaffee zurück.

»Du musst eine Mühle suchen für die Bohnen. Was sollen wir sonst damit anfangen?«, meinte Karl.

»Es war schon lange keiner mehr hier. Nichts Frisches.«

»Dann schau, ob noch gedörrtes Obst da ist.«

Hinter dem letzten Schlafzimmer samt hübschem Boudoir befand sich noch eine Tür. Und hier wartete eine paradiesische Überraschung auf Karl.

Ein komplett eingerichtetes Atelier, vermutlich für eine kunstaffine Frau, eine begabte Tochter, bot seine Schätze an: wertvolle Marderhaarpinsel für Aquarell und Gouache, großartige Stücke in allen Stärken, spitz und stumpf geschnitten,

für Öl, Kreiden aus dem Vorkriegsdeutschland, Malerlein-
wand aus Belgien in unterschiedlicher Dichte gewebt, Keilrahmen, teilweise fertig, teilweise noch die Hölzer in ver-
schiedenen Längen, alles, was zum Bespannen nötig war,
zum Grundieren und Fixieren, was für ein Märchen! Noch
nie hatte er solche Auswahl gesehen, geschweige denn gehabt. Aber das wirklich Fantastische wartete in einem wunderbar gearbeiteten Papierschrank auf ihn: englisches Papier
für Tusche, Kohle, Malerei jeder Art, jeweils die allerbeste
Qualität und von der Firma, die auch daheim als die Erste
Europas galt, Daler & Rowney. Der britische Lieferant der
Kunstelite.

Karl setzte sich einfach auf den Boden und fing zu lachen
an, er lachte und lachte. Ein Vermögen wartete hier, das schon
während des Krieges vorhanden gewesen sein musste, zu einem Zeitpunkt, als sie alle im Dreck lagen, Schreckliches taten
und Schreckliches erlitten, während all der Jahre, in denen er
von der einen wichtigen Frau seines Lebens geträumt hatte,
besessen ihre Erinnerung hochgehalten hatte, während sie beide an den Sätzen, die ein Geländer der Treue und gegenseiti-
gen Stütze sein sollten, geschrieben hatten, auf schlechtem
Papier, das schwer zu bekommen war, das Wochen unterwegs
gewesen war, mit Stiften, die abbrachen, zerbröselten, alles
verschmierten, das Blatt zerrissen und durchbohrten. Eine
Dame hatte hier gelebt, die vermutlich nichts wusste von den
Zuständen, die vermutlich nicht einmal nachdachte, wie es
ihren Dienstmädchen ging.

Es war eine Wunderkammer – und doch zeigte sie ihm die
Ungerechtigkeit dieser Welt, die Gleichzeitigkeit von Glück
und Verdammnis.

»Komm«, sagte Josef, der wohl Ähnliches dachte. »Wir

müssen etwas aussuchen und aufladen. Und wir kommen wieder. Das wird uns allen zu viel. Schau dir die Burschen an. Die verstehen die Welt grad nicht mehr.«

Viktor und Ludwig hatten Bücher aufgestapelt und Seidensocken angezogen, trugen dünne Batisthemden unter ihren Rubaschkas, ihre Gesichter glänzten frisch rasiert. Sie rochen nach Seife!

Mit voll beladenem Wagen kehrten sie zurück. Jurjev wartete bereits auf sie. Er hatte sein Wort gehalten. In einem der Nebengebäude auf dem Gefängnisgelände hatten Soldaten eine Art Werkstatt geräumt, einen großen und zwei kleine Räume, die von einem Kachelofen geheizt werden konnten, der vor vielen Jahren genau in die Verbindungswand gesetzt worden war. Der große vordere Raum verfügte über drei Fenster, die Richtung Nordwesten lagen. Alle Scheiben waren unbeschädigt. Es gab eine Art Eingangsbereich, von dem eine Tür zu einem gemauerten Abtritt führte. Gleich daneben war eine Tischlerei eingerichtet, dahinter verschlossene Türen und ein Schreibbüro mit Beamten, die im Stockwerk direkt darüber wohnten. Damit konnten sie den Winter überleben, daran dachten sie zuallererst.

Karl legte Jurjev seinen Arbeitsplan vor. Sie würden alles reinigen, einrichten und unterbringen. Er würde wie ausgemacht jeden Morgen zu einer Sitzung in Jurjevs Büro kommen und seine Skizzen machen, dann den anderen helfen und darauf achten, dass die Leinwand gut gespannt und vorbereitet wurde. Sollte etwas fehlen, würden die anderen noch einmal in die Wohnung nahe der Newa gehen. Er bliebe hier. Jurjev reagierte begeistert. Er schien gar nicht anders zu können, alles wurde polternd und stürmisch zur Kenntnis genommen.

Die Wachtposten waren im Vergleich zur Spalerka entspannt, sie achteten nur auf einen reibungslosen Tagesablauf. Aber die Freunde hatten von Insassen gehört, dass auch hier regelmäßig Erschießungskommandos auftauchten und in einem eigenen Kellertrakt angeblich Folterungen stattfanden. Allerdings sahen sie sie nie.

Viktor sollte sich jeden Tag kurz vor zwölf bei der Postenkantine einfinden, dort würde er das Essen für alle vier bekommen. Essen sollten sie ausnahmslos in der Werkstatt, die Jurjev großspurig Atelier nannte. Er wollte jeden Anlass für Unruhen unter den Gefangenen vermeiden, und den Österreichern wäre ja wohl klar, dass sie Glück hatten, nichts sonst.

Während der ersten Sitzungen ließ Jurjev sich begeistert über die sowjetische Marine, das neue System, den zaristischen Filz und die Korruption der Vergangenheit aus. Karl hörte zu und zeichnete. Manchmal bat er den Kommandanten, aufzustehen, umherzugehen, im Stehen zu reden, um ein Gefühl für ihn, sein Verhältnis zum eigenen Körper zu bekommen. Jurjev schien ein recht direkter Mann zu sein, technisch interessiert. Er hinterfragte nichts, außer es hatte mit Motoren zu tun, und wollte von Karl wissen, wie viele Autos im Vorkriegswien unterwegs gewesen wären, wie es um die Straßenbahnen stand, ob Österreich eigene Wagen herstellte, ob die ehemalige Kaiserliche Marine in Triest nun ganz und gar geschluckt sei von Italien.

Karl hatte keine Ahnung, mutmaßte bloß, begann seinerseits, Jurjev davon zu überzeugen, dass ein Porträt in einfacher Lebensgröße mehr als genug wäre, praktischer zum Hängen und beim Transport, auch schöner, weil der Betrachter nicht meilenweit entfernt stehen musste, um es ohne Verzerrungen und Kopfweh genießen zu können. Diese Pingponggespräche über technischen Fortschritt und ästhetische Blickpunkte waren durchaus freundlich und verliefen, als ob einer dem anderen nicht wirklich zuhören würde.

Aber am dritten Tag brachte Karl den Bildhintergrund ins Spiel, die Newa mitsamt der Häuserfront am anderen Ufer, diese majestätische Ansicht im abendlichen Julilicht, eine Verschmelzung von Flüssigem und Festem. Als er nach dem Skizzieren aufbrach, schlug Jurjev vor, die Größe der Leinwand auf zwei mal zwei Meter zu beschränken. Erleichtert rannte Karl ins Atelier.

In der Tischlerei hatten die anderen in der Zwischenzeit aus dem gelagerten Holz und einer kaputten Dachrinne, die sie zerlegten und flach hämmerten, einen Windfang für den Eingang mit wasserdichtem Dach gezimmert. Er war so groß wie eine Kammer und weckte das Interesse von Wachmannschaft und Gefangenen. Da es sich, erklärte Ludwig voller Vergnügen, um ein Atelier handelte, in dem Kunst auf hohem Niveau hergestellt würde, musste man sich wappnen. Winterliche Kälte, Feuchtigkeit mussten draußen bleiben, um das Material nicht zu schädigen. Schließlich sollten Bilder und Schnitzereien in einwandfreiem Zustand geliefert werden.

Sämtliche Gefangenen wussten mittlerweile, dass die Österreicher für Jurjev arbeiteten. Es kamen Anfragen von allen Seiten, ob ein kleines Bild, eine Porträtzeichnung, eine Darstellung der Newa, eine gemalte Kopie eines Fotos nebenher möglich wäre. Viktor und Ludwig begannen mit einer Auftragsliste, bevor Karl davon erfuhr. Sie setzten auch den Tauschrahmen fest. Da sie nun regelmäßiges Essen bekamen, das hin und wieder Fleisch und Gemüse enthielt, baten sie um Decken, Stroh und Lehm, um die Wände abzudichten, Töpfe, um Wasser abzukochen, einen Waschzuber. Josef schnitzte das Kinderspielzeug, wie es ihm Karl in Chabarowsk beigebracht hatte, Hunde, Enten, Hasen und schließlich auch Schafe, die er schnell wieder aufgab, weil ihr lockiges Fell so viel mehr Zeit brauchte. Der Windfang bekam ein Fenster, eine weitere Tür schloss ihn ab. Nun hatten sie ein Vorzimmer, das den schlimmsten Frost abhalten würde.

Die Tischlerei, in der in den letzten Monaten nur wenig gearbeitet worden war, wurde in stillem Einvernehmen von den Österreichern übernommen. Alexej, ein russischer Gefangener, der die letzten Sessel zusammengeschustert hatte und dem kein weiterer Auftrag mehr erteilt worden war, bot sich als Arbeiter an. Er hatte niemanden draußen in der Stadt, der ihm zusätzliches Essen bringen konnte, und der Geruch der Rationen, die Viktor jeden Tag aus der Küche anschleppte, ließ ihn unruhig die Männer umkreisen.

Während Ludwig und Viktor lernten, wie man Leinwand richtig spannte und grundierte, unterwies Josef Alexej darin, Keilrahmen zu bauen, und zeigte ihm Karls Skizzen, um aus winzigen, seriell hergestellten Holzteilen Männchen, Frauen und Kinder zusammenzukleben oder mit Drahtstiften ineinander zu verkeilen. Die Puppen waren etwa zehn Zentimeter groß, bekamen unterschiedliche Gesichter aufgemalt, trugen das Gewand der Bauern und Arbeiter, und manche hatten die Uniformen der Rotarmisten an. Sie gingen weg wie warme Semmeln.

Karl bewegte sich derweil vor dem Wandgerüst, auf dem das Bild befestigt war. Zwei unterschiedlich hohe Leitern standen zu seiner Verfügung. Auf dem Tisch hinter ihm war alles Notwendige geordnet. Während Josef und Ludwig, manchmal auch Viktor, jede Woche einmal um einen Passierschein baten und mittlerweile ohne Bewachung hinausdurften, um aus der herrschaftlichen Wohnung weiteres Material zu entwenden, arbeitete er an dem endgültigen Bildaufbau, der Vergrößerung des Porträts, der Übertragung der Skizzen. Der Sommer glitt vorüber.

> *Liebster,* hatte Fanny am 14. 5. 1916 geschrieben, *Max hat gelernt, dass es doppelte Mitlaute gibt, er sucht nach Wörtern mit pp, kk, ss, tt und erfindet eine Knattersprache, die er dir zum Schutz gegen feindliches Feuer schicken will. Er ist ein aufgewecktes Kind, dessen Art, den Kopf schief zu legen, wenn er nachdenkt, mich an dich erinnert. Ich umarm ihn oft deshalb und meine dich.*

Der September ging ins Land, es wurde empfindlich kühl, die entlaubten Bäume streckten ihr nacktes Astwerk in den Himmel, und die Vögel verstummten bis auf die gierigen Möwen, deren Gekreisch über der Stadt hing. Karl bat noch einmal um einen Ausgang, weil er den richtigen Platz an der Newa für sein Bild finden wollte. Die anderen schauten sich in der Stadt um, pflegten den Kontakt mit der Witwe Tatjana und anderen in dem Atelierhaus, um besser über die politische Lage informiert zu sein. Der Hunger würde in diesem Winter wieder zuschlagen. Es würde wieder Unruhen geben. Josef versuchte währenddessen, herauszufinden, wie sie ihre Namen auf die Liste der Heimkehrer bringen konnten. Eine Flucht ohne Helfer war unmöglich, das war ihnen klar. Das Verlangen, endlich heimzudürfen, fraß sie alle auf. In wenigen Wochen würde das Land im Schnee versinken.

Was konnte Karl tun, um sie sicher durch den Winter zu bringen? Er würde so langsam wie möglich malen, gerade schnell genug, dass Jurjev nicht die Geduld verlor. Solange der begeistert von dem Bild blieb, hatten sie wenigstens einen Ofen und Holz, genügend Decken, genügend zu essen. Damit hatten sie mehr als viele Petrograder Bürger.

Außerdem hatte er neue Modelle für die Schnitzer entworfen, Tannen, kugelige Buchen, Kühe und Pferde, einen offenen Wagen, der einer Kutsche ohne Rösser glich, wie er es in Wien vor Ewigkeiten gesehen hatte, bei dem die Kurbel hektisch angeworfen wurde, damit der Motor ansprang. Alexej hatte bereits zwei weitere Gefangene in seine Tischlerei geholt, in der er mittlerweile auch schlief, weil sie wärmer war als die Zellen drüben im Block.

Im Oktober kam Jurjev, um sein Bild zu sehen. Es war noch nicht fertig, aber es fehlte nicht mehr viel. Hingerissen setzte sich der Kommandant vor sein Konterfei und sah zu, wie Karl auf dem Bug des Kriegsschiffes, das er schräg hinter Jurjevs Schulter in der Newa platziert hatte, Lichter setzte.

»Die Leute reden über dich«, fing er plötzlich an.

»Ja?«

»Du bist vielleicht ein Künstler, aber auf jeden Fall bist du auch ein Unternehmer, sagen sie.«

»Was heißt das?«

»Deine Holzfiguren gehen gut. Deine kleinen Blumenbilder verkaufen sich rasant, egal, ob sie gezeichnet oder gemalt sind.«

»Die macht Viktor. Er hat ein Gespür dafür. Wir alle können etwas besonders gut, und wir verlangen weder Geld noch den echten Gegenwert unserer Arbeit. Wir bitten um Nützliches wie Schuhe, eine Hose, eine Jacke. Das ist kein Unternehmertum.«

»Aber ihr bekommt besseres Essen.«

»Wir arbeiten auch dafür.«

»Ich höre, es gibt Gefangene, die für euch arbeiten wollen.«

»Darf das Gefängnis nicht Arbeit anbieten? Man könnte doch für die Stadtbewohner Notwendiges herstellen.«

»Das machen die Fabriken.«

»In Sibirien haben wir in Irkutsk für die Wandertheater der Kommunisten und die städtische Bühne Kulissen erzeugt. Wäre das in Petrograd auch möglich?«

»Ich erlaube, dass man noch ein Gebäude als Werkstatt einrichtet. Dort kannst du weitere Schnitzer beschäftigen. Oder was du sonst im Sinn hast. Ich brauche eine Liste, wer bei dir arbeitet und was er macht. Es wird in Zukunft einen Beamten geben, der die Aufträge aus der Stadt entgegennimmt und der die Produkte draußen verkauft. Dafür bekommen die zusätzlichen Arbeiter dasselbe Essen wie ihr. Die Kantine wird mehr Geld bekommen und auch zwei zusätzliche Gefangene als Arbeiter. Die streiten sich sowieso um die Küchenarbeit.«

»Sie eröffnen eine Gefängnisfabrik?«, fragte Karl erstaunt.

»Nein. Ich verbessere die Lage aller. Ich bin Kommunist, vergiss das nicht.« Er lachte und stand auf. »Das Spielzeug ist für Weihnachten gut, auch wenn den Leuten nicht nach Weihnachten ist.«

»Steht es so schlecht?«

»Das geht dich nichts an. Wegen der Theater höre ich mich um. Wann bekomme ich mein Bild?«

»Es muss noch durchtrocknen, bevor der Firnis aufgetragen wird. Etwa vier Wochen.«

»Mach schneller. Es gefällt mir sehr gut.«

Liebste Fanny, schrieb Karl. *Alles riecht nach Farben und Lösungsmittel. Der Kamin ist gut beheizt, uns ist warm, während der fürchterliche Ölschinken des Kommandanten trocknet. Der Sommer hat uns längst verlassen, der Herbst wird von erschreckender Kürze sein. Es ist feuchter hier, denn das Nordmeer ist nicht weit. Über die Bucht vor Petrograd pfeift regenschwerer Wind. Jeden Tag kommt Jurjev herein und überprüft, wie hart die Oberfläche ist. Ich habe dünn aufgetragen, so wenig Schichten wie möglich, ohne die Qualität der Stoffdarstellung, die Wirkung des Lichtes zu beeinträchtigen. Mein Trost ist, dass ich mit dem herrlichen Material abends kleine Arbeiten herstellen kann, die mir gefallen oder die zumindest in die für mich richtige Richtung gehen. Kein altmeisterlicher Strich, kein Pseudoklassizismus. Dein Karl wird ein Moderner!*

Als das Bild endlich vom Gerüst genommen und gerahmt, vorsichtig in Leintücher eingehüllt, hinausgebracht und auf einem Lastwagen durch den Schnee weggefahren worden war, stand Karl in dem plötzlich riesig erscheinenden Raum und fühlte sich seltsam erleichtert, während gleichzeitig die Angst vor der Zukunft in ihm hochstieg. Dreißig Gefangene arbeiteten in den Hofgebäuden an seinen Entwürfen. Darunter befanden sich zwölf ungarische und österreichische Berufsoffiziere, die in den letzten Wochen arretiert und ins Chresti eingeliefert worden waren. Alle lernten eine kunsthandwerkliche Arbeit, weil er bedachtsam unter den Russen die Männer mit dem richtigen Beruf als Ausbildner ausgesucht hatte. Sogar eine Schneiderei war mittlerweile eröffnet worden. Ihm schauderte. Vermutlich füllte sich mittlerweile nicht nur der Kommandant, sondern auch der eine oder andere aus seiner Beamtenschaft die Taschen mit dem Geld, das Karl und seine Arbeiter verdienten. Aber sie bekamen zu essen und hatten mehr als die Armen von Petrograd.

Josef hatte ihm wieder bestätigt, dass die Unruhe zunahm. Draußen stieg die Angst. Die Bauern hatten sich in diesem Jahr noch wilder gegen die Beschlagnahmungen der Ernte gewehrt, ein blutiger Aufstand war niedergeschlagen worden. Hatte es die Mennoniten auch erwischt? Karl hatte seinen ersten Brief an Eduard vor einem Monat weggeschickt und hoffte auf Antwort. Angeblich sollte es ja nirgends so schlimm sein wie in Moskau und Petrograd.

Der Kommandant würde überleben, der hatte gute Verbindungen. Aber sie?

An diesem Abend betranken sie sich.

Kurz vor Weihnachten schickte Karl den nächsten Brief an Eduard ab. Tatjana, die Witwe im prächtigen Atelierhaus, der Ludwig und Viktor immer noch halfen, Heizholz zu besorgen und zu hacken, hatte sich bereit erklärt, Briefe auf die Post zu tragen, solange er nicht an Adressaten im Westen Europas ging.

Liebste Fanny, schrieb Karl. *Gestern erzählte Vikki, wie sie das letzte Mal bei einer Holzgewinnungsaktion waren: weiter draußen, wo die Häuser nicht mehr aus Ziegeln gebaut sind und die Ärmeren wohnen, tauchen Brigaden mit Äxten und Sägen auf. Sie müssen eine Erlaubnis vom Staat haben, denn anders kann ich mir das nicht vorstellen. Die Bewohner haben ein bis zwei Stunden Zeit, ihre Habseligkeiten auf Karren zu laden, dann wird alles eingeschlagen, zerkleinert und zu Brennholz gemacht. Vikki und Ludwig haben sich nach*

einiger Zeit angeschlossen, denn in unserer Werkstatt ist es
zwar noch warm, aber in den Gängen des Chresti ist es fürch-
terlich. Manche Gefangene bekommen von ihrem Besuch
ein paar Scheiter und können damit eine Nacht ein Feuer
unterhalten, eine Brühe extra wärmen. In den Straßen erfrie-
ren die Menschen. Der Kommandant tut sein Möglichstes,
um den Betrieb des Gefängnisses am Laufen zu halten, aber
wenn wir nicht genug Holz haben, wird es auch in unseren
Zellen zu frieren beginnen.

Das Blatt an Fanny legte er dem Brief an Eduard bei. Karl
hoffte auf Eduards Findigkeit und die Verbindungen der Mennoniten, die Nachricht weiterzugeben oder Fanny zumindest
eine Bestätigung schicken zu können, dass er noch am Leben
war.

Weihnachten wurde stillschweigend übergangen. Kein
Glockengeläut drang aus der verstummten Stadt über die Ge-
fängnismauern, alle Geräusche vom Schnee gedämpft, von
der Kälte erstickt; keine Lieder waren aus den Zellen zu hören,
es gab keine Extrarationen. Drüben im Hauptgebäude mit
seinen zugigen Kammern erfroren die Schwächsten.

Anfang Jänner durften Viktor und Ludwig wieder gemeinsam das Chresti verlassen, um weitere Leinwand und Farben
zu holen. Vermummt und mit Wunschgebeten versehen verließen sie das Gefängnis, um in ausgeschaufelten Pfaden
durch die tief verschneiten Straßen zu stapfen, in den Manteltaschen Brot für Tatjana. Karl und Josef sorgten sich fast
zu Tode. Als die Jungen erschöpft wankend zurückkehrten,
wussten die Freunde sofort, dass etwas passiert sein musste.
Ludwig trug ein verschnürtes Deckenbündel und konnte,
wollte sein Lächeln nicht unterdrücken: Die Russin hatte sie

abgepasst in der Hoffnung, etwas zu ergattern. Was für eine surreale Situation, dass die Einheimischen Kriegsgefangene um Essen bitten mussten, dachte Karl, und dass das nicht mehr lange gut gehen würde. Ein Nachbar der Witwe, Bewohner aus einer der oberen Wohnungen und Musiker, bot ein Tauschobjekt an gegen Essen und Holz.

Ludwig erzählte von den wunderbaren Blasinstrumenten, die der Mann besaß und spielte. Die Frau war offensichtlich krank, die Kinder still und spindeldürr. Sie hatten wie immer ein paar Spielzeugfiguren in den Taschen gehabt, auch Brotkanten und zwei Rüben. Es wäre zum Herzerweichen, diese kleinen Gesichter mit den uralten Augen, die eigene Not relativierte sich, sagte Ludwig, und dass er, wenn der nächste Bildauftrag wieder mit Schweinespeck bezahlt würde, darum bitte, etwas davon weitergeben zu dürfen. Tatjana käme demnächst als Besucherin vorbei. Und dann hatte er den Inhalt endgültig aus der Decke geschält. Eine Trompete! Leuchtendes Messing, Klappen, Mundstück, Trichter in einwandfreiem Zustand.

»Ich hab als Bub öfter gespielt. Wenn man den Dreh heraus hat, geht es leicht. Nicht zu vergleichen mit der Oboe, aber ich kann wieder spielen! Er hat sie mir zum Tausch gegeben, aber er sagt, auch die Instrumente sind in Not. Es ist zu kalt. Es wird die Zeit kommen, wo er mit Mühe nur mehr die Klarinette behalten kann, weil sie sein Berufsinstrument ist. Er spielt bei den Symphonikern, stellt euch das vor!«

»Wir werden sammeln für eure Tatjana und die Kinder«, sagte Josef. »Hoffentlich kommt sie bald.«

»Wieso?«

»Irgendetwas ist im Busch. Wir sollten uns vorbereiten.«

»Ach, du und deine Schwarzseherei.«

Josef antwortete darauf nicht, aber Karl wusste, was der Freund dachte. Diese vielen Hungernden würden sich erheben, solange sie noch die Kraft dazu hatten und ihren Kindern beim Sterben zusehen mussten.

Mitte Jänner kam ein Schreiber aus der Stube und brachte einen Brief mit geöffnetem Kuvert. Er trug Karls Namen, daneben stand »Künstler«, darunter die Adresse des Chresti. Der Absender war Eduard!

Lieber Karl, liebe Freunde!
Wir bereiten uns auf den Advent vor, auf ein Zeichen von
Frieden. Unser Dorf ist gut gerüstet, im russischen Teil hat
es Zuwachs gegeben, drei neue Familien aus dem Westen
verstärken die Gemeinde, und wir sind alle froh, weil es uns
gut geht und die Scheunen und Kammern gefüllt sind.

Dann war etwas geschwärzt, absolut unleserlich. Karl las weiter vor, während ihnen allen klar war, dass Eduard bei den Essensvorräten sicherlich übertrieben hatte, dass der Hinweis auf die neuen Siedler vielleicht ein Fingerzeig war, dass sie über den Hunger im Westen wussten.

Ich habe deinen Brief voller Freude erhalten, wir alle sind
erleichtert, weil Ihr sicherlich bald in die Heimat geschickt
werdet. Ich habe an Fanny geschrieben mit der Bitte, auch
die Familien der anderen zu unterrichten. Die Nachricht
wird sicher bis März in Österreich eingetroffen sein.

Sie fielen einander um den Hals und jubelten. Ein Lebenszeichen von ihnen für daheim! Was für eine Freude für die Familien.

Ich bin sehr glücklich in meinem neuen Leben. Rebekka geht
es gut, es gibt wenige Verwundete zu pflegen, dafür einen
richtigen Arzt in unserem neuen Kreiskrankenhaus. Alle
Freunde hier grüßen euch von Herzen; Weihnachten versu-
chen wir noch mehr, den Frieden nach draußen zu tragen.
Wir denken an Ludwigs Musizieren, die Frauen schwärmen
von Viktors Tanzkünsten und Josefs praktischen Ideen.
David hat uns aus deinen Blättern ein Buch binden lassen,
das nun zu unseren liebsten Schätzen gehört. Außerdem
werden wir im Frühling ein Kind bekommen. Ich fühle
mich gesegnet. Nichts kann diese Freude beeinträchtigen.
Dein Eduard

Warum dieser letzte Satz? Machten die Kommunisten weiter
Druck? Was passierte wirklich in Sibirien? Andererseits: War
es nicht unglaublich, dass Eduard seit mehr als einem Jahr eine
Familie hatte, umgeben von Freunden, in einer fruchtbaren
Gegend? Fein, dass bis auf die geschwärzte Zeile alles lesbar
geblieben war, dass der Brief überhaupt durchgekommen war.
Was für ein Glück! Was für eine Freude! Was für ein Neid, den
sie alle nicht unterdrücken konnten.

Am 22. Jänner 1921 kürzten die Bolschewiki die Brotration um
ein Drittel. Ab da schien es nur mehr eine Frage von Tagen,
wann der entscheidende Tumult losbrach. Zu diesem Zeitpunkt arbeiteten bereits siebenundvierzig Häftlinge offiziell
angemeldet in Jurjevs Atelier. Die Bilder verschwanden, sobald Karl sie für trocken genug erklärte, sobald die Zeichnungen und Gouachen gerahmt waren. Noch immer waren es
Porträts, von Fotos abgenommen, Landschaften mit Birken-
wäldern, Blumenfelder, Boote und Schiffe auf der Newa, die

von Kameraden Jurjevs in Auftrag gegeben worden waren. Warum diese Offiziersclique sich an den bürgerlichen Gemälden so erfreute, wussten die Österreicher nicht. Sie hörten, dass die Marine erzürnt war über die Niederschlagung des Bauernaufstands, dass die Stimmung feindselig wurde, weil der Lebensstil mancher Militärs ausuferte. Sie hörten auch, dass allein in Kronstadt, dem Marinestützpunkt draußen in der Bucht von Petrograd, fünftausend Matrosen der Baltischen Flotte aus der kommunistischen Partei austraten.

Karls Haare wurden weiß.

Am 26. Februar wurde das Kriegsrecht ausgerufen. Die Unruhen, die in den Fabriken schwelten, bezeichnete das Politbüro als Rebellion, Gewerkschafter, die Streiks organisiert hatten, wurden verhaftet. Am selben Tag tauchten Kronstädter Matrosen in Petrograd auf, Sympathisanten der Streikenden, die die erbärmliche und aufgeheizte Situation in der Stadt beurteilen wollten. Nur zwei Tage später wurde eine Resolution verkündet, verabschiedet auf dem Schlachtschiff Petropawlowsk. Die fünfzehn Forderungen wurden schriftlich und mündlich weitergegeben, selbst im Chresti kannte man sie alle am nächsten Tag.

Es ging um Befreiung aller politischen Gefangenen, um Entwaffnung der Bolschewiken, wenn es um die Beschaffung von Nahrungsmitteln ging, es ging um Bauernrechte, Versammlungsfreiheit, Presse- und Redefreiheit, Neuwahlen. Es ging vor allem um die sofortige Beendigung des Kriegskommunismus, der als Mittel zum Zweck der schnellen Befriedung eingeführt worden war und nun undemokratisch und machtorientiert als einzig mögliche Regierungsform der Zukunft drohte.

Doch der Flottenkommissar und der Vorsitzende des

Kronstädter Sowjets wurden in der Nacht vom 1. zum 2. März verhaftet, Hunderte Mitglieder der Kommunistischen Partei wegen Unbotmäßigkeit ebenfalls inhaftiert. Damit waren die Revolutionäre in Kronstadt isoliert. Noch während man dort eine Konferenz abhielt, wurde im nahen Petrograd die Ausgangssperre verhängt.

Die Österreicher saßen mit allen Kunstarbeitern zusammen, dicht an dicht, weil aus dem Gefangenentrakt weitere Männer hinzugekommen waren. Noch vor zwei Tagen war Josef mit Viktor in der Stadt unterwegs gewesen, offiziell, um weiteres Papier zu holen, denn Keilrahmen waren mittlerweile untersagt wegen des Holzengpasses. Sie hatten die Berichte der hungrigen Besucher bestätigt, die ins Gefängnis kamen und von Tag zu Tag weniger brachten. Angeblich war Typhus ausgebrochen, Kinder und alte Leute starben, erfroren in ihren Zimmern und Verschlägen. In Moskau sollten die Zustände ähnlich katastrophal sein. Weit drüben im Osten war es angeblich besser. Der Kommunismus hatte dort noch Ähnlichkeit mit dem Kommunismus des Anfangsjahres.

Karl misstraute allen Meldungen und Vermutungen. Die Not war existent und lebensbedrohlich. Selbst sie hungerten seit Tagen wieder, wickelten sich in Decken und Lumpen, weil der Ofen nur ein armseliges Feuer unterhielt, das die Farben vor dem Einfrieren bewahren sollte. Aber immerhin hatten alle siebenundvierzig Männer richtige Schuhe und Mäntel.

In der Atelierwohnung waren die Kästen, die Betten geplündert worden, weil Viktor und Ludwig befunden hatten, ein stets abwesender Admiral habe keinen Nutzen für zusätzliches Übergewand und fürstliche Federbetten, Kaschmirdecken, Pelze und Winterkleidung. Es hatte für jeden von ihnen etwas gegeben, natürlich auch für Tatjana, ihre Mitbewohnerin und die Kinder. Nur den Musiker fanden sie nicht mehr. Er war mitsamt seiner Familie verschwunden, und niemand konnte oder wollte ihnen sagen, wohin.

Am 4. März brach auf der Insel Kronstadt, die die Bucht von Petrograd strategisch versperrte, der Kampf aus. Jurjev erschien wieder im Chresti, ließ eine Extraration Kaffeebrühe aufkochen und verteilen und verschwand in seinem Büro.

Die Gefangenen warteten, ihre Bewacher warteten, die Beamten in den Schreibstuben hatten nichts zu arbeiten und warteten mit den Künstlern in der Werkstatt. Schauermeldungen flatterten herein. Angeblich war die Rote Armee bereit, die Festung zu stürmen, den größten Kriegshafen Russlands. Angeblich drohte Trotzki den Rebellen, angeblich gab es Vermittler zwischen den Fronten. Artillerie ging bei Oranienbaum in Stellung. Es hieß, die Rotarmisten hätten keine Tarnanzüge und müssten ungeschützt über das Eis auf die Festung zustürmen. Alles rot von Blut, Tausende wären erschossen, erschlagen. Dann sickerte durch, dass die Soldaten der Roten Armee demoralisiert zurückwichen.

Am 10. März startete der zweite Versuch, über fünfzigtausend Soldaten waren aufgestellt worden. Man konnte das Geschützfeuer in Petrograd hören, sachtes Trommeln wie das Belfern entfernter Hunde. Kronstadt war eingeschlossen und wurde systematisch ausgehungert, während das Schlachtschiff, die Petropawlowsk, von Flugzeugen angegriffen wurde.

Einen Tag nach dem Sieg kamen Soldaten und holten Jurjev ab. Die Chefs der Wachen wurden ausgetauscht. Das Atelier wurde geschlossen, sämtliche dort beschäftigten Gefangenen blieben jedoch da. Es wurde darauf geachtet, dass die Wasserleitung nicht einfror, im Mittelpunkt der Stiegen und

Gänge unterhielten die Wachen in jedem Stockwerk ein Feuer. Tag und Nacht gingen Trupps durch das Chresti und suchten Sympathisanten der Revolution. Später hörte man Schreie aus den Kellern. Die Gefolterten kamen nie zurück.

VI

April 1921

DAS PORTRÄT EINER DAME

*Nichts. Kein Wort. Kein Zeichen. Keine Botschaft. Doch
solange man mir keinen toten Mann als dich bezeichnen
kann, so lange warte ich auf dich. Die Weite hat dich
verschlungen, die Ferne entführt. Ich harre aus. Ich baue
ein Heim aus Geschichten über dich für unser Kind und
als Stütze für mein rufendes Herz.*

aus Fannys Brief vom 8.10.1920

Kein Essen. Kein Holz. Aber jede Menge neuer Gefangener.
Draußen tagten die Volksgerichte. Die Hofgänge wurden
gestrichen, die Insassen drängten sich aneinander. In der Werkstatt und angrenzenden Tischlerei hausten an die fünfzig Mann,
froh, dass sie nicht drüben in den zugigen Zellen auf dem nackten Boden froren. Die Holzscheite für den Ofen waren penibel
eingeteilt und wurden bewacht. In den nächsten vier Nächten
konnte die Temperatur noch um den Nullpunkt gehalten werden. Weiter wollte niemand denken. Der Hunger begann zu
ziehen, sie träumten von Brot, von heißen Suppen, von Gerich-
ten, die Mütter und Frauen kochten. Noch wollten sie einander
zuhören bei diesen privaten Träumen. Anfangs griff Ludwig zur
Trompete und spielte, dann kostete es ihn zu viel Kraft. Die erste Nacht ohne Feuer krochen sie dicht aneinander, deckten sich
von oben zu wie eine römische Kohorte, die unter Schildern

versteckt den Angriff auf feindliche Mauern plant. Alle Stunden wurden die Positionen gewechselt, sodass ein Austausch zwischen außen und innen geschah. Keiner erfror. Aber sie brauchten eine Ewigkeit, um auf die Beine zu kommen, sich zu strecken, gerade zu stehen. Das Eis in den Wassereimern wurde zerschlagen und gelutscht. Ein paar Männer hauchten gegen die Scheiben, rieben Gucklöcher. Draußen gingen Wachen auf und ab, wie sie es unter Jurjev nie getan hatten.

Dann fuhren die Exekutionswagen vor. Sie hörten das Abspringen der Männer, das Klacken der Stiefel. Von weit drangen manchmal Schreie, später wurden Körper die Gänge entlanggeschleift und in Zellen geworfen. Dann hörte man Wimmern und wusste nicht, kam es von den Gefolterten oder von denen, die ihre Wunden sahen.

Als einer mit zerschlagenen Fingern und ausgerissenen Nägeln vor ihre Werkstatttür geworfen wurde, brachten sie ihn herein und halfen zusammen, um das Hüftgelenk wieder einzurenken. Sie flüsterten, obwohl niemand mehr draußen im kalten Hof stand.

Später fing einer der Russen zu beten an, und sie fielen auf Deutsch ein. Noch später lagen sie dicht an dicht, schweigend, jeder in seiner eigenen Höllenversion.

Liebste Fanny, schrieb Karl, *ich sehne mich so sehr nach Schönheit. Wir stinken, wir kämpfen mit zu Klauen verbogenen Fingern um Essbares, wir sind Tiere unter Tieren. Im Hirn kreist alles um Essen, um Wärme. Unsere Augen verlieren das Lebendige. Und wenn sich doch in ihnen etwas zeigt, dann sind es Wut und Müdigkeit und Angst. Ein Sehnen nach einem schnellen Ende, bevor wieder die Zeit der Schreie beginnt.*

Tage vergingen. Ende März starben in der Werkstatt die ersten. Sie zerrten sie hinaus vor die Eingangsstufen, dort blieben sie liegen. Einmal erschien ein Räumkommando, um die Toten einzusammeln. Eines Tages kam wieder Bewegung auf, der Eingang wurde mit Gewalt aufgerissen, weil sich das Holz verzogen hatte und während der letzten Nacht ein weiteres Mal am Rahmen festgefroren war. Dann ging die Tür zur Tischlerei auf.

»Karl Findeisen?«

Viktor und Josef halfen ihm hoch. Er stand gebückt, die Hände abgestützt auf den Schultern seiner Freunde.

Ein Mann trat vor. Er trug eine Art Uniform, war vielleicht vierzig Jahre alt, wirkte überlegt, abwartend.

»Was ist das hier?«

»Eine Werkstatt, ein Künstleratelier. Wir erfüllen Aufträge, Spielzeug für Kinder, Bilder für Familien, Porträts für Mütter.« Wie brüchig seine Stimme klang!

»Woher kam das Material?«

»Wir durften uns in einem privaten Atelier bedienen.«

»Wer hat das erlaubt?«

»Der Kommandant. Der frühere Leiter …«

»Jurjev ist tot. Er wurde wegen Korruption und Verwicklung in einen Putsch gestern standrechtlich erschossen.«

Karl wartete. Er hörte, wie die Leiber seiner Mitgefangenen aneinander rieben, wie sie husteten und atmeten und versuchten, so still wie möglich zu sein. Er dachte an den Himmel draußen, den er nicht sehen konnte, und dass bald Vogelschwärme sein Blau durchschneiden würden, dass der Frühling kommen würde. Er dachte daran, wie viele Tausend Kilometer er zurückgelegt hatte und dass das Meer nicht weit entfernt war, dass nur die Festung Kronstadt und ihre Toten auf dem Eis rundum zwischen ihm und der letzten Wegstrecke in die Heimat lagen. Ein so kurzes Stück!

»Die Werkstatt ist geschlossen.«

Karl nickte. Er bemühte sich sehr, stehen zu bleiben.

Der Mann drehte sich um, die Wache schob die liegenden Gefangenen zur Seite.

»Herr Kommandant!« Karl kämpfte darum, dass seine Stimme nicht zitterte.

Der Mann stockte kurz, machte den nächsten Schritt zur Tür, fragte jedoch: »Was ist?«

»Können wir Holz zum Heizen bekommen?«

»Warum?«

»Wir erfrieren. Die meisten von uns sind jung. Lebend könnten wir nützlich sein.«

»Dies ist ein Gefängnis, kein Arbeitslager.«

»Aber …«

Der Mann drehte sich um, maß Karl von oben bis unten, schüttelte ungläubig den Kopf. »Ein Künstler! Einer, der die Welt verstehen will, bevor er sie neu erfindet. Ein Träumer, der nicht kapiert, dass er in den Geburtswehen einer politischen Vision steckt, dass das Schicksal aller sich ändert und kein Stein auf dem anderen bleibt.« Er begann, schallend zu lachen, und sie hörten ihn noch draußen, als sich die knirschenden Stiefel über das Eis bewegten, die Türen wieder geschlossen waren.

Aber kurz darauf kamen Wachen, brachten Holz, Brot und das Versprechen, dass ab dem nächsten Tag die Küche wieder ihren Dienst aufnehmen würde, weil ein neuer Bahntransport mit Nahrung für Petrograd eingetroffen war.

»Wieder hat uns der Maler einen Aufschub verschafft«, sagte einer der Kriegsgefangenen, während das Holz im Ofen

Feuer fing und die Wände in der wachsenden Wärme zu knacken begannen.

Alles dauerte. Es kostete so viel Kraft, Kübel mit Eis zu füllen und Wasser zum Kochen zu bringen. Sie wuschen sich und die Verwundeten, sie wuschen das verdreckte Gewand und die verschmutzten Böden. Sie lüfteten und beobachteten, wie die Verletzten verarztet aus der Krankenstation kamen. Nicht alle kehrten zurück. Niemand fragte nach ihnen.

Karl erinnerte die Situation an das Fleckfieberlager zu Beginn seiner Gefangenschaft, an den glorreichen Tag 1915, als Elsa Brandström in Srjetensk aufgetaucht war. Sie war mit einem Rotkreuzkonvoi aufgetaucht und Wochen geblieben, voll Zorn über die Zustände und unfassbar diplomatisch zugleich. Die Schwedin und die ihr folgenden Schwestern erschienen ihm wie Zauberwesen inmitten der zerlumpten Männer, der Deutschen, der Deutschösterreicher und der Anderssprachigen aus den Kronländern der Monarchie.

Sie blieb im Lager, packte mit an, sprach mit den Kranken, egal, ob sie einen Dolmetscher bei der Hand hatte oder nicht. Ihr Deutsch war gut, mit harten Konsonanten und hallenden O-s, die sich für Karl wie gesungen anhörten. In Fieberträumen vermischte sich die Erinnerung an Fanny mit dem Gesicht dieser Frau; gleich bei der ersten Begegnung hatte er sie sogar als Fanny angesprochen, als sie den toten Kameraden neben ihm wegbringen ließ, Karl auszog, ihn wusch, ihm frisches Wasser zu trinken gab, wie er es seit Tagen nicht mehr bekommen hatte. Später erfuhr er ihren Namen, und noch später hörte er, dass sie bis weit nach Sibirien, hinauf in den Norden zu den Lagern am Eismeer, fuhr, obwohl die meisten anderen Krankenschwestern den Dienst schon quittiert hatten.

Aber diesmal gab es niemanden, der zu Hilfe eilte. Karl war erleichtert, dass sie immer noch zu viert waren, dass selbst Josef überlebt hatte, auch wenn er nicht sprechen wollte oder konnte. Niemand von ihnen redete über die zehn Tage, die hinter ihnen lagen. Sie lernten wieder zu essen, zu verdauen, zu existieren. Sie lernten, sich zu bewegen und dabei nicht umzufallen

Karl wurde zum neuen Kommandanten gebracht. Es war tatsächlich der Mann, der ihnen Holz und Essen bewilligt hatte. Er bot Karl einen Stuhl an, eine Ordonnanz brachte Tee, auch für den Gefangenen, verschwand. Karl blickte sich schweigsam um. Nichts hatte sich in dem Büro verändert, sogar die Papierstöße auf dem Schreibtisch waren genauso hoch, das Bild hing an der Wand.

»Ich habe Arbeit für Sie«, sagte der Kommandant ohne Einleitung. »Zehntausend Kuverts sind zu schneiden und zu kleben. Material ist bereits da, die Schneidemaschinen werden gerade geliefert. Die Männer können anfangen, wir brauchen in den nächsten Tagen noch mehr Kuverts. Die Kuverts sind für die politischen Büros. Die fertige Arbeit wird sauber in Hunderterpackungen geschnürt und abends um sechs abgeholt.«

Karl nickte und stand auf. Der Mann war weder herablassend noch unhöflich.

»Halt. Wie sieht es mit dem Material für Bilder aus?«

»Ein bisschen ist noch da.«

»Schicken Sie Ihren Bruder und den Alten ins Atelier. Sie entwerfen Postkarten, die anderen helfen Ihnen bei der Ausführung. Wir brauchen Dörfer, Flusslandschaften, Bauern bei der Arbeit, Arbeiter am Bau und in einer Fabrik. Männer und Frauen. Kleine Bilder, die dann in Druck gehen.«

»Wie viele Motive insgesamt?«

»Zwanzig, dreißig.«

»Ich war noch nie in einer Fabrik.«

»Ein Soldat wird Sie zu einer bringen.«

»Kann mein Bruder mit?«

»Nein.«

»Wann fange ich an?«

»Spätestens morgen, wenn das Material aus dem Atelier da ist. Bis dahin überwachen Sie die Klebearbeit.«

»Können die Geräte von Soldaten montiert werden?«

»Sie werden helfen.«

Karl nickte. Mehr war im Moment nicht zu erreichen. Er war sicher, dass der Mann noch etwas anderes von ihm wollte.

Zu Beginn hatten sie Probleme mit den Schneidemaschinen, sie waren nicht gewartet worden. Sie zerlegten und reinigten alles, der russische Tischler übernahm das Nachschleifen. Es dauerte, Muskeln schmerzten, Arme und Beine zitterten vor Anstrengung, der Magen glich einem festen Knoten.

In ermüdender Langsamkeit stellten sie die Tische zu einer Produktionsstraße zusammen, schlürften die Abendsuppe, spürten die Wärme und waren dankbar dafür. Am nächsten Morgen begannen sie mit dem Markieren der Papierbögen. Ludwig hatte sich mit einem deutschen Kriegsgefangenen die letzte Position reserviert, das Zählen, Bündeln und Verschnüren. So fand er Zeit, seine Trompete zu nutzen, und spielte in der mittlerweile schon fast frühjahrswarm geheizten Luft in der Werkstatt auf. Die Töne einer langsamen Sarabande umarmten sie. An diesem Abend versuchte Karl, sich wieder an einen Brief zu erinnern. Er wählte einen Absatz aus dem letzten, den Fanny 1920 geschrieben hatte.

Liebster, ich habe dir das neueste Photo von mir beigefügt, du
siehst, meine Haare sind kurz. Mali hat sie mir geschnitten.
Der Winter war so schlimm, ich wollte dich nicht mit den
widrigen Umständen behelligen. Das Letzte waren die Läuse.
Ich habe Maxl rasiert, mein langes Haar fiel auch. Ich weiß,
du liebtest es, den Knoten zu lösen, die einzelnen Strähnen
mit deinen Fingern zu kämmen. Aber es ist praktisch, vor
allem im Sommer. Und sehr modern. Inwendig bin ich un-
verändert, mache meine Arbeit, behalte die Zahlen im Auge,
höre Max zu, und wenn das Zagen beginnt, hoffe ich umso
stärker auf deine Wiederkehr, dass die Leere neben mir end-
lich von dir wieder erfüllt wird. Ich will nicht klagen, ich
habe ja das Kind und die Schwestern und deine guten Eltern.
Aber warum müssen wir getrennt sein? Warum trifft es uns?
Warum leiden wir, die diesen unseligen Krieg doch nicht
wollten? Warum hört der Kummer nicht auf, während rund
um uns das Leben weitergeht? Ich höre schon auf, weiß ich
doch, dass du dich genauso quälst. In Gedanken halten wir
uns fest, doch heute nachts, Liebster, kann es gar nicht fest
genug sein.

Es tröstete nicht, es half nicht. In den Morgenstunden schlief
er erschöpft ein.

Als der Passierschein in der Früh kam, marschierten Viktor
und Josef mit der Wache los; ein Wackeln, Hinken und Stol-
pern, viel schlimmer als damals in der Spalerka nach den ersten Hungertagen.

Sie waren nun schon fast ein Jahr in dieser Stadt! Karl wollte gar nicht daran denken. Vielleicht konnte er für Viktor Be-
sorgungen erfinden. Viktor musste dringend hinaus. Die ehe-
mals strahlende Stadt an der Newa war zur Hungerburg mu-

tiert. Ob diese Frau, mit der sich die zwei Burschen angefreundet hatten, noch in dem Haus mit dem Atelier lebte?

Er wandte sich wieder der Produktionsstraße zu. Gerade setzten die Männer die Schneidemaschinen an, wurden die ersten Bögen portioniert. Karl beobachtete, ob sie mehr Platz brauchten, ob man etwas verbessern konnte. Die Falter bekamen die Blätter, die Kleber rückten ihre Pinsel zurecht, daneben saßen zwei Männer, die Bug auf Bug drücken sollten, dann folgte das Paar, das Gewichte auf den fertigen Kuverts verteilen sollte. Sie saßen einander gegenüber, das Papier wurde genau in der Mitte der zusammengeschobenen Tische weitergegeben. Es funktionierte. Sie würden schneller werden. Sie brauchten noch einen extra Tisch zum Zählen und Verschnüren, dafür würde hinter den Stapeln, die zum Trocknen unter Büchern lagen, kein Platz mehr sein. Diese Bücher waren plötzlich aufgetaucht. Ein Schatz, von dem sie nichts geahnt hatten, der ihnen von Wächtern aus dem Haupthaus vor die Füße geschmissen worden war. Sie hatten zwar die Bände aus der Spalerka mitgehen lassen, aber hier lag russische Literatur nun stapelweise. Sobald Ludwig und Josef zurück waren, musste Josef etwas aussuchen und vorlesen.

Im Moment waren sie vier Österreicher, sieben Deutsche, zwölf Russen, nur mehr die Hälfte der ursprünglichen Werkstattbelegschaft. Die anderen waren erfroren, verhungert, verschleppt worden und nicht mehr zurückgekehrt.

Sie mussten so schnell wie möglich weg, dachte Karl zum wiederholten Mal. Ihr bisheriges Überleben war pures Glück; man sollte es nicht zu sehr ausreizen. Daher war er zutiefst erstaunt und schnell auch misstrauisch, als er am nächsten Tag, während seine Mannschaft schon an der nächsten Tausenderpackung Kuverts werkte, auf dem Weg zu der nahe gelegenen Fabrik von dem Wachtposten angesprochen wurde.

Der Mann erzählte, dass er zur neuen Belegschaft gehörte, dass er sich glücklich schätzte, denn die Arbeit würde ihm zwar nicht gefallen, aber bedeutete Brot für die Familie. Er war den Kommunisten vor einem halben Jahr beigetreten, aus Enttäuschung und Verzweiflung, weil er als gelernter Bäcker keine Anstellung gefunden hatte; es gab ja viel zu wenig Mehl, viel zu wenig Getreide wurde aus dem Osten geliefert. Die Städte hatten Zulauf, sie wuchsen immer rascher, aber das Elend wuchs mit. Karl fürchtete, dass es daheim genauso war. Warum er denn nicht fliehe, fragte der Mann, Estland wäre doch nicht mehr weit.

»Ich habe Beziehungen«, sagte der Mann.

»Und ich habe einen Bruder, der gerade im Gefängnis arbeitet und nicht bei mir ist.«

»Vielleicht könnt ihr zusammen einen Propusk bekommen?«

»Ich glaube nicht. Wir sind zu viert und haben kein Geld.«

»Du kannst malen, habe ich gehört.«

Karl lachte.

»Was ist daran so komisch? Ich will ein Bild meiner Familie, die Frau, die drei Kinder, ich.«

»Wie alt sind die Kleinen?«

»Zwei, vier und fünf. Das jüngste ist zu Weihnachten gestorben. Deshalb will ich das Bild.«

»Was bekomme ich dafür?«

»Ich kenne einen Finnen. Er bringt Flüchtlinge hinüber nach Estland.«

»Ein Bild für vier Mann?«

»Und Spielzeug für die Kinder. Nicht nur für meine.«

»Wie schnell?«

»Schnell. Der Schnee wird bald zu tauen beginnen. Ihr quert auf Schiern die Grenze.«

»Also noch im April?«

»Ja, auf jeden Fall.«

»Ich muss einen Auftrag für den Kommandanten erfüllen, und ich muss nachdenken.«

»Denk schnell. Der Finne verschwindet Ende April wieder nach Hause.«

Sie erreichten eine Ziegelhalle, eine Gruppe Männer stand rauchend beisammen. Karl holte sein Skizzenheft heraus, griff nach dem Stift. Seit dem ersten Ausflug in die Atelierwohnung trug er bei der Arbeit im Kalten Fingerlinge. Rebekka hatte sie im Herbst vor einem Jahr gestrickt; passend zur Haube der Mutter in »mostobstalleengrün« hatte sie zwei Wollreste in »birnengelb« und »frühapfelgrün« gewählt. Sie hatte sich Mühe gegeben mit dem Muster, den verschränkten Fäden, dem wunderbar gearbeiteten Rand der zehn Fingeröffnungen, hatte sogar eine Klappe eingearbeitet, die Karl über die nackten Fingerspitzen ziehen konnte, wenn er anpacken musste. Karl war sicher, dass ihm diese Spezialfäustlinge die Finger vor Erfrierungen gerettet hatten. Er stand und zeichnete, warm gehalten von der Haube der Mutter, dem Schal aus dünner Wolle, den er zweifach um Hals und bis über die Nase hinauf wickeln konnte – feine Angorawolle, mittlerweile verfilzt und unansehnlich, die Fanny von ihren Schwestern für ihn geschenkt bekommen hatte –, die Socken, die er Susanna Spanner verdankte. Eingehüllt in weibliche Fürsorge, dachte er.

In der Fabrik wurde er an ein Stiegengeländer gestellt, das zu einem Laufsteg in halber Höhe führte. Von hier sollte er zeichnen, da wäre er niemandem im Weg. Karl wusste nicht, was hier produziert wurde. Er beobachtete Männer, die verschwitzt und halbnackt löteten, Stäbe über dem Feuer verformten, Teile zusammenfügten. Sie glänzten vor Schweiß, immer wieder sprachen sie miteinander. Manchmal kamen Arbeiter mit Handwagen, luden Fertiges auf, brachten es weg. Nach zwei Stunden winkte Karl seinem Bewacher.

»Fertig.«

»Hast du über den Finnen nachgedacht?«

»Ich muss mit den anderen reden.«

»Und das Bild?«

»Lass mich zuerst die Arbeit für den Kommandanten machen …«

»Den Kommissar.«

»Den Kommissar.«

Auf dem Heimweg durch schmutzige Schneereste zeichnete Karl noch eine Mutter mit zwei Kindern, die an ihren Händen hingen. Die Mutter trug einen engen bodenlangen Rock, wie Karl es aus Wien in Erinnerung hatte, nicht diese dicken Hosen mit weiten Beinen wie die Fabrikarbeiterinnen, die schlotternden Jacken. Am Ende hatte sein Begleiter ihn in die Nähfabrik gebracht, wo die Frauen über ihre Arbeit gebeugt saßen. Es war nicht so schlimm wie in den Waschhäusern Wiens vor dem Krieg, wo die Frauen unter der trocknenden Wäsche lebten und schliefen, Babys in Körben im Feuchten lagen, die jungen Dinger, deren Haut vom Dampf glänzte, schnell alterten und viel zu früh an Tuberkulose starben. Aber es war ein trostloses Leben, schien ihm. Die Frauen glichen den Insassen in den Gefängnissen, hohlwangig, grauhäutig, mager. Wieder sah er Fanny vor sich, ihr ungewohnt kurzes Haar, die Locke, die ihr nun in die Stirn fiel, das neue Kleid, verwegen geschnitten. Sie schien sehr schlank zu sein, die

Schultern wirkten kantig im Gegensatz zu früher. Doch trotz aller Not wirkte sie verführerisch, lebensfroh im Vergleich mit diesen Arbeiterinnen. Würde er doch endlich wieder unter Frauen leben, von Frauen umgeben sein, die den Krieg hinter sich gelassen hatten, eine Zukunft im Blick hatten, die er sich überhaupt nicht vorstellen konnte.

In der Gefängniswerkstatt stapelten sich fertige Bündel, gerade wurde das Papier für den nächsten Arbeitstag geliefert. Abends gab es Rübeneintopf mit Fettaugen, gut gesalzen, und genügend Brot für alle. Es war nicht viel, aber ihre Mägen hätten mehr wohl gar nicht vertragen. Die Russen richteten sich die ehemalige Tischlerei als Schlafplatz ein. Es war wärmer als drüben im Haupthaus und auch sauberer, weil weniger Männer das Klo benutzten und Josef auf mehrmaligem täglichen Reinigen bestand. Er malte den Mitgefangenen in schillernden Farben Ruhr und Cholera aus, er konnte das ekelerregend gut. Sie alle wussten, dass in Petrograd Typhus immer wieder aufflackerte. Nachts lagen die Deutschen im Atelier rund um den Ofen, dessen Rohr in der Wand das kleine Zimmer dahinter, in dem die vier Österreicher seit Wochen hausten, mit wärmte.

Karl berichtete seinen Freunden von dem Angebot des Wachtpostens, den Forderungen für die Dienste des Schleppers, seinen Vorbehalten, weil er den Finnen nicht kannte und nicht glauben wollte, dass der Wächter seine Arbeit, sein Gehalt für Fluchthilfe aufs Spiel setzen wollte. Angeblich gab es diese Touren durch den Wald öfter. Der Finne wäre nicht der Einzige, der Gruppen über die Grenze brachte. Ob es tatsächlich sichere Stellen für die Passage gab, ob auf der anderen Seite Bauernhöfe und Menschen waren, die einen willkommen hießen oder zurückbrachten?

»Es ist das erste Mal, dass man uns so etwas anbietet«, sagte Josef.

»Vermutlich bekommt der Russe dafür Geld oder Essen. Und kann das Spielzeug gegen Nützlicheres tauschen. Deswegen tut er es.«

»Ich will endlich heim«, sagte Ludwig und streichelte die Trompete.

»Ich will Lehrer sein in einem Dorf in den Bergen. Oder wenigstens mit Blick auf Berge. Aber auf jeden Fall mit einer Frau«, sagte Viktor.

»Ich weiß nicht, wohin ich soll«, sagte Josef. »Aber ich will nach Österreich. Irgendeine Arbeit finde ich schon, ich habe ja genug Übung im Tischlern. Hauptsache, ich muss kein Soldat mehr sein.«

»Fanny«, seufzte Karl, und das reichte.

Allein sich vorzustellen, dass sie neben ihm saß. Sie würde ihm die Briefe vorlesen, die er ihr geschrieben hatte, und er würde ihr auswendig ihre Antworten erzählen und wie es wirklich gewesen war, sich während dieser vielen Jahre in ihre Schrift zu versenken, ihren Buchstaben zu folgen, weit geschwungenen Schlusslinien, die ihn an ihre Brauen, ihre Schulterpartie, ihre Waden erinnerten. Weiter verbot er sich zu denken.

Am nächsten Morgen erarbeitete er aus den Skizzen die Postkartenmotive, schönte ein wenig, schöpfte aus seinen Erinnerungen an das Mennonitendorf, gab einer Städterin Rebekkas Gesicht, wie sie mit einer Freundin eine Straße entlangflanierte, ließ Eduard an der Newa sitzen, im Hintergrund schimmerte die Stadtsilhouette. Er malte die Arbeiter und Arbeiterinnen mitten in der Bewegung, dynamische Körper aus Licht und Schatten. Dann bat er darum, zum Kommissar vorgelassen zu werden.

Der Kommissar schaute die dreiundzwanzig Blätter durch, nickte.

»Die gehen sofort in die Druckerei.«

»Dürfen wir auch wieder Spielzeug machen?«

»Meinetwegen. Ich sehe mir das in ein paar Tagen an und überlege, wem man das verkaufen soll.«

»An die Kindergruppen der Arbeiterinnen? An Schulen? Dann können alle spielen, nicht nur die Bürgerlichen«, schlug Karl vorsichtig vor.

»Habe ich da einen strammen Sozialisten entdeckt?«, grinste der Kommissar.

»Ich hab einen kleinen Sohn daheim. Das heißt, jetzt ist er wohl nicht mehr so klein. Aber über Spielzeug hat er sich gefreut.«

Der Kommissar antwortete nicht, öffnete eine Schublade, entnahm ihr ein Foto und winkte Karl zu sich.

»Meine Frau.«

Die Frau trug ein Kostüm, das Karl an die Vorkriegszeit erinnerte, mit einem langen weiten Rock, wie er es bisher nur bei den Bäuerinnen gesehen hatte. Aber diese Frau hatte ein feines Gesicht, schmale Schultern, trug eine Perlenkette.

»Ich hätte gern ein Porträt, nur den Kopf, den Hals, was eben notwendig ist.«

»In welcher Technik?«

»Öl. Nicht zu dick, es soll schnell trocknen können.«

»Eine Kopie dieses Fotos?«

»Nein.« Zögern, dann: »Sie wird zweimal in mein Büro kommen. Hierher. Sie wird Ihnen Modell sitzen in der Position, die ihr Gesicht am besten zur Geltung bringt. Sie wird mit Ihnen nicht sprechen, und Sie werden Sie nicht anreden, außer es hat mit dem Bild zu tun. Ich werde vermutlich im

Haus unterwegs sein, aber auch wenn ich da bin, sollte das keinen Unterschied machen.«

»Weiß Ihre Frau, dass sie ruhig sitzen muss?«

»Das ist kein Problem für sie. Wir fangen morgen an. Das Bild sollte in zwei bis drei Wochen trocken und fertig sein.«

»Das ist zu wenig Zeit.«

»Kann jemand später den Firnis auftragen?«

Karl verschlug es die Sprache.

»Haben Sie Firnis und einen geeigneten Pinsel, den Sie mir geben können?«, insistierte der Kommissar.

»Verstehen Sie etwas davon?«

»Meine Frau kann das.«

Dann winkte der Kommissar ihn hinaus. Doch während Karl die Tür schloss, hörte er noch leise hinter sich: »Es wird nicht mehr lange dauern.«

Fanny, liebste Fanny! Wenn du da wärst und mir Rat geben könntest. Soll ich den anderen davon erzählen, wie kryptisch sich der Kommissar ausgedrückt hat, oder soll ich es für mich behalten? Die Volksgerichtshöfe tagen, Todesurteile werden öffentlich ausgesprochen, Menschen verschwinden, auch hier bei uns im Gefängnis. Der harte Kern der Partei setzt sich durch, vermutlich passiert jetzt das, was nach jeder Revolution geschieht: Das Misstrauen in den eigenen Reihen wächst. All das verleitet uns zur Flucht. Eine Flucht, die anders verlaufen würde als bisher, denn diesmal würden wir uns einem Fremden, einem Schlepper überantworten. Nicht wir entscheiden dann, sondern er. Vielleicht sind unter denen, die im Gefängnis verschwunden sind, auch welche dabei, die diesen Fluchtweg gewählt haben. Niemand weiß es. Ich weiß nur, dass wir alle mürbe sind, erschöpft, ausgelaugt, von Sehnsucht

durchtränkt. Den meisten Menschen hier in Petrograd geht es
schlecht. Und wir gehören nicht hierher, wir sind uner-
wünscht. Warum lassen sie uns dann nicht gehen?

Viktor und Ludwig wurden in der Früh mit einem Passierschein überrascht. Ein Wachtposten sollte sie wieder in das
Atelier begleiten, holen, was Karl noch brauchen konnte. Karl
schrieb ihnen die Namen der Firnisse und Pinselstärken auf,
die infrage kamen, bat Josef, einen kleinen Keilrahmen zu
zimmern, Leinwand aufzuziehen und zu grundieren. Außerdem erinnerte er die Deutschen und Russen an das Spielzeug,
das sie vor dem Aufstand nach seinen Entwürfen gefertigt hatten. Es waren nur noch wenig Rundhölzer da, das Meiste war
im Ofen gelandet.

»Viktor! Schau dir die Sesselbeine in der Wohnung an.
Wenn sie gut gedrechselt sind, schraub oder reiß sie heraus,
meinetwegen säg sie ab und bring sie. Irgendwie werden wir
sie in Tiere und Fahrzeuge verwandeln können.«

Karl war nervös. Überall fehlte Heizmaterial; ob ein einzel-
ner Wachtposten genügte, um die zwei sicher samt ihrer Beute zurückzubringen? Außerdem hatte er gesehen, dass es derselbe Mann war, der ihn neulich begleitet hatte. Ganz sicher
würde er Viktor auf den Finnen ansprechen. Und dann trieb
eine Wache Karl über den Hof hinauf zum Büro. Es war der
4. April.

Die Frau saß bereits an einem Fenster und wandte den
Kopf langsam zur Tür, sah Karl an, nickte.

»Hier ist ein Stuhl für Sie«, sagte der Kommissar, der hinter
dem Schreibtisch hockte. »Ich habe eine Besprechung, meine
Ordonnanz bringt dann Tee. Sie haben genau zwei Stunden,
bevor meine Frau abgeholt wird.«

Karl grüßte, ging am Rand des Teppichs entlang, nahm den Sessel und näherte sich der Frau. Erst jetzt entdeckte er die zwei großen Räder unter den Armstützen, die Schiebegriffe hinter dem hochgezogenen Rückenteil, die Decke über den Beinen, unter der der Saum eines dunklen Rockes vorblitzte. Er verbeugte sich in der Manier eines k.&.k.-Offiziers mit allem, was dazugehörte.

»Madame gestatten?«

Er deutete auf seinen Stuhl und entdeckte ein winziges Lächeln in dem mageren Gesicht. Ja, so würde er sie porträtieren, dachte er und überlegte, wie er sie wohl öfters zum Lächeln bringen konnte. Er versuchte, ihre beste Seite zu finden, schob die grauen Seidenstores mit den gehäkelten Spitzen vor den Fenstern auseinander. Besser. Dieses blasse Gesicht brauchte jeden Hauch der immer noch tief stehenden Frühjahrssonne.

»Darf ich?« Er deutete auf die Griffe.

Sie nickte.

Er verrückte den Rollstuhl ein wenig. Ja, nun fiel Licht auf sie, ohne sie zu blenden. Er wusste, dass der Kommissar nur so tat, als wäre er mit den Papieren auf seinem Tisch beschäftigt. Karl stellte seinen Sessel neben sich, legte Block und Stifte darauf, ging in den Schneidersitz, den Rücken an die Wand der Fensternische gelehnt. Nun war er eingekeilt zwischen der Dame, ihrem Rollstuhl, ihren Schuhspitzen, die sich fast auf Bauchhöhe mit ihm befanden, dem Sessel. Er blickte hoch. Sie sah ihn interessiert an. Der sanft staubige Sonnenschimmer leuchtete Wangen, Nase, die hohe Stirn aus, lag auf ihren Lippen, dem etwas kantigen Kinn, das aus dieser Perspektive an Herbheit verlor. Der winzige Schatten unter ihrer Nase traf die Oberlippe nicht, die Augenhöhlen hatten den Violettstich verloren. Eine kurze Strähne hatte sich aus dem locker gefassten Knoten gelöst, schwebte als schimmernde Locke über ihrem rechten Ohr, ein Lichtnest.

Karl lächelte hochzufrieden und begann mit der Arbeit. Der Kommissar stand auf, kam herüber, legte seiner Frau die Hand auf die Schulter.

»Ich gehe, Liebes.«

Sie schloss kurz die Augen, rührte sich jedoch nicht.

»Wenn du etwas brauchst, die Tür bleibt offen, und die Ordonnanz steht zu deiner Verfügung.«

Ihr linker Arm hob sich, ihre Finger strichen kurz über seine Hand, alles, ohne dass sich ein Muskel in ihrem Gesicht bewegte.

Der Kommissar verließ den Raum, nicht ohne noch einmal auf den vor seiner Frau hockenden Gefangenen zu schauen. Die Tür blieb geöffnet. Karl tat, als merkte er nichts davon. Eine Viertelstunde später erschien die Ordonnanz mit Tee und zwei zierlichen Tassen, einer passenden Zuckerdose, einem Kännchen mit heißer Milch. Karl war so perplex, dass er zu zeichnen aufhörte. Ein Tischchen wurde herangerückt, das Geschirr daraufgestellt.

»Verzeihen Sie«, sagte die Frau und neigte den Kopf zur Seite. »Wünschen Sie den Tee englisch oder russisch?«

»Englisch?«

»Heiße Milch zuerst.«

»Das kenne ich nicht.«

»Sie müssen es probieren. Außerdem tut Ihnen Milch sicher gut. Ich vermute, es gibt keine Milch für die Gefangenen?«

»Nein.«

Sie schenkte ihm ein, schaufelte gehörig Zucker dazu,

rührte um, drückte ihm Untertasse und Tasse in die Hand, bediente sich selbst. Sogar eine offene Glasdose mit winzigen Keksen stand da.

»Die Reste von Weihnachten«, sagte sie, »bitte greifen Sie zu. Wer weiß, wann wieder ein Paket kommt.«

»Ein Paket?«

»Meine Verwandten leben in London.«

»Wissen Sie«, Karl stockte. »Wissen Sie zufällig, wie es im Westen läuft?«

»Europa, wie wir es kannten, gibt es nicht mehr. Ich habe gehört, Sie kommen aus Wien? Die Kaiser sind im Exil, die Adeligen verstehen die Welt nicht mehr. Aber das ist gut so. Ich war das letzte Mal 1910 in England, danach habe ich geheiratet. Ich wurde hier geboren, russisch ist meine Muttersprache, aber ich habe ein englisches Großelternpaar. Mein Mann wartete auf Lenin und Trotzki und wurde nicht enttäuscht.«

»Ich bin seit fast sieben Jahren weg von daheim.«

»Ein früher Kriegsgefangener?«

»Ich fürchte, ich gehörte für Sie zum Feind.«

»Alles hat sich in den letzten Jahren verändert.«

»Aber der Verlust prägt am meisten.«

Die Frau antwortete nicht, stellte die leere Tasse zurück.

Er zeichnete, studierte ihren Hals, ihre Ohren, wie ihre Nasenflügel bebten, wenn sie tiefer Luft holte, wie sie ein paar Mal ein Lächeln begann, als fiele ihr gerade etwas Komisches ein. Als der Kommissar zurückkam, hatte Karl seine Studien fertig, beschloss jedoch, um eine weitere Sitzung zu bitten. Wie sie in sich ruhte oder sich vielleicht nur unter Kontrolle hielt, faszinierte ihn. Seit der Zeit bei den Spanners hatte er nicht mehr viel Zeit neben einer Frau verbracht, einer weiblichen Stimme zugehört, mit ihr gesprochen. In diesen seltenen

Momenten empfand er die plötzliche Vollkommenheit, die die Anwesenheit beider Geschlechter mittlerweile für ihn bedeutete. Konnten Frauen ermessen, welches Geschenk sie durch ihre bloße Präsenz bereiteten, und wie es war, ohne sie zu leben, ohne all das, was sie ausmachte?

In der Werkstatt wartete Josef, zwei fertige Leinwände neben sich, begierig auf Neues, begierig, zu erfahren, wie die Frau ausgesehen, gerochen, sich angehört hatte, ein genauso armseliger Tropf wie er.

Abends kamen Viktor und Ludwig mit einem Karren, in dem unter Decken versteckt das wertvolle Holz lag und obendrauf der Rest von Karls Liste. Der Besitzer der Wohnung würde wohl nicht mehr zurückkehren, sie teilten Tatjanas Berichte von eingetretenen Türen, gestohlenem Mobiliar, der leer geräumten Küche, den verschwundenen Betten. Irgendwann musste wohl jemand etwas gemeldet haben, denn mittlerweile gab es eine funktionierende Eingangstüre und drei Familien, die sich die Wohnung teilten. Allerdings hatte niemand das Atelier angerührt, wohl, weil die anderen Hausbewohner vor den Kommunisten, den Soldaten gewarnt hatten, die immer wieder Gefangene hergebracht und Dinge abtransportiert hatten. Vielleicht hatte auch geholfen, dass das wenige noch vorhandene Material nicht wirklich brauchbar schien. Nur der schöne Papierschrank war zerlegt und verheizt worden.

Kaum war das Essen vorbei und sie konnten sich zur Nacht zurückziehen, legten Viktor und Ludwig mit ihren Plänen los. Der Posten hatte ihnen dasselbe Angebot unterbreitet wie Karl. Natürlich würden sie mit den anderen so viel Spielzeug wie nur möglich anfertigen und einen gehörigen Teil beiseitelegen. Die Mitgefangenen in der Werkstatt taten das ja auch.

Für einen Holzhund konnte man zwei Zigaretten bekommen, für ein Auto, dessen Räder sich drehten, gab es Brot und Wodka, eine Speckschwarte oder sonst etwas Nützliches. Ob Karl denn nicht wusste, dass schon unter Jurjev die Gefangenen in seiner Werkstatt immer auch in die eigene Tasche produziert hatten? Die Entwürfe waren mit seinem Stecksystem so genial einfach umzusetzen, wenn man einmal wusste, wie. War Karl wirklich so naiv, den Schwarzmarkt rund um ihn nicht zu erkennen?

»Ganz blöd bin ich nicht«, sagte Karl. »Es hat halt allen ein bisschen genutzt, ist doch gut, oder?«

»Ja, und jetzt haben wir eine Gelegenheit, abzuhauen!«

»Ich traue dem Kerl nicht.«

»Es ist nicht weit zur estnischen Grenze. Nach Narva vielleicht hundertdreißig, hundertvierzig Kilometer.«

»Wieso ist ein Finne der Lotse?«

»Ist doch egal. Vielleicht ist es ein Este, der in Finnland lebt. Da gibt es viele, die Verwandte hier haben. Er kennt jedenfalls die Gegend. Wir werden mit dem Zug ein Stück hinausfahren, Richtung Südwesten, nach Zelno oder weiter. Er wird uns von hier aus begleiten. Dann bekommen wir Schi und brauchen nur noch mit ihm durch die Wälder. Die Grenze ist Richtung Osten verschoben worden, Narva ist die estnische Stadt, Ivangorod liegt am anderen Ufer auf russischer Seite, die Grenze verläuft am estnischen Ufer. Sobald man von der Brücke ist, ist man in Sicherheit.«

»Wer hat euch das erzählt?«

»Der Wachtposten.«

»Wie groß ist Ivangorod?«

»Die Zwillingsstadt von Narva, schon seit Jahrhunderten, verbunden durch ebendiese Brücke. Da fährt auch die Eisenbahn. Aber die wird streng kontrolliert. Deshalb können wir vermutlich nur allerhöchstens fünfzig Kilometer fahren und müssen dann zu Fuß weiter. Und wir müssen zu Fuß über die Brücke, wie alle Bewohner dort. Sagt der Mann.«

»Wir haben keine Muskeln, und langlaufen kostet viel Kraft. Also rechnet mit drei Tagen auf jeden Fall.«

»Um Himmels willen, Karl! Wir reden von Tagen! Nicht Wochen oder Monaten! Wir sind seit Jahren unterwegs!«

»Ich will auch heim! Aber ich hab ein blödes Gefühl.«

»Jetzt lass uns doch wenigstens alles vorbereiten. Es dauert zehn Tage, bis wir alles beisammenhaben und der Kommissar trotzdem genügend Waren zu verkaufen hat, um keinen Verdacht zu schöpfen.«

»Ich muss das Porträt malen, und der Wachtposten will auch ein kleines Bild.«

»Zeichne du es mir«, bot Viktor an, »und ich koloriere.«

»Dann muss ich ihn um das Foto bitten.«

»Das habe ich schon.«

»Du hast es?«

»Wir haben eingeschlagen. Ludwig und ich. Josef will auch heim.«

»Wie kommt ihr an Passierscheine? Der Kommissar will nicht, dass ich gleichzeitig mit dir hinauskann.«

»Darum kümmert sich der Wachtposten. Ich bekomme einen Blankoschein, und wir können Stempel und Unterschrift fälschen.«

»Seid ihr verrückt?«

»Das haben wir doch in Chabarowsk und Irkutsk auch getan, wir reisen seit Jahren mit falschen Papieren!«

»Aber jetzt sind wir in einem Gefängnis, aus dem Leute verschwinden und jeden Tag Menschen hingerichtet werden.«

»Das ist vielleicht unsere letzte Gelegenheit«, sagte Josef.

»Und vielleicht sind wir sowieso schon vorher tot«, knurrte Karl und verkroch sich auf seinem Strohsack.

Liebste Fanny, schrieb Karl, jeden Tag erzähle ich mir aus deinen Briefen. Ich weiß zwar, wann du sie geschrieben hast, aber ich will nicht an das Datum, vor allem die Jahreszahl denken. Ist dir klar, dass du einen brutal gealterten Mann zurückbekommst? Einen voller erschreckender Erinnerungen, die unkontrollierbar hochsteigen. Ich halte es kaum aus ohne euch, und gleichzeitig habe ich Angst, in euren Gesichtern den Abscheu, die Furcht zu erkennen, mit der ihr mich betrachten könntet. Max ist kein Kleinkind mehr. Ich bin vielleicht gar nicht mehr für ihn erkennbar in dem liebenden Bild, das du von mir erschaffen hast. Wird er mich leiden können? Ich kann dir ein Versprechen geben, jetzt, wo ein weiterer Versuch, zu dir zu kommen, bevorsteht. Wenn du die geringsten Zweifel hast, wenn du glaubst, ich könnte eine Bürde sein oder werden, dann lass mich wieder von dir weggehen, bevor ich euer Leben zerstöre. Du bist noch so jung. Du hast einen Mann ohne Schuld und Blessuren verdient. Mehr kann ich dir nicht in all meiner Liebe geben als die Freiheit, dich frei zu entscheiden.

Am nächsten Vormittag war der Kommissar nicht im Büro, als Karl kam. Die Dame saß bereits an ihrem Platz, ein Sessel stand als Ablage für Karls Utensilien dort neben dem winzigen Tischchen für den Tee. Die Ordonnanz führte Karl ins Zimmer, die Tür blieb wieder weit offen. Die Frau lächelte, schloss das Buch in ihrem Schoß.

»Ich glaube, der Vorhang stimmt noch nicht«, sagte sie.

Er zog die Stores zurück, trat aus der Nische heraus, blieb stehen. »Darf ich Sie von hier aus kurz skizzieren?«

»Ja.«

»Wenn ich Sie aus einem anderen Winkel studiere, erkenne ich, wie Ihr Kopf geformt ist, auch wenn man das auf dem fertigen Bild gar nicht sehen wird. Ich will beobachten, wie Ihre Haut auf Schatten reagiert. Erst dann lege ich mich fest, ob ich mehr Grün oder mehr Blau verwende.«

»Eine Wissenschaft offensichtlich.«

»Das Gesicht ist eine komplexe Landschaft. Und eine Bühne der Gefühle. Ich habe so viel über Menschen gelernt, weil ich sie studiert habe.«

»Werden Sie zu Hause in diesem Beruf bleiben?«

»Ich kann mir nichts anderes mehr vorstellen. Aber ich werde wohl zusätzlich Kinderspielzeug produzieren müssen, um meine Familie zu ernähren. Die Kunst kann brotlos sein.«

Er stand da und schaute auf sie hinunter, während seine Rechte über das Papier glitt. Er tat sich schwer, ihr Alter zu schätzen, sie musste behütet aufgewachsen sein. Ihre Hände waren gepflegt, mit langgliedrigen Finger, die Kraft verrieten, aber ohne Schwielen. Ein Ehering, sonst schmucklos. Nur die Perlenkette schimmerte auf dem dunklen Satin.

»Ich habe früher Klavier gespielt«, sagte sie, sie musste seinen Blick gespürt haben. Nun lächelte sie wieder, ein winziges Anheben der Mundwinkel, die Ahnung eines Wangengrübchens. Frauen waren so …

»Ah, Sie arbeiten schon!«

Der Kommissar war hinter ihn getreten, sah kurz auf das Blatt mit den vielen Linien, Konturen von Händen, Schultern, Hinterkopf, eine detailliert ausgeführte Ohrmuschel.

»Morgen müssen Sie die Holzarbeiten kurz unterbrechen, es

kommt noch eine Lieferung Papier für Kuverts. Die neuen Bestimmungen müssen versandt werden. Es gibt so viel zu tun.«

Ach, dachte Karl, während er sich wieder auf den Boden ließ und im Schneidersitz weiterarbeitete, die Revolution fraß ihre ersten Kinder, und das neu zusammengesetzte Politbüro schickte die dafür geänderten Spielregeln aus.

An diesem Tag störte es ihn nicht mehr, wenn der Kommissar im Raum war, ob er hin- und herging, nach der Ordonnanz brüllte oder im Haus verschwand. Er erzählte leise von Ludwig, dem Musiker, der sich mit einer Trompete behalf, weil ihm seine Oboe konfisziert worden war, er erzählte von den Schwierigkeiten, ein geeignetes Mundstück für die Oboe zu bauen, und der alten Peitsche aus Fischbein, die dafür hatte herhalten müssen, er erzählte von den Märchen, die die Zeit leichter verrinnen ließen, von der Kraft, die ihm die Gegenwart seines Bruders schenkte, der selbstlosen Verlässlichkeit, die Josef auszeichnete.

Sie hingegen sprach vom Krieg, dass es ihr Glück war, einer halb englischen Familie zu entstammen und keiner deutschen. Sie erzählte vom aufflammenden Bürgerkrieg 1918, als sie in einen Kugelhagel geriet und später im Spital von ihrer Lähmung erfuhr. Glücklicherweise war ihren zwei Kindern nichts geschehen, und auch ihr Mann hätte alles überstanden. Der Regierungssitz wäre ja schon längst Moskau, die neue ökonomische Politik schien den Hunger tatsächlich bekämpfen zu können.

»Sie waren im Gefängnis, Sie haben die Leichenberge der Verhungerten nicht gesehen.«

»Wir pflegen den Hunger auch seit Jahren«, flüsterte Karl.

»Wir sind alle Beschädigte. Alle. Aber ich bin froh, dass mein Mann nicht nach Moskau ging. Petrograd ist im Elend versunken, aber es wird wieder auferstehen.«

Danach schwieg sie. An diesem Tag gab es Tee mit Zucker, keine Milch, keine Kekskrümel mehr.

Karl kehrte zurück in die Werkstatt und begann das Ölbild. Rund um ihn wurde geschnitten, gefaltet, geklebt, geschnürt, und aus der Tischlerei hörte er das Drechseln, Sägen, Feilen. Josef leitete jetzt gemeinsam mit dem russischen Tischler die Arbeit. Sie werkten im Akkord. Die Rübensuppe wurde mit Wasser gestreckt, damit sie sich wenigstens für kurze Zeit satt fühlten.

Karl wusste, dass die anderen drei die Flucht vorbereiteten. Wenn er abends beobachtete, wie Viktor und Ludwig die fertigen Stücke in frisch gefalzte Schachteln legten, sah er die flinken Finger, die teilten, neu zuordneten und zusammenstellten. Es gab eine geheime doppelte Listenführung, es gab eine extra Kiste in ihrer Schlafkammer, die sich füllte. Karl wusste, dass er sie begleiten würde, aber er war der Einzige, der eine Falle fürchtete, der bedachte, wie gut man ihre Schifährten sehen würde, dass die Grenzregion zwar spärlich besiedelt, aber eben doch bewohnt war. Der Schnee war nicht ihr Freund, war es nie gewesen.

Routine schlich sich ein. Das Bild für den Wachtposten war mit Viktors Hilfe fertig geworden, das Porträt für den Kommissar nahm Gestalt an. Es war der 11. April, als Josef abends den dreien ihre gefälschten Papiere und je einen Propusk übergab.

»Wir gehen paarweise. Ein Kollege des Wachtpostens bringt Ludwig und mich ein paar Minuten nach euch hinaus und kehrt dann zurück. Wir gehen gemeinsam zur Wohnung des Finnen. Wir bekommen dicke Pelzjacken und Essen für unterwegs. Die Fahrkarten hat der Finne, der vom Wachtposten bezahlt wird. Der Posten hat seine Tauschobjekte heute kassiert.«

»Er hat also alles, und wir haben nichts«, sagte Karl.

Niemand reagierte darauf.

»Ich brauche noch drei Tage, damit das Porträt richtig gut ist. Und so weit vorbereitet, dass es in spätestens vier Wochen den Schlussfirnis verträgt.«

»Der Hunger lässt dein Hirn wohl schrumpfen«, sagte Josef und legte sich nieder.

Viktor und Ludwig wandten sich ab und packten das Wenige, das sie noch besaßen, in ihre Rucksäcke, obenauf noch jeweils ein paar Holzfiguren als Tauschwährung für unterwegs.

Liebste Fanny, schrieb Karl, *wir brechen morgen auf, dann wird sich entscheiden, ob wir uns in wenigen Tagen wiedersehen oder ob wir vier Verrückten in irgendeinem Birkenwald erfrieren oder gleich in Petrograd erschossen werden. Aber ich fürchte den Tod nicht mehr, ich fürchte mich davor, dich nie wiederzusehen. Die Liebe hält mich aufrecht. Wenn die Liebe ein weltliches Zeugnis, eine Art Konterfei Gottes ist, dann will ich gern religiös sein. Aber vom jahrelangen Wünschen habe ich die Nase voll. Ich will daher alles tun, um zu dir zu gelangen.*

Ich habe das Gesicht der Dame fertig. Das Bild wird eine Mischung aus kühnen Strichen und filigran gearbeiteten Stellen, und ich glaube, es gelingt mir ohne ungewollten Bruch. Ich sehe sie vor mir mit diesem leichten Lächeln, das sie aus ihrer Entrücktheit zurückholt und nahe bringt.

Sie muss ein ganz eigenes Verhältnis zum Leben haben, eine unglaubliche Stärke, die ich jedoch erst nach Stunden der intensiven Beobachtung erkannt habe. Ich habe so viel von ihr gelernt und hoffe, es in meinem weiteren Leben

nicht zu vergessen. Liebste, ich will glauben, dass ich bald bei
dir und Max bin. Ich will glauben, dass es eine Zukunft gibt.

Am nächsten Morgen, während das Frühstück ausgegeben wurde und ein stetiges Kommen und Gehen in der Werkstatt, auf dem Hof, im Hauptgebäude war, brachte der Wachtposten das Brüderpaar hinaus vor das Tor, die Straße hinunter zur Newa.

Noch lag Schnee auf den nackten Zweigen, auf den Fenstersimsen und Dächern. Sie kletterten den ausgetretenen Pfad die Böschung hinunter. Über den Eisweg gingen wie den ganzen Winter hindurch in beide Richtungen vermummte Leute. Der Posten verschwand hinauf, wartete auf seinen Kollegen. Wenige Minuten später kam er mit Ludwig und Josef zurück. Sie querten den Fluss, wurden durch Straßen geführt, die immer schmäler und ärmlicher wurden. Schließlich blieb der Posten vor einem niedrigen Haus stehen, beobachtete die Fenster, die Gassen rundherum, bevor er mit ihnen zur Tür ging, die unversperrt war.

Drinnen war es dunkel, ein schmaler Gang führte zu einer Treppe. In einem Winkel lagen prall gefüllte Säcke. Der Posten rief. Von oben kam eine Antwort, dann hörten sie Schritte, ein riesiger Wolfshund erschien vor einem Mann mit stark gekrümmtem Rücken.

»Njet!«, sagte er und wandte sich an den Posten.

Beide redeten wild aufeinander ein, die Österreicher verstanden nichts, erkannten nur, dass ihr Fluchthelfer offensichtlich entweder finnisch oder estnisch genauso gut konnte wie der Schlepper.

Der Hund ließ sie nicht aus den Augen.

Josef und Viktor war die Irritation anzusehen, Ludwig lehnte sich an die Wand und schloss die Augen. Karl spürte den irrwitzigen Drang, loszulachen. Es war einfach zu verrückt. In diesem Moment spürte er überhaupt keine Angst.

Der Hund begann zu knurren.

»Kommt mit«, knirschte der Posten, »wir müssen zurück.«

»Ins Gefängnis?« Viktor konnte es nicht glauben.

»So schnell wie möglich. Er kann nicht. Er ist sich nicht sicher, ob er überwacht wird.«

»Das wusste er gestern noch nicht?«

»Sein Partner ist heute Nacht verhaftet worden.« Der Posten drängte sie bei der Tür hinaus, sah sich gar nicht um, rannte einfach los.

Sie liefen hinter ihm her, diesmal wählte der Wachmann offensichtlich den direkten Weg. Als sie atemlos bei der Newa ankamen, ließen sie sich auf eine Bank fallen. Sie konnten einfach nicht mehr.

Aber Karl kicherte wie verrückt, während er zwischendurch nach Luft schnappte. Es hörte sich grauenhaft an. Passanten drehten sich nach ihnen um. Der Posten starrte ernst über ihre Köpfe hinweg und strich über seine Uniform.

»Ist der Finne auch am Schwarzmarkt aktiv?«, fragte Josef keuchend, und Karl erinnerte sich an die vielen Säcke.

Der Posten nickte. »Man muss leben. Aber jetzt hat er andere Probleme. Und wir auch. Wir gehen jetzt geordnet zum Tor. Ihr zeigt eure Passierscheine. Wir haben offiziell etwas für die Werkstatt besorgt.«

»Und kommen mit leeren Händen zurück?«

»Wir sagen, es war nichts mehr da. In Petrograd ist sowieso nirgends etwas. Wir schweigen. Wir gehen und schweigen. Ich rede. Und im Gefängnis kenne ich euch nicht mehr. Nichts ist geschehen. Los.«

Und so machten sie es.

In der Werkstatt mischten sie sich unter die anderen, redeten über die Arbeit, als wären sie nur eine halbe Stunde weg gewesen, irgendwo im Haupthaus. Die Rucksäcke stellten sie in ihrer Kammer ab, Karl hob das Tuch von dem Bild auf der Staffelei und griff nach dem Pinselglas. Noch immer saß eine fast unbeherrschbare Lachlust in seiner Kehle. Sie hatten sich wie Trottel in einem irrwitzigen Schmierenstück aufgeführt und Riesenglück gehabt. Wie hatte das wohl ausgesehen, vier spindeldürre Gefangene torkelnd rennen und hinter ihnen ein kleiner Soldat mit Gewehr, das er nicht im Anschlag, sondern wie eine Frau ihre Tasche in der Hand schlenkerte, während er versuchte, sie zu überholen und weit hinter sich zu lassen.

Er kicherte wieder, und ein Deutscher fragte Viktor: »Was hat denn dein Bruder heute?«

»Vielleicht das Falsche zum Frühstück getrunken?«

»Mir scheint eher, er hat das einzig Richtige erwischt.«

Karl ging aufs Klo. Er fühlte sich wie ein Luftballon, voll entfesselter Fröhlichkeit. Nie durfte er den anderen sagen, wie erleichtert er war, dass sie nun nicht auf dem Weg zu einem Zug mit Kontrolleuren waren, zu einer tagelangen Schiwanderung mit einem Wildfremden aufgebrochen waren, der sie vielleicht im Nirgendwo in einem eisigen Sumpf sich selbst überlassen hätte. Er hatte solche Angst gehabt!

Als er zurückkam, lag ein Päckchen zwischen seinen Ölfarben. Die Ordonnanz hätte es gebracht, wurde ihm gesagt, und er sah, wie die anderen neugierig schauten. Irritiert wusch er sich die Hände, trocknete sie ab, nahm das Ding und brachte es in die Kammer, öffnete den Schnurknoten, schlug das Papier zurück.

Es war ein Buch!

Er blätterte vorsichtig, ein russischer Essay über moderne

russische Malerei mit Bildern, die noch vor dem Krieg entstanden waren, von Malern, deren Namen Karl nichts sagten: Wassily Kandinsky, Michail Larionow, Sergejewna Gontscharowa, Kasimir Malewitsch. Es gab Fotos in Schwarz-Weiß, die ihm zeigten, dass hier etwas ganz anderes entstanden war als in Wien. Im Einband befand sich noch ein Foto. Es war offensichtlich aus einem Blatt Papier herausgeschnitten worden und sorgsam eingeklebt. Darunter stand, ebenfalls auf Russisch in schnörkelfreier Handschrift:

AUS DEM AUSSTELLUNGSKATALOG 1915 IN PETROGRAD:
DER SAAL MIT DEM »SCHWARZEN QUADRAT«
VON MALEWITSCH.

Auf der vorletzten Seite fand Karl eine Widmung auf Englisch:

Nichts verbindet so sehr wie Kunst, nichts anderes hält uns den Spiegel vor, quält, verunsichert, stärkt und beglückt. Sie haben viele Jahre verloren und einen Schatz gewonnen, den Sie nie zu gewinnen trachteten. In tiefer Verbundenheit eine ehemalige Feindin, ein Mitmensch jetzt.

Sofija Minajewa

Am 13. April, nach einer schlaflosen Nacht, beendete Karl das Porträt. Er hatte versucht, die Bilder aus dem Buch beiseitezudrängen, diese klaren geometrischen Formen aus dem Kopf zu bekommen, nachzudenken, wie er dieses Gesicht in den Bildraum stellen sollte, sie loslösen konnte aus dem Gefängnishintergrund, der für ihn dazugehörte, der für sie nie, nie spürbar sein sollte. Er entschied sich für einen monochromen Hintergrund, eine Mischung aus Sand und verwässertem Rot, das er mit unruhigem Pinsel auftrug, sodass sich winzige Farbunterschiede ergaben, als wäre die Wand uneben. Darauf malte er einen schwarzen Rahmen, quadratisch und relativ breit, als Anspielung auf Malewitsch. Er setzte ihn nicht mittig, sondern nach rechts, sodass er den gesenkten Kopf umrahmte wie ein vorbeischwebendes Viereck. Das Schwarz malte er sehr akkurat, es wies keinen Strich auf, es glänzte wie makelloses Porzellan. Winzige Tupfen setzte er auf der Seite ihres Gesichts dicht an dicht, unregelmäßig, sodass Licht, das darauf traf, das Schwarz in etwas Lebendiges verwandelte. Sofija Minajewa lächelte ihr knappes Lächeln herab auf den Betrachter, die Perlen leuchteten am dunklen Kleidausschnitt, die blonde Strähne krauste sich verspielt über dem Ohr. Sie wirkte wie eine Besucherin, fern und anbetungswürdig, sehr fremd. Anders.

Karl wurde ein Termin am 16. April beim Kommissar gewährt. Er solle das Bild, Firnis und einen geeigneten Pinsel mitbringen, richtete die Ordonnanz aus.

In der Werkstatt verlief die Arbeit wie gewohnt. Der Wachtposten ließ sich nicht mehr blicken. Josef, Ludwig und Viktor rafften sich kaum auf, antriebslos beobachteten sie, wie Karl den Betrieb führte.

Am 16. April signierte Karl das Bild, verhüllte es sehr vorsichtig, nahm die anderen Dinge, die er für notwendig erachtete, und ging ins Büro.

»Es braucht noch zwei Wochen zum Trocknen, auf jeden Fall«, sagte er und legte das Bild auf den Tisch.

Der Kommissar stand auf, schlug das Tuch zur Seite. Karl bemerkte, dass der Mann behutsam vorging, die Leinwand nicht berührte. Karl trat einen Schritt zurück, wartete mit gesenktem Kopf. Sehr lange hörte er nichts. Schließlich blickte er hoch. Der Kommissar hatte die Hände zu beiden Seiten des Bildes aufgestützt und starrte es an, nackt in seiner sichtbaren Liebe. Als wäre er mitten in eine intime Situation gestolpert, schaute Karl schnell wieder zu Boden.

»Sie ist eine starke Frau, obwohl sie so zerbrechlich wirkt«, räusperte sich der Kommissar.

»Sie hat eine eigene Meinung, wie meine Frau.« Das hätte er nicht sagen sollen, es stellte sie auf eine Stufe, das gehörte sich nicht.

Aber der Kommissar ging darüber hinweg.

»Sie hat mir viel Stoff zum Nachdenken gegeben«, legte Karl nach und fragte sich, warum er nicht einfach den Mund hielt.

»Was haben Sie noch für mich?«

»Firnis, Pinsel. Bitte nicht zu früh auftragen. Ich habe dünn lasiert, aber das schwarze Quadrat und das Kleid sind doch etwas vielschichtiger.«

»Ich werde es ihr ausrichten.«

»Und ich habe mir erlaubt, in der Werkstatt einen Rahmen herstellen zu lassen. Ganz einfach, sehr modern und schlicht, aus Nuss. Sehen Sie, es könnte in Dialog treten mit dem Rahmen, zu dem mich Malewitsch angeregt hat. Und hier sind drei Nägel, die den Karton auf der Rückseite dann fixieren, sodass nichts verrutschen kann.«

»Das ist sehr umsichtig.«

»Mit tief empfundenem Dank empfehle ich mich Ihrer Gattin.«

»Jetzt klingen Sie gar nicht sozialistisch, sondern wie ein Wiener.«

»Das bin ich ja auch.«

Der Kommissar räusperte sich wieder.

Karl spürte, dass er genauso verlegen war wie er. »Darf ich etwas fragen?«

Der Kommissar zögerte, nickte.

»Warum haben Sie gesagt, ich hätte keine Zeit mehr, um den Firnis selbst aufzutragen?«

»Weil …« Er sah zur geschlossenen Tür. »Weil Sie nicht mehr hier sein werden.«

Karl starrte ihn an.

»Keine Angst! Sie dürfen sich nichts anmerken lassen. Es geht um eine weitere Rückführung von Kriegsgefangenen. Ich habe Sie auf die Liste schreiben lassen.«

»Meinen Bruder und die zwei Freunde auch?«

»Ja.«

Karl war fassungslos.

»Sie müssen den Mund halten. Die Verordnung muss durchgewinkt werden. Das dauert vielleicht drei, vier Tage. Sagen Sie den anderen nichts. Ich weiß nicht, wie viele mir bewilligt werden und ob es die Deutschen auch einschließt. Sie müssen den Mund halten. Sie müssen überrascht sein, wenn es so weit ist. Bitte! Die Situation ist schwierig.«

Karl nickte. Aber seine Augen strahlten ungläubig.

»Schauen Sie anders! Sonst wundern sich alle, die Ordonnanz zuallererst.«

»Meine Fanny«, flüsterte Karl und begann zu weinen. Er konnte sich nicht halten, er fiel auf die Knie, den Kopf in den Händen vergraben, und schluchzte, und aus seinem Körper stiegen Laute, die er von sich selbst nicht kannte.

Die Tür wurde aufgerissen, Ordonnanz und ein Wachtposten standen da.

»Was ist?«

»Bringen Sie ihn zurück in die Werkstatt. Ohne Aufheben, er hat gute Arbeit geleistet.«

Sie nahmen ihn von beiden Seiten, schleppten ihn hinaus auf den Gang, legten ihn an der Wand ab. Die Ordonnanz verschwand, der Posten stieß Karls Bein mit dem Stiefel an.

»Was ist? Kannst du nicht allein gehen?«

»Gleich, gleich«, flüsterte Karl.

»Nichts gleich. Sofort!«

Karl richtete sich auf, wischte den Rotz mit dem Ärmel ab, machte den ersten Schritt zur Treppe. Wenn ihm nur nicht so schwindlig wäre. Der Posten versetzte ihm einen Tritt. Karl griff nach dem Geländer, hielt sich noch, stolperte die nächsten Stufen. Wieder traf ihn ein Tritt.

»Schneller, schneller!«

Nicht fallen, jetzt bloß nicht fallen!

Wie seine Beine zitterten!

Wie alles bebte!

Fanny. Fanny.

Ich komme tatsächlich, ich glaub es nicht, aber … Wenn mich der noch einmal drischt, brech ich mir was, Fanny! –

Und dann war er im Hof und hinkte über das Pflaster, und ihm war gar nicht bewusst, in welchem Zickzack er lief, ein wankendes Gerippe mit lächerlich ausholenden Schritten, während der Bewaffnete im Torbogen stehen blieb und lachte, lachte, lachte.

Die Tür zur Werkstatt öffnete sich, und Hände zogen ihn die Stufen hoch, hinein.

»Aber was hat er denn gesagt? Er muss doch etwas gesagt haben?« Viktor saß neben Karl auf dem Strohsack, tätschelte unbeholfen die knochige Schulter.

»Es hat ihm gefallen.«

»Natürlich. Es ist großartig geworden. Ich bin froh, dass Wilfried, der Deutsche drüben in der Tischlerei, es fotografiert hat.«

»Er hat was?«

»Er hat einen Fotoapparat.«

»Was?«

»Ja. Aber erzähl es nicht weiter. Er hofft, dass er bald entlassen wird und alle Bilder nach Hause bringen kann. Ich habe seine Adresse. Ich habe von allen die Adresse.«

»Das ist gut.«

»Und sonst hat der Kommissar nichts gesagt? Gar nichts?«

»Er hat über seine Frau gesprochen.«

»Schön. Und sonst?«

»Ich hab Kopfweh.«

»Ach Karl. Du wirst immer mehr zur Schnecke.«

»Wie meinst du das?«

»Du organisierst Arbeit für uns alle, und deshalb überleben wir. Aber du interessierst dich nicht mehr für die Leute rundherum, du hörst nicht zu, weil du nur mehr Fanny und Max im Hirn hast. Du denkst nicht einmal mehr an Flucht!«

»Ich bin einfach müde.«

»Du bist hungrig, wie wir alle. Er hätte dir doch wenigstens einen Kanten Brot geben können.«

Karl dachte an die alten Kekse und den wunderbaren heißen Milchtee. Er hatte seinen Freunden nichts davon erzählt.

»Ich lass dich jetzt in Ruhe, aber wenn wir das Essen holen, weck ich dich.«

Das Essen war wie an den anderen Tagen auch. Die Zeit der Belohnungsrationen schien endgültig vorbei.

Liebste Fanny, schrieb Karl, *ich zerplatz fast vor Freude und darf es mir nicht anmerken lassen. Ich verstecke mich hinter aufgeschlagenen Büchern oder beim Zeichnen, denn seit einem Tag haben wir keine Papierklebearbeit mehr, und ein neuer Auftrag ist auch noch nicht gekommen. Das Spielzeug ist abgeholt worden, und ich rieche, dass manche ihre heimlich gehorteten Figuren gegen Brot oder Rüben getauscht haben, die sie in den Wassersuppen einweichen, weil uns allen die Zähne locker sitzen. Fanny, ich glaub es dem Kommissar, obwohl ich so Angst vor einer weiteren Enttäuschung, einer weiteren Woche Eingesperrtsein habe. Könnte ich dich doch … es zerreißt mich schier.*

Am 19. April erschien ein Wachtposten mit einem Stück Papier, von dem er Namen vorzulesen begann. Die Männer hörten zu, ohne zu erfassen, worum es ging. Alle vier Österreicher und die sieben Deutschen sollten die Rucksäcke packen, sich in der Kommandantur melden. Die Russen sollten nichts in den Werkstätten verändern, es würden demnächst wieder einfache Papieraufträge kommen.

»Lasst nichts zurück«, sagte Karl, »wir kommen nicht mehr wieder.«

»Weißt du was, was wir nicht wissen?«, fragte Josef grantig.

Karl strahlte.

Da endlich verstanden sie.

Im Büro wurden ihnen neue Ausweise gegeben, Zettel aus schlecht gemachtem Papier, auf denen ihre Namen, ihre Dienstgrade, ihre bürgerlichen Berufe auf Russisch und Deutsch standen. Bei Ludwig war »Musiker« angegeben, bei Viktor »Lehrer«. Bei Josef stand »Tischlermeister«, was ihn zu Tränen rührte, denn das würde ihm in Wien bei der Arbeitssuche von Nutzen sein. Bei Karl stand unter der Rubrik Erlernter Beruf ebenfalls nichts von der Militärakademie, sondern »Bildender Künstler und Porträtist«.

Als sie den Gang entlang zum Stiegenhaus begleitet wurden, öffnete sich die Tür zum Vorzimmer des Kommissars einen Spalt. Nicht die Ordonnanz war es, sondern einen Moment blickte der Kommissar Karl ins Gesicht, schweigend, nickte kurz, schloss die Tür.

Draußen vor dem Tor stand ein Russe in Zivil.

»Ihr seid frei, Genossen!«

Es war das erste und letzte Mal, dass sie so angesprochen wurden.

»Ich bringe euch jetzt zum Fürsorgeheim, wo ihr bis zur Abfahrt des nächsten Gefangenentransportes in zwei, drei Tagen wohnen werdet. Ihr meldet euch dort, dann bekommt ihr ein Bett, Mahlzeiten und Duschen. Mit euren Papieren könnt ihr in Petrograd spazieren gehen, wenn ihr wollt. Ihr seid frei!«

»Das glaube ich erst, wenn wir über der Grenze sind«, flüsterte Josef.

Aber es war tatsächlich so. Sie mussten sich registrieren, es gab Essen, das entschieden besser war als alles, was sie in den letzten Monaten bekommen hatten. Sie durften duschen, das Wasser war lauwarm. Es gab weder Flöhe noch Wanzen im Schlafsaal.

Am Nachmittag gingen sie gemeinsam an der Newa spazieren. Schnee lag noch in grauen Klumpen in den Schattenwinkeln, aber der Boden verriet mit winzigen grünen Sprenkeln, dass der Frühling nicht mehr weit war. Keine Wache, die sie antrieb, keine Passanten, die ihnen verstohlen nachblickten oder den Blick senkten. Sie trugen die dicken Jacken, die sie ihren mennonitischen Freunden verdankten. Nur die Schuhe waren mittlerweile schäbig und zeigten Löcher. Sie sahen aus wie Petrograder. Als sie den Deutschen begegneten, die sich ebenfalls auf einen Spaziergang gewagt hatten, wurde ihnen bewusst, dass sie sich in einer der berühmtesten Städte Europas bewegten, dass sie wie Touristen den schönsten Fassaden gegenüberstanden, voller Vorfreude auf den Zug, der sie nach Estland bringen würde.

Frei.

»Sieben Jahre war ich jetzt von daheim fort«, sagte Karl immer wieder.

Die Karte mit dem Bild der Frau, die Rebekkas Züge trug, hatte er auf der Post an Eduard aufgegeben, adressiert und frankiert, wie normale Bürger das taten. Die Kopeken dafür hatte ihm sein Bruder geschenkt. Viktor war flüssig, weil er, wie die anderen Vorausschauenden, Spielzeug verhökert hatte. Karl lächelte. Es gab so viele Dinge, die er tun konnte, weil sie ihm nicht verboten waren. Und es würde noch besser werden.

Am 21. April vormittags saßen sie in einem Sonderzug, der mit ehemaligen Kriegsgefangenen gefüllt war. Es gab Gerüchte, dass noch bis zur Grenze Männer aus dem Politbüro mitfuhren, dass bis zur Grenze Leute herausgeholt würden, um für immer zu verschwinden. Aber die vier Freunde beschlossen, das alles zu ignorieren.

Der Zug fuhr Richtung Südosten, durch Birkenwälder, an Datschas vorbei, an den geplünderten Sommersitzen der Adeligen vorüber.

»Stellt euch vor, wir wären da mit miesen Holzschiern unterwegs gewesen, oder der Finne hätte uns irgendwo im Sumpf verlassen«, sagte Karl einmal, als sie das stehende Wasser über grauen Schneefeldern zwischen den Bäumen glitzern sahen.

Über viele Kilometer war hier rein gar nichts außer nasser, unbelaubter Birkenwald, dessen weiß-schwarze Stämme wie eine makaber maskierte Armee leuchteten. Das Flüstern in diesen schütteren Wäldern, dachte Karl, und dass er wohl nie eine Birke daheim würde sehen können, ohne an Sibirien erinnert zu werden, die Sprache des Windes zwischen den Blättern, das Winterweiß auf den Lichtungen, das die Farben der Welt verschlungen hatte.

Unglaublich kurze vier Stunden später fuhren sie in Ivangorod ein. Im Bahnhof stiegen Soldaten zu, an jeder der nun offen stehenden Wagontüren wurde ein Bewaffneter platziert. Im Schritttempo ging es auf den Fluss zu, an offenen Schranken vorbei über die Brücke. Dort sprangen die Russen ab, Esten, ebenfalls bewaffnet, kletterten auf die offenen Plattformen. Überall hingen Fahnen, die nicht die russischen Farben zeigten, nicht das neue Symbol, den sowjetischen Hammer, die gekrümmte Sichel. Im Bahnhof von Narva rollte der Zug aus. Männer und Frauen mit Rotkreuzbinden an ihren Ärmeln nahmen die Freigelassenen in Empfang.

Flüchtlinge wären Teil einer ganz speziellen Bürokratie, sagte ein Beamter zu Josef, den er des sichtbaren Alters wegen für den Anführer der vier Unzertrennlichen hielt. Ob sie sich eine Vorstellung machten von den meterlangen Listen, die in jedem Land Europas gepflegt wurden, Listen von Verschollenen, Vermissten, die stets in kniffeliger Kleinarbeit auf den neuesten Stand gebracht wurden.

Viktor und Ludwig hatten nur Augen für die Fräulein, die fast hinter Ungetümen von Schreibmaschinen verschwanden oder mit gefüllten Teetassen von einer Männergruppe zur nächsten gingen.

»Die Röcke!«, sagte Ludwig, »man sieht ja fast die ganze Wade!«

»Herrlich«, brachte Viktor heraus und schluckte wieder.

Es gab ein eigenes Heim, in dem sie entlaust wurden und ihnen ein Frisör die Bärte stutzte und das Haar schnitt. Es gab gespendete Kleider, aus denen sie sich bedienen durften. Keiner von ihnen wollte die mennonitischen Geschenke wechseln. Nur die Unterwäsche wurde erneuert. Schuhe waren auch in Estland Mangelware.

Noch eine Nachricht an dich, lieber Eduard, bevor wir morgen in den Zug gesetzt werden, der uns durch die baltischen Staaten, über Schleswig nach Berlin und von dort nach Wien bringt. Euer Kind wird auf der Welt sein, du wirst in deinem eigenen kleinen Universum ein hoffentlich glückliches Leben führen. Ich bin bald bei meiner Familie und beginne eine Zukunft voll Frieden. Ich hoffe, daheim bei Fanny Post von dir zu finden. Keine Entfernung kann unserer Freundschaft etwas anhaben.
In tiefer Verbundenheit für immer
Dein Karl

Drei Tage später verließ Viktor Karl und die anderen in Amstetten in der Eisenbahn, um mit einer Droschke zurück zu den Eltern zu kommen. Karl versprach, mit Fanny und Max so schnell wie möglich Vater und Mutter zu besuchen. Es war eigenartig, den Bruder plötzlich nicht mehr neben sich zu wissen.

Am Wiener Westbahnhof verabschiedete sich Karl von Josef und Ludwig; und sie wussten alle drei, dass ein Wiedersehen sicher war.

Dann ging Karl die Mariahilfer Straße hinunter, bog nach links in den Siebten Bezirk. Seine Nervosität stieg.

Wie schäbig die Stadt selbst in diesen bürgerlichen Gegenden aussah. Viele Menschen wirkten grau, obwohl sie um einiges besser aussahen als die Bewohner Petrograds. Und wie sie sprachen! Es war eine Lust, diesem weichen Wienerisch zu folgen.

Türen standen offen, die ersten Schanigärten breiteten sich auf den Trottoirs aus. Ein Kellner reagierte mürrisch auf den Ruf eines Gastes. Nicht einmal das hatte sich verändert, dachte Karl, und wie seltsam, was einem auffiel, wenn man nach so langer Zeit wieder heimkam. Es gab mehr Automobile!

Er bog nach rechts in die Burggasse. Ein Lichtspielhaus in der Vorstadt! Nicht zu fassen. Kein Wunder, dass Fanny nach der Grippeepidemie wieder in die Großstadt gezogen war, den neuen Zeiten und dem Fortschritt entgegen.

In einem Schaufenster sah er sich selbst mit seinem Rucksack, an den Ellenbogen war die Jacke schon durchgescheuert. Sein Haar leuchtete schlohweiß, im Schnurrbart schimmerte es eisengrau. Max würde ihn wohl nicht erkennen, selbst wenn das Foto aus Chabarowsk seit Jahren auf der Anrichte stand. Ob Fanny ihn zu alt fand?

Im Rucksack hatte er ein Auto und einen hübsch gearbeiteten Segelflieger für Max, den Wagen aus Nuss, das Flugzeug aus Birke, hell wie das dünne Wolkengeflirre am Himmel. Hoffentlich war Max noch nicht zu alt dafür.

Hoffentlich mochte ihn sein Kind.

In einer knappen Woche begann der Mai, und der Flieder würde wieder im Prater blühen. Sie würden unter den duftenden Büschen liegen wie andere Familien auch, er hätte vielleicht gerade mit Max Ball gespielt, und Fanny hätte ihnen zugeschaut, und es würde ein friedlicher Sonntag sein, wie ab nun jeder Sonntag für den Rest seines Lebens.

Dann kam er zur Kirche und querte das Ulrichsplatzl. Der alte Nussbaum war verschwunden, wohl im Winter zu Brennholz geworden. Dort am Eck befand sich Fannys Laden. Die Fensterscheiben glänzten, Narzissen standen in einer Vase direkt beim offenen Eingang. Eine Kundin verließ das Geschäft mit einem Strauß in weißem Seidenpapier.

Das Glöckchen erklang, als er über die Schwelle trat.

Und Fanny drehte sich um und sah ihn an.

Epilog

WIE ES SEIN WIRD

Nur ein Jahr später würde Karl ein neues Geschäft gemietet haben, in dem er sein Holzspielzeug, das draußen in einer Werkstatt in Sievering unter seiner Aufsicht von zwei Drechslern und einem Schnitzer hergestellt wurde, anbot. Da würde er schon längst verheiratet sein und Fannys Bauch würde sich kugelrund wölben über dem zweiten Kind. Max würde die Scheu vor dem fremden Vater überwunden haben, und der Flieder würde wieder duften.

Nur zwei Jahre später würde Karl in der Verzückung über seine Tochter Sophie versinken. Er würde ihre Nägelchen bewundern, ihre runden Zwergenzehen, das Grinsen, mit dem sie ihn begrüßte, die Lockenkringel. Er würde begeistert beobachten, wie Max die Schwester hielt, wie er mit ihr spielte, wie er sie zu trösten versuchte. Er würde beide zeichnen, hingerissen von den einander zugewandten Gesichtern, während er die Erinnerung an die Sehnsucht nie aus seinem Gedächtnis würde tilgen können. So viel hatte er durch Sibirien versäumt; so viel hatte er durch diesen Verlust gelernt. Er wusste, dass Max ein Vater vorenthalten worden war wie ihm ein Sohn. Sophie half ihnen beiden, sich zu öffnen.

Nur sieben Jahre später würden acht Männer in seiner vergrößerten Werkstatt arbeiten, im Garten dahinter würde Gemüse wachsen und in der Weinlaube Max am Tisch sitzen, seiner Schwester beibringen, wie man richtig zeichnete. Und er würde ihr die Welt der klassischen Proportionen erklären und den von beiden Kindern geliebten Kunstdruck, den die Mutter dem Vater zum letzten Weihnachtsfest geschenkt hatte, weil ihm moderne Malerei doch so gefiel. Ein Bild von Max Ernst, das zwei Vogelmenschen in einem Boot zeigte. Sophie würde immer wieder ein Detail finden, das sie zu einem Märchen animierte, an dem Max dann weiterweben konnte, surreale Geschichten, deren Echo sie später aus der Wirklichkeit der Bürgerkriegsschrecken entführen würde. Trotz des Altersunterschiedes würde die Kinder ein enges Band verknüpfen.

Karl würde Aufträge aus halb Europa akzeptieren und sein Angebot um Weihnachtsfiguren, österlichen Tischschmuck, hölzerne Hochzeitsdekorationen erweitern. Fanny würde die Buchhaltung erledigen, an den Wochenenden würden die Schwestern mit ihren Männern zur Kaffeejause kommen.

Einmal im Jahr würde Karl Viktor in den Bergen besuchen, mit ihm Schi fahren, wandern, das sanfte Eheglück des Bruders beobachten, mit ihm über Kunst debattieren. Einmal im Jahr würde Viktor an einem Samstag mit dem Zug nach Wien fahren, und die vier Freunde würden eine lange Nacht miteinander reden, von Eduards Neuigkeiten berichten, von den Kindern, den Frauen, dem Leben. Es würde genau so sein, wie sie es erträumt hatten, vor langer Zeit. Es würde sich gut anfühlen, weil sie weder über die Schrecken der Nächte noch über die Gräuel sprechen würden, die jeder für sich hütete. Am Sonntag würden sie gemeinsam eine Messe für Imre besuchen und der Fremden gedenken, die ihnen nahegekommen waren.

Dann würde es richtig schwierig werden.

Aber Karl würde es in seinem Familienglück nicht gleich merken, Max war so ein großartiger junger Mann, so begabt, so interessant; Sophie sein Sonnenschein, ein geschicktes Mädchen voll glucksendem Lachen, vielversprechend und mit einem Händchen für schwierige Menschen; und Fanny war da, jeden Tag an seiner Seite, jeden Morgen von Neuem mit Liebe erfüllt.

Jahre später würde Karl über den Briefen Eduards sitzen, der gerade noch rechtzeitig ausgewandert war und in Paraguay mit so vielen anderen Mennoniten ein neues Leben aufbaute. Karl würde nachdenken, ob er dem Angebot Eduards hätte folgen sollen, in den Dreißigerjahren mit Fanny, Max und Sophie wegzugehen und sich in Paraguay als Spielzeugmacher zu etablieren. Eduards vielköpfige Familie hätte den Neubeginn erleichtert.

Sie hätten die Vereinnahmung nicht erlebt, die Besetzung. Sie wären den Schrecken des nächsten Krieges entkommen. Er hätte vermutlich manches besser gemacht. Es wäre eine kluge Entscheidung gewesen.

Jahre später würde Karl beobachten, wie sein Sohn den ungeliebten väterlichen Betrieb übernahm, obwohl sein Herz befremdlich anmutender Malerei gehörte und er an der besonderen Einsamkeit, die er pflegte, zerbrach. Karl würde erkennen, dass Max Frauen mochte, aber nicht begehrte, und es würde ihn so sehr an Kummer in Lagerwinkeln erinnern, erhaschte Blicke, sanfte Stimmen und die Angst vor Entdeckung und Bloßstellung. Dann würde er sich vornehmen, mit diesem Kind zu sprechen, aber er würde es nicht schaffen, schon gar nicht, nachdem er ihn gezwungen hatte, sein Nachfolger zu werden.

Karls Kunsthandwerk würde Familie und Arbeiter ernähren, und dafür würde die wahre Kunst in ihm verstummen, weil er keine Zeit fand, um sie zu pflegen, ihre Regeln zu entdecken, seinen Stil zu bestimmen. Er hatte Geld zu verdienen, Notzeiten zu überbrücken. Kein Platz für Avantgarde, keine Zeit, herauszufinden, wie er nun an ein Porträt herangehen würde. Nach langer Zeit würde er Sophie porträtieren, kurz bevor sie ihr erstes Kind gebar, und es würde sich anfühlen wie das Glück, mit dem er ihre Mutter nach seiner Heimkehr gemalt hatte, sie mit dem Herzen erkennend.

Karl würde wissen, dass sein Talent nicht stark genug gewesen war, um ihm alles unterzuordnen, und er würde es friedlich akzeptieren. Seine Bilder würden die Stärke verloren haben, die sich in Petrograd angekündigt, die sich Fanny in den Monaten nach der Hochzeit, dem Jahr nach der Geburt Sophies in wenigen Werken offenbart hatte. Er wollte darüber nicht reden. Nach dem unerklärlichen Tod seines Sohnes während der Zeit der Hitler'schen Tausend Jahre würde er lange Zeit Gesprächen über Kunst aus dem Weg gehen.

Aber immer würde Karl wissen, dass er der Kunst das Überleben verdankte und dass Sophie ein Strahlen in seinen Spätherbst brachte, gleißend genug, um den Schmerz vergangener Jahre zu überdecken. Briefe Eduards, mit nun zitternder Hand verfasst, beantwortete er mit akkuraten Berichten aus dem Leben eines beglückten Großvaters, voll heimlicher Freude, dass die Enkelinnen ihn immer noch gern in Museen und Galerien begleiteten und Fragen stellten, die ihn durcheinanderbrachten.

Als er 1964 seinem Himmel entgegendämmerte, vergaß er endlich die verdrängten Schrecken, die bitteren Quellen seiner Verluste, die Zeit, die ihn gefangen gehalten hatte. Doch bis zum Schluss wusste er, dass Fanny alles Glück seines Lebens gewesen war. Sie war wie ein Land voller Farben, selbst wenn ein schneereicher Winter unter fleckenlosem Weiß alles verbarg; voller Düfte, die an Märkte im Osten, an Bäckereien der Mutter, an die Milchhaut seiner kleinen Kinder erinnerten; voller Klänge, die ihn an Ludwigs Oboenspiel erinnerten, an die Vögel über dem Amur, an ihre rettende Stimme im Dunkel der Nacht.

Sie war sein Land.

DANK

Vor vielen Jahren wurde mir ein Typoskript aus den Dreißigerjahren übergeben. Ein ehemaliger Berufsoffizier der k.&.k.-Armee hatte die Erinnerungen an seine sibirische Gefangenschaft für Kinder und Enkel festhalten wollen. Die Geschichte war sehr persönlich, umständlich und in vielem mit den anderen Berichten vergleichbar, die in den Zwanzigerjahren in Selbstverlagen erschienen waren. Ich legte sie beiseite, um sie vor fünf Jahren nochmals zu lesen. Etwas an ihr fand ich bemerkenswert: Aus den nebenher erzählten Umständen schälte sich die Prämisse, dass brotlose Kunst nicht nur eines, sondern viele Leben retten konnte.

Davon fasziniert begann ich mit dem Selektieren: Ich behielt den zeitlichen Rahmen, folgte der Fluchtstrecke, änderte nichts an den örtlichen Gegebenheiten der unfreiwilligen Aufenthalte. Viele Behauptungen im Quellentext hielten einer Überprüfung nicht stand, einiges war verwechselt oder aus politischer Überzeugung verfälscht worden. Ich korrigierte und nahm mir unbeschwert jede Freiheit des Erfindens. Ich erschuf die Charaktere meiner Hauptfiguren, ohne Vorgaben zu beachten, vergrößerte die Freundesschar und lernte das Brüderpaar lieben.

Hilfreich erwiesen sich Dissertationen und wissenschaftliche Essays, vor allem Georg Wurzers exzellente Arbeit *Die Kriegsgefangenen der Mittelmächte in Russland im Ersten Weltkrieg*, von Conny Dahmen *Theater in der Russischen Revolution*, von Arnold Krammer *Soviet Propaganda Among Germany and*

Austro-Hungarian Prisoners of War in Russia, 1917–1921 und von Charlotte Thausing *Die Emigration der Mennoniten aus der Sowjetunion.*

Die Schwedin Elsa Brandström arbeitete als ungemein mutige Krankenschwester jahrelang in Russland, ihr Buch *Unter Kriegsgefangenen in Rußland und Sibirien*, 1922 in Berlin zum ersten Mal erschienen, bezeugte, was viele Rückkehrer erzählten. Ihre couragierte Haltung behielt sie bei, als das NS-Regime ihre Arbeit und Überzeugung vereinnahmen wollte, und emigrierte in die *USA*. Ich betrachte ihr Buch und ihr Werk als Beleg dafür, dass Einzelpersonen effektive Hilfe für Flüchtlinge und Gefangene bieten, wenn Regierungen versagen. Ebenso war es bei der Auslandsdeutschen Elsa von Hanneken, die von Tientsin aus den einzig wirklich funktionierenden Postbetrieb zwischen Mitteleuropa und den sibirischen Gefangenenlagern von 1915 bis 1917 auf die Beine stellte. Dann übernahm Dänemark als Schutzmacht den Postverkehr, der via *USA* noch bis Februar 1918 funktionierte. Die Familie Hanneken wurde in China enteignet, Eltern und vier Kinder interniert und später des Landes verwiesen. Die letzten Geldüberweisungen und Karten scheinen im März 1918 noch nach Sibirien durchgekommen zu sein.

Die großartige Musikerin und Komponistin Cordula Boesze öffnete mir die Tür zur Welt der Wiener Oboe, nutzte ihre Kontakte zum Verband österreichischer Oboisten und diskutierte und löste für mich das spezielle »Mundstückproblem« gemeinsam mit der Oboistin Eva Griebl-Stich.

Jahre haben mich Fanny, Karl und seine Freunde durch die sibirische Kälte begleitet, habe ich mir ihretwegen Gedanken zu Freiheitsentzug, Angst und Liebe gemacht. Die Suche nach der richtigen Erzählweise, der speziellen Sprache, die Leser*innen von heute mühelos in die Zeit vor einem Jahrhundert führt und trotzdem glaubwürdig gegenwärtig, spannungsbezogen und literarisch bleibt, wäre viel anstrengender gewesen, hätte nicht wieder meine Agentin Nadja Kossack sofort an diesen Roman geglaubt, mein wunderbares hanser*blau*-Team mich begeistert unterstützt. Ich danke meiner Verlagsleiterin Ulrike von Stenglin und meiner Lektorin Anna Riedel von Herzen und weiß, dass Kristin Rosenhahn das Buch sorgsam hinaus in die Welt begleitet.

In meinem Arbeitszimmer befinden sich Holzfiguren, die aus der Werkstatt des k.&.k.-Offiziers stammen. Aus den Erzählungen seiner Tochter ist sicherlich das eine oder andere Detail in mein Bild von Karl eingeflossen. Drei Jahre lang hing die Kopie eines alten Schwarz-Weiß-Fotos direkt vor mir, wenn ich am Schreibtisch saß. Sie zeigt vier Kriegsgefangene in ihrer Unterkunft in Chabarowsk, hinter ihnen hängt ein Regal an der Wand, voll mit Werkzeug, Schnüren, Stiften, Skizzenheften; ein sichtbares Zeichen Vergessener, denen in fremden Ländern und Kulturen geholfen wurde, heimzufinden.

Meine Familie, meine Freunde bildeten wie immer den verlässlich stabilen Rahmen und Schutzraum für mich; ihr seid mein Land.